1

RING (RINGU)
by Koji Suzuki

스즈키 고지 | 김수영 옮김

1

바이러스

THE RING

황금가지

차례

제1장

초가을

1

9월 5일 오후 10시 49분

요코하마

산케이엔(요코하마에 소재한 일본식 정원으로, 일본의 주요 건축 문화재들이 있다 — 옮긴이)에 인접한 주택지 북단에는 14층짜리 고급 아파트들이 늘어서 있다. 지어진 지 얼마 안 되었어도 대부분 입주가 끝난 상태였다. 한 동에 100여 세대나 살고 있지만 대부분의 주민들이 옆집 사람 얼굴도 모르고 지내다 보니, 밤이 되어 불이 들어와야 비로소 각각의 집에 사람이 살고 있다는 사실이 증명되는 셈이었다.

남쪽에는 기름때 가득한 바다가 공장 작업등 불빛을 번들거리며 반사하고 있었다. 공장 바깥에 달린 무수한 파이프가 몸속의 근육에 붙어 꿈틀거리는 혈관을 떠올리게 했다. 게다가 표면을 뒤덮은 수많은 조명 장식이 야광충처럼 보여 그로테스크한 광경이었지만 보기에 따라서는 아름다웠다. 공장은 검은 바다에 말없이 그림자를 드리우고 있었다.

거기서 수백 미터도 떨어지지 않은, 반듯하게 구획이 정리된 주택지에 외로이 2층짜리 신축 건물 한 채가 서 있었다. 남북으로 가로지르는 일방통행 도로에 현관이 마주하고 있었고, 그 옆에는 차 한 대를 댈 만한 넓이의 주차장이 있었다. 신흥 주택 지대에서 흔히 보는 지극히 평범한 집이라는 느낌이지만, 그 뒤편이나 양옆에 이웃한 집이 하나도 보이지 않았다. 교통편이 너무 안 좋아서 아직 사려는 사람이 없는지 '땅 팝니다'라는 팻말이 여기저기 눈에 띄었다. 완성과 동시에 입주자가 가득 들어차는 고급 아파트와 비교해 보면 참 쓸쓸한 풍경이었다.

그 집 2층의 덜 닫힌 창틈에서 나오는 형광등 불빛이 어두운 길바닥을 훤히 비추고 있었다. 불이 켜져 있는 곳은 2층 도모코의 방뿐이었다. 사립 여자 고등학교 3학년인 오이시 도모코는 그 2층 방 책상 앞에 앉아 있었다. 하얀 티셔츠에 반바지 차림으로 바닥에 놓여 있는 선풍기 바람에 다리를 맡기며 몸을 배배 꼬는 무리한 자세로 문제집을 펴 놓고 바라보는 중이었다. 도모코는 티셔츠 끝자락을 파닥거리며 부채질을 하면서 누구에게랄 것 없이 덥다고 투덜댔다. 여름 방학에 너무 놀아서 숙제가 산더미이건만, 그 원인을 더위 탓으로 돌리고 있었다. 그러나 올해 여름은 그렇게 덥지 않았다. 맑은 날도 적어서 해수욕을 하러 온 관광객들이 예년에 비해 훨씬 적었다. 그뿐만 아니라 여름방학이 끝나자마자

5일 연속으로 무더위가 이어지고 있었다. 얄궂은 날씨에 짜증을 내며 도모코는 하늘을 원망했다.

'이 망할 더위에 공부가 될 리 없잖아!'

도모코는 머리카락을 쓸어 올리던 손으로 라디오 볼륨을 키웠다. 바로 옆 창문 방충망에 붙어 있던 작은 모기가 선풍기 바람에 휘말려 어딘가로 날아가는 것이 보였다. 벌레가 어둠 속으로 사라진 뒤, 방충망이 잠깐 바르르하고 잘게 떨렸다.

아까부터 공부는 전혀 진척되지 않았다. 내일이 시험이지만 밤을 새워도 범위 끝까지 마칠 수 없을 것 같았다.

시계를 흘끔 봤다. 벌써 11시였다. TV로 프로 야구 뉴스라도 볼까 싶었다. 혹시 내야석 스탠드에 앉아 있는 부모님이 나올지도 모를 일이다. 하지만 내일 시험이 마음에 걸렸다. 도모코는 꼭 대학에 가고 싶었다. 들어가기만 해도 좋았다. 대학이라는 이름만 붙으면 어딜 가도 괜찮았다. 그건 그렇지만 올해 여름방학이 아쉽기만 했다. 날씨 때문에 제대로 놀지도 못하고 거기다 끈끈하게 들러붙는 습기가 불쾌해서 공부할 마음도 들지 않았다.

'쳇, 고등학교 마지막 여름방학인데 좀 더 팍팍 놀아 보고 싶었다고. 여고생으로 불리는 여름방학은 이제 이번이 마지막이라니.'

속이 부글부글한 나머지 원망의 화살이 속속 다른 데로 돌아갔다.

'정말이지. 딸은 땀을 뻘뻘 흘리며 공부하고 있는데 둘이 야간 경기나 펑펑 보러 다니다니, 딸 기분도 좀 생각해 달라고.'

업무상으로 우연히 손에 넣은 요미우리 자이언츠 경기 티켓을 가지고 부모님 둘 다 도쿄돔으로 갔다. 시합이 끝나고서 다른 데

들르지 않는다면 이제 돌아올 시간이었다. 지금, 지은 지 얼마 안 된 방 네 칸짜리 집을 지키고 있는 건 도모코 혼자뿐이었다.

요 며칠간은 전혀 비가 내리지 않았는데도 묘하게 습한 느낌이 들었다. 몸에서 스며 나오는 땀 말고도 확실히 방 안에는 미세한 물방울들이 떠돌고 있었다. 도모코는 무의식중에 허벅지를 찰싹 때렸다. 손을 떼어도 짓눌린 모기 시체는 없었다. 무릎 위 한 지점에 가려움을 느꼈는데 기분 탓이었던 듯싶다. 왜앵, 하는 날갯짓 소리가 들렸다. 도모코는 머리 위를 양손으로 휘저었다. 파리였다. 순간 시야에서 사라졌다가 선풍기 바람을 피하려는지 문 앞까지 가서 날아올랐다. 도대체 어디에서 들어왔담. 문은 잘 닫혀 있었다. 방충망 창문에 틈이 있는지 살펴보았다. 파리가 들어올 정도로 찢어진 곳은 보이지 않았다. 도모코는 요의와 갈증을 동시에 느꼈다.

숨 쉬기 어려울 정도는 아닌데 어디서부터라고 말하기 어려운 압력 때문에 가슴이 눌리는 기분이 들었다. 아까부터 소리 내어 투정만 하던 도모코가 지금은 다른 사람이라도 된 듯 입을 다물었다. 계단을 내려가면서 어째서인지 심장이 쿵쾅거렸다. 집 바로 앞 도로를 지나가는 차의 헤드라이트가 샥, 하고 계단 밑 벽을 비추고 사라졌다. 차의 엔진 소리가 작게 멀어지니 이전보다 1층의 어둠이 한층 깊어진 기분에 도모코는 일부러 큰 소리로 계단을 내려가서 복도 스위치를 켰다.

소변을 보고 나서도 잠시 변기에 앉은 채 멍하니 있었다. 심장이 계속 쿵쾅거렸다. 이런 일은 처음이었다. 왜 이러지? 크게 몇 번 심호흡을 하고 나서 일어나 쓱, 반바지를 올렸다.

'아빠랑 엄마도 참, 빨리 오시지.'

갑자기 여자다운 말투였다.

'어머, 나 누구한테 말하는 거지?'

부모에게 빨리 돌아오라고 한 게 아니었다. 그 둘이 아닌 다른 누군가에게 말하고 있었다.

'부탁이에요. 저를 너무 겁주지 마세요오.'

어느새 존댓말을 쓰고 있었다.

부엌 싱크대에서 손을 씻었다. 젖은 손으로 냉장고에서 얼음을 꺼내 유리잔에 넣고 콜라를 찰랑찰랑 담았다. 먼저 한 잔을 단숨에 마시고 잔을 싱크대에 내려놓았다. 잔 속에서 얼음이 빙글 돌다가 멈췄다. 도모코는 몸을 움찔 떨었다. 한기가 들었다. 아직 갈증이 가시질 않았다. 다시 한 번 콜라 1.5리터 병을 냉장고에서 꺼내서 잔에 담았다. 손이 떨렸다. 등 뒤에 누군가 있는 것 같았다. 결코 사람일 리 없다. 고기가 썩은 냄새, 공기 속에 녹아들어서 파묻히는 것 같은 느낌⋯⋯ 고체일 리가 없다.

"제발, 그만!"

소리 질러 외쳤다. 싱크대 위에 15와트짜리 형광등이 치직거리며 죽어 가고 있었다. 아직 새것인데 이렇게 빨리 닳다니. 집 전체 조명도 켜 둘걸 하고 후회했다. 하지만 스위치 있는 데까지 걸어갈 수가 없었다. 걷기는커녕 뒤돌아볼 수도 없었다. 등 뒤에 뭔가 있었다. 폭이 채 4제곱미터도 안 되는 다다미방 선반에 있는 할아버지의 불단. 방 커튼은 열려 있고 유리창 너머에는 잡초 투성이 주택지와 아파트 불빛이 격자무늬로 작게 보일 텐데, 그게 전부일 것이다.

두 잔째의 콜라를 반쯤 마시고서 도모코는 전혀 몸을 움직일 수 없게 되었다. 기분 탓이라고 하고 말기에는 너무나 농밀한 기색이 느껴졌다. 지금이라도 뭔가 슥 뻗어 나와 자기 목덜미를 만질 것 같아서 견딜 수가 없었다.

'혹시, 그거면 어쩌지?'

그 이상 생각하고 싶지 않았다. 지금 이대로 가만히 있으면 그 생각만 하다가 공포가 부풀어 올라서 견딜 수 없게 될 것이다. 이제 겨우 잊었던 일주일 전의 그 사건. 슈이치가 그딴 말을 해서 그래. 그러다 다들 물러설 수 없게 되어서……. 그래도 도시로 돌아감과 동시에 신빙성이 사라졌던 바로 그, 선명한 영상. 누군가의 질 나쁜 장난이리라. 도모코는 지금 생각 말고 훨씬 즐거운 일을 생각하려고 했다. 훨씬 좋은 일을……. 하지만, 혹시 그거면 어쩌지……? 그게 진짜라면, 맞아, 그 전화도 왔었잖아, 그때.

'아아, 아빠랑 엄마 대체 뭘 하고 있는 거야.'

"빨리 오라고!"

도모코가 소리 높여 외쳤다. 소리를 질러도 기분 나쁜 그림자는 사라질 기미가 없었다. 줄곧 뒤에서 이쪽을 바라보고 있었다. 기회가 오길 기다리면서.

열일곱 살인 도모코로서는 공포의 정체를 아직 잘 알지 못했다. 하지만 상상 속에서 멋대로 부풀려지는 공포가 있다는 것은 알고 있었다.

'그런 거면 차라리 좋겠다. 아니, 당연히 그럴 거야. 뒤돌아보면 아무것도 없을 거야. 그래, 아무것도 아냐.'

도모코는 뒤돌아보고 싶은 욕망에 빠져들었다. 지금 바로 아무것도 아니라고 확인하고서 한시라도 빨리 이런 상황을 벗어나고 싶었다. 하지만 정말 그럴까? 등에 소름이 돋았다. 어깨 언저리에 솟아오른 오한이 등줄기를 타고 아래로 쭉쭉 기어 내려가서 식은 땀으로 티셔츠가 흠뻑 젖어 있었다. 그냥 생각이 지나쳐서 그렇다고 하기에는 몸의 변화가 지나치게 격했다.

'누군가가 말했는데, 마음보다 몸이 더 솔직하다고.'

한편으로 다른 말도 들려왔다.

'뒤돌아봐, 아무것도 없을 거야. 남은 콜라를 마저 마시고 빨리 공부하러 올라가지 않으면 내일 시험 죽 쑤도 모른다?'

유리잔 안에서 얼음이 핑 하는 소리를 내며 깨졌다. 그리고 그 소리에 튕기듯 도모코는 저도 모르게 뒤돌아보고 말았다.

9월 5일 오후 10시 54분

도쿄 시나가와 역 앞 교차로

눈앞에서 신호가 노란색으로 바뀌었다. 그냥 지나갈 수도 있었지만 기무라는 택시를 되도록 왼쪽으로 붙여서 세웠다. 롯폰기 교차로까지 가는 손님을 태운다면 좋을 텐데. 이 장소에서 태우는 손님은 아카사카, 롯폰기 방면으로 갈 확률이 높아서 이렇게 신호를 기다리며 세워 놓고 있는 동안에 손님이 타는 경우도 종종 있었다.

택시 왼편을 빠져나온 오토바이 한 대가 건널목 바로 앞에서 멈췄다. 운전하는 사람은 청바지를 입은 젊은 남자였다. 기무라는 빨빨거리고 돌아다니는 오토바이가 눈에 거슬려 견딜 수가 없었다. 특히 신호등에서 기다리고 있을 때 아무렇게나 차 앞으로 나오거나 문 바로 옆에 세우는 오토바이만 보면 화가 났다. 오늘 하루 손님이 너무 없어 기분이 나쁘기도 해서 기무라는 곱지 못한 눈으로 그 젊은이를 보고 있었다. 남자는 풀페이스 헬멧으로 표정을 감추고서, 보도 연석에 왼발을 걸치고 다리를 쩍 벌린 모습으로 점잖지 않게 몸을 흔들고 있었다.

다리가 예쁜 젊은 여성이 보도를 걸어가고 있었다. 남자는 그 뒷모습을 따라 고개를 돌렸다. 그러나 남자는 여자의 모습을 끝까지 좇지는 않았다. 거의 90도까지 목을 돌린 참에 왼쪽 쇼윈도에 시선을 고정시켜 버렸다. 시야를 빠져나간 여자는 계속 걸어서 떠나갔다. 남자는 그 상태를 유지한 채 줄곧 뭔가를 응시하고 있었다. 보행자 전용 신호가 깜빡이기 시작하다가 마침내 빨간불로 바뀌었다. 아직 횡단보도를 건넌 사람들이 걸음을 재촉하여 택시 바로 앞을 지나쳐 갔다. 손을 들고 태워 달라는 사람은 없었다. 기무라는 엔진을 공회전시키며 정면의 신호가 녹색으로 변하기를 기다렸다.

그때, 오토바이를 탄 남자가 움찔, 하고 강하게 몸을 떨더니 양팔을 들어 기무라의 택시 쪽으로 쓰러졌다.

'와장창!' 하는 소리와 함께 남자는 문에 부딪혀 시야 바깥쪽으로 사라졌다.

'이, 멍청한 놈이!'

기무라는 오토바이가 중심을 못 잡고 자빠진 거라 생각하며 비상등을 켜고 내렸다. 차 문에 상처라도 났으면 수리비를 청구할 생각이었다. 신호는 초록색으로 바뀌었고 뒤따르는 차들이 기무라의 차를 추월하여 교차로로 들어갔다. 남자는 길바닥에 벌렁 자빠져 다리를 퍼덕거리며 양손으로 헬멧을 벗으려고 발버둥치고 있었다. 기무라는 남자보다 우선 자신의 밥벌이 수단부터 살펴보았다. 역시 차 문에 사선으로 흠이 쭉 나 있었다.

"쳇!"

기무라는 혀를 차며 남자에게 다가갔다. 남자는 헬멧 끈이 턱 아래에 질끈 매여 있는데도 아랑곳 않고, 자기 목과 함께 뽑아낼 기세로 헬멧을 필사적으로 벗으려 하고 있었다.

'그렇게나 괴로울까?'

기무라는 상태가 심상치 않다는 걸 깨닫고선 곁에 앉아서 그제야 "괜찮나?" 하고 물었다. 헬멧 실드가 스모키 색이어서 표정을 알 수가 없었다. 남자는 기무라의 손을 쥐고 뭔가 말을 하려 했다. 마치 울며 매달리는 것 같았다. 목소리가 나오지 않았다. 헬멧 실드를 올리려고도 하지 않았다. 기무라는 지레짐작을 했다.

"기다려, 지금 바로 구급차를 불러 줄게."

공중전화로 달려가면서도 어쩌다 오토바이가 저렇게 자빠졌는지 납득이 안 됐다. 머리를 어지간히 세게 부딪혔나?

'멍청한 소리, 멀쩡하게 헬멧 쓰고 있었잖아? 다리나 팔이 부러진 것 같지도 않다. 별일 없으면 좋겠는데……. 내 차에 부딪혀서 다친 걸로 되면, 이거 좀 문제되겠는걸.'

기무라는 안 좋은 예감에 기분이 나빠졌다.

'만약 많이 다쳤으면, 내 자동차 보험으로 처리하게 되나? 그럼 사고증명 떼어야 하고, 거기다 경찰까지 만나야 하고?'

전화를 끝내고 사고 현장으로 돌아오니 남자는 목 언저리에 손을 댄 채 움직이지 않았다. 지나가던 사람 몇이 멈춰 서서 걱정스레 쳐다보고 있었다. 기무라는 사람들을 헤치고 구급차를 불렀다는 사실을 어필했다.

"이봐. ……어이, 정신 차려! 지금 구급차가 올 거야!"

기무라는 헬멧 끈을 풀었다. 그러자 남자가 그렇게나 버둥대며 괴로워하던 것이 거짓말처럼, 헬멧이 손쉽게 벗겨졌다. 놀랍게도 남자의 얼굴은 크게 뒤틀려 있었다. 기무라는 말을 걸려고 하다가 남자의 표정을 보고 경악했다. 두 눈을 부릅뜨고 붉은 혀를 목 깊이 집어넣은 채로 입가엔 침을 흘리고 있었다. 구급차를 기다릴 것도 없었다. 헬멧을 벗길 때, 기무라의 손은 당연히 느껴야 할 남자의 맥박을 느끼지 못했다. 기무라는 소름이 돋았다. 주변 상황에서 현실감이 스르르 빠져나갔다.

쓰러진 오토바이 바퀴는 아직 돌아가고 있고 엔진에서 흘러나온 검은 기름이 도로에 흘러 하수도로 방울져 떨어졌다. 바람도 없이 맑은 밤하늘을 배경으로 머리 위의 신호가 다시 붉은색으로 변했다. 기무라는 비틀거리며 일어서서 도로 옆 가드레일에 기대고 다시 한 번 힐끔 길바닥에 쓰러진 남자를 보았다. 남자는 헬멧을 베고 직각에 가까운 모습으로 머리를 세우고 있었는데, 아무리 봐도 부자연스러웠다.

'내가 저렇게 했나? 저 남자 머릴 저렇게, 헬멧 위에? 헬멧이 베개라도 되는 것처럼. 대체 왜?'

몇 초 전의 일인데 생각이 나지 않았다. 크게 뜬 두 눈이 이쪽을 보고 있었다. 오한이 스쳐 지나갔다. 미지근한 바람이 지금 슥,

하고 어깨를 스친 것 같았다. 열대야인데도 기무라는 떨림이 멎지 않았다.

2

궁 안쪽 해자의 녹색 수면에 이른 아침의 가을빛이 비치고 있었다. 무더운 9월도 겨우 끝나려 하고 있었다. 아사카와 가즈유키는 전철 홈으로 내려갔다가 문득 마음을 바꾸고 9층에서 본 물색을 좀 더 가까이 느껴 보기 위해 밖으로 가는 계단에 올랐다. 출판사의 더러운 공기 때문에 병 바닥에 침전물이 쌓이듯이 지하로 가라앉는 기분이 들어 갑자기 바깥 공기를 쐬고 싶어진 것이다. 황거(일본의 황궁—옮긴이)의 녹음을 바로 앞에서 바라보고 있자니, 고속 5호선과 환상선이 합류하는 이 부근의 배기가스도 그리 신경 쓰이지 않았다. 막 동이 터오를 무렵의 하늘이, 아침의 냉기와 함께 신선하게 빛나고 있었다.

밤새워 일한 터라 상당히 몸이 피로했지만 그리 졸리지는 않았다. 원고를 탈고했다는 흥분이 적절한 자극이 되어 뇌세포를 각성시키고 있었다. 아사카와는 요 2주 동안이나 쉬지 않고 작업했다. 오늘과 내일은 집에서 맘 놓고 쉴 생각이었다. 편집장의 명령이니까 당당하게 쉴 수 있겠지.

구단시타에서 빈 택시가 오는 것을 보고 본능적으로 손을 들었다. 이틀 전에 다케바시 역과 신반바 역을 오가는 전철 정기권을 다 썼는데 아직 새것을 사지 않았던 참이다. 여기에서 기타시나가와에 있는 아파트까지 전철로는 400엔이지만 택시로 가면 2000엔 가까이 들었다. 1500엔 가까이 낭비하는 셈이지만 세 번이나 갈아탈 걸 생각하니, 월급을 받은 지도 얼마 안 되었기도 하고 '뭐, 오늘은 사치 좀 부려 보자'는 기분이 들었다.

이날, 이 장소에서 아시카와가 택시를 세울 생각이 든 것은 사소한 충동이 쌓이고 쌓인 결과 일어난 변덕이었다. 처음부터 택시를 탈 생각으로 밖에 서 있던 것은 아니었다. 문득 바깥 공기가 그리워진 참에 빨간 '빈 차' 표시등을 켠 택시가 마침 지나가기에, 그 순간 일부러 정기권을 새로 끊으면서까지 전철로 세 번 갈아타고 가기 귀찮아져 버렸다. 만약 전철로 돌아갔다면 두 사건은 결코 이어지지 않았으리라. 하지만 생각해 보면, 이야기의 시작은 언제나 우연히 이루어지는 법이다.

택시 한 대가 망설이듯이 팔레스사이드 빌딩 앞에 멈춰 섰다. 택시 기사는 마흔 살 전후의 체구가 작은 남자였는데, 이 사람 역시 밤을 새웠는지 눈이 빨갛게 충혈되어 있었다. 계기판 위에 얼굴 사진이 컬러로 붙어 있고 사진 옆에는 '기무라 미키오'라는 이름이 쓰여 있었다.

"기타시나가와까지……."

행선지를 듣고 기무라는 좋아서 어깨가 들썩거릴 정도였다. 기타시나가와는 택시 회사 차량 기지가 있는 히가시고탄다 바로 앞이니까 이제 회사로 돌아가려던 기무라가 가는 방향과 같았다. 택시 기사가 일이 재미있다고 느낄 때는 이렇게 일이 원하는 대로 잘 풀릴 때였다. 기무라는 전에 없이 수다스러워졌다.

"지금 취재 가시나요?"

피로로 충혈된 눈을 창밖에 향하고 멍하니 생각에 잠겨 있던 아사카와는 "예?" 하고 되물었다. 자기 직업을 어떻게 알았을까 궁금해하면서.

"손님, 신문기자 아니십니까?"

"주간진데요, 잘 아시네요."

20년 가까이 택시를 몰던 기무라는 태운 장소나 복장, 말투로 어느 정도 손님의 직업을 추측할 수 있었다. 일반적으로 인기 있는 직업에 종사하면서 그것을 자랑스럽게 생각하는 손님의 경우, 일에 관계된 이야기에는 금세 반색하며 대화에 응했다.

"힘드시겠습니다. 이런 새벽부터."

"아니요, 반대입니다. 이제 집에 가서 자야죠."

"아, 그럼 저랑 같네요."

원래 아사카와는 일이 딱히 자랑스럽다거나 하진 않았다. 하지만 오늘 아침은 처음으로 자신의 기사가 활자화되었을 때의 만족감을 되찾은 기분이 들었다. 어떤 기획 연재를 겨우 마쳤는데 꽤 반응이 좋았다.

"일은 재미있으십니까?"

"그냥요."

아사카와는 그렇게 유야무야 얼버무렸다.

즐거울 때도 있지만 그렇지 않을 때도 있다. 그저 지금은 그 이상 설명하기 귀찮았다. 그는 2년 전의 실패를 잊지 않았다. 그때 하려 했던 기사 제목이 아직도 또렷하게 기억났다.

'현대의 새로운 신들.'

다시는 취재 활동을 할 수 없다고 벌벌 떨며 편집장에게 빌던

초라한 자기 모습이 눈에 떠올랐다.

잠시 침묵이 이어졌다. 차는 도쿄타워 바로 왼편 커브를 꽤 빠른 속도로 돌고 있었다.

"손님, 운하를 따라갈까요, 아니면 제1게이힌 국도를 타고 갈까요?"

기타시나가와의 어디로 가느냐에 따라 가는 길이 바뀌었다.

"제1게이힌 쪽으로……. 신반바 바로 앞에서 내려 주세요."

택시 기사는 손님 목적지가 확실하면 어느 정도 안심한다. 기무라는 그 길을 타기 위해 교차점에서 핸들을 오른쪽으로 꺾었다.

그 장소가 가까워졌다. 기무라에게는 이 한 달 동안 결코 잊을 수 없는 교차점. 아사카와가 2년 전 실패에 구애받는 것과 달리, 기무라는 어느 정도 객관적인 입장에서 그 사고를 지켜볼 수 있었다.

그럴 수 있는 이유는 사고에 대한 책임이나 거기에 따른 반성이 그에게는 전혀 없었기 때문이다. 완전히 상대의 과실로 인한 사고이니만큼 기무라가 조심한다고 해서 피할 사건이 아니었다. 그때의 공포는 이제 잊혀 가고 있었다. 한 달……. 길다고 할 수 있을까? 반면 아사카와는 2년 전의 공포를 아직도 떨쳐내지 못하고 있었다.

그저, 기무라는 도무지 이유를 알 수가 없었다. 어째서 그곳을 지날 때마다 그때 일을 남에게 이야기하고 싶어지는지. 룸미러로 흘긋 살펴서 손님이 자고 있으면 그냥 포기했겠지만 그렇지 않을 때면 일단 예외 없이 언제나 모든 손님에게 그때 일을 이야기하고 싶은 충동을 느꼈다. 이 교차점에 진입할 때마다 항상 말하고 싶은 충동에 휩싸이는 것이다.

"한 달쯤 전에 있었던 일인데……."

마치 이야기가 시작하길 기다리고 있었다는 듯이, 신호가 기무라의 눈앞에서 노란불에서 빨간불로 변했다.

"세상에는 별 희한한 일이 다 있더군요."

이야기 내용을 넌지시 비추며 손님의 관심을 끌어 보려 했다. 아사카와는 반쯤 잠들었다가 번쩍 깨어나 두리번거렸다. 기무라의 목소리에 놀라 깨어 지금 여기가 어딘지 확인하는 것이다.

"돌연사가 요즘 늘어난다던데요……. 젊은 사람들한테도 일어날 수 있다고 하네요."

"예?"

아사카와는 갑자기 들린 단어가 귓가에 맴돌았다. '돌연사.' 기무라는 계속 다음 이야기를 꺼냈다.

"아니, 글쎄 말이죠, 한 달쯤 전인가? 저기서 신호 대기 중이었는데, 갑자기 제 차로 오토바이가 쓰러졌어요. 잘 달리다가 미끄러진 게 아니고, 멈춰 있다가 갑자기 '쾅!' 하고요. 그게 어떻게 된 걸까요? 아, 운전하던 사람은 열아홉 살 재수생이었는데……. 그냥 숨을 놓아 버리더라고요, 이 사람이. 깜짝 놀랐죠. 구급차도 오고 경찰차도 오고. 게다가 하필 제 차에 부딪혔잖아요. 난리도 그런 난리가 아니었습니다."

입을 다물고 듣고 있던 아사카와는 10년차 기자로서의 감을 좇아 그 자리에서 기사와 택시 회사 이름을 메모했다. 본능이라 해도 될 정도로 재빨랐다.

"죽을 때 모습도 좀 이상했죠. 엄청난 기세로 계속 헬멧만 벗으려고 하다가……, 벌렁 드러누워서 퍼덕대고……. 제가 구급차 부르러 갔다가 다시 돌아오니까, 그대로 나무아미타불이더라고요."

"사건 장소가 어디입니까?"

아사카와의 눈이 완전히 잠에서 깨어났다.

"저깁니다, 보세요."

역 앞에 횡단보도가 가로지르는 부분을 기무라가 가리켰다. 시나가와 역은 미나토 구 다카나와에 있었다. 아사카와는 그 점을 염두에 두었다. 저기서 사고가 일어났다면 관할 경찰서는 다카나와 경찰서일 것이다. 그리고 머릿속에서 재빨리 다카나와 경찰서에 들어갈 경로를 더듬어 보았다. 대형 신문사의 강점은 이럴 때 진가가 드러났다. 온갖 분야에 방대한 인맥을 가지고 있어서 때로는 기자의 정보 수집력이 경찰을 뛰어넘는 경우도 있었다.

"근데, 사인이 돌연사였다는 말씀이군요."

돌연사라는 병명이 정말 있는지는 몰랐다. 아사카와는 서둘러 묻는 데 정신이 팔려 있었다. 이 사고에 마음속 어딘가를 끌어당기는 무언가가 있음을 깨닫지 못한 채…….

"그냥 제 차는 가만히 있는데 아무 이유 없이 갑자기 갖다 박았으니까, 그 사람 잘못이란 말입니다. 근데, 사고 증명도 제가 떼야 하고 거기다 보험 기록에도 흠이 생겨 버렸으니……. 완전히 마른하늘에 날벼락이지 뭡니까."

"정확한 날짜와 시간을 기억하십니까?"

"이런, 뭔가 사건의 냄새라도 맡으신 겁니까? 9월 4일이었나, 5일이었나. 으음, 그쯤이었던가? 시간은 밤 11시 전후였을 거고요."

말을 시작하자 바로 기무라의 뇌리에 그때의 광경이 선하게 떠올랐다. 미지근한 바람…… 쓰러진 오토바이에서 흘러나오는 새까만 기름. 마치 살아 있는 것처럼 기름이 하수도를 향해 기어가고 있었다. 표면에 헤드라이트를 반사하며 진득한 방울이 되어 하수도로 떨어져 사라져 갔다, 소리도 없이. 감각기관이 일시적으로 마비된 상황이었다. 그리고 헬멧을 베고 누워 죽은 이의 표정, 깜짝 놀란 얼굴. 뭘 보고 놀랐을까?

신호가 초록불로 바뀌었다. 기무라는 액셀을 밟았다. 뒷좌석에서 열심히 끼적이는 볼펜 소리가 들렸다. 아사카와가 메모를 하고 있었다. 기무라는 욕지기가 나왔다. 어째서 이렇게 생생하게 떠오르는 건지. 기무라는 시큼한 침을 삼키며 욕지기를 억눌렀다.

"그래, 사인이 뭐랍니까?"

아사카와가 물었다.

"심장마비."

심장마비? 검시의가 진짜 그렇게 진단했을까? 최근에 심장마비라는 말을 잘 쓰지 않을 텐데 말이다.

"정확한 일시와 함께 이 점도 확인할 필요가 있겠군."

아사카와는 그렇게 중얼거리며 메모했다.

"다시 말해, 그 외에 외상은 전혀 없었다는 말이군요?"

"그래요, 딱 그렇더라고요. 진짜 놀랍게도. 전혀……. 뭐가 그렇게 놀라웠는지. 놀랄 사람은 이쪽인데."

"예?"

"아아, 아니, 고인이 어지간히도 놀란 얼굴로 죽어 있지 뭡니까."

아사카와의 머릿속에서 번개가 쳤다. 한편으로는 또, 두 사건의 연관을 거부하는 목소리도 있었다.

'우연의 일치다. 그냥 단순히.'

게이힌 급행 신반바에 다 왔다.

"저 앞에 신호, 왼쪽으로 돌아가서 바로 세워 주세요."

차가 멈추고 문이 열렸다. 아사카와는 1000엔짜리 지폐 두 장과 함께 명함을 내밀었다.

"M신문사의 아사카와라고 합니다. 괜찮으시면, 지금 말씀을 다음에 더 자세히 해 주실 수 있으세요?"

"그럼요, 괜찮습니다."

기무라가 기쁘게 대답했다. 그렇게 하는 게 어쩐지 자신의 사명처럼 느껴졌다.

"나중에 전화 드리겠습니다."

"제 전화번호는……."

"아, 괜찮습니다. 회사 이름을 적어 두었으니까요. 이 근처죠?"

아사카와는 차에서 내려 문을 닫으려다가 잠시 주저했다. 확인할 생각을 하니 말할 수 없는 공포를 느낀 것이다. 이상한 사건에 발을 디밀지 않아야 하는데, 또 그때의 전철을 밟는 거 아닌가. 하지만 이렇게까지 흥미가 생긴 이상, 잠자코 지나칠 수는 없는 노릇이었다. 이제 모른 체할 수 없다는 것을 너무나 잘 알고 있다. 아사카와는 다시 한 번 기무라에게 물었다.

"그 남자, 분명 헬멧을 벗으려고 발버둥 쳤단 말이죠?"

3

오구리 편집장은 아사카와의 보고를 들으며 얼굴을 찌푸렸다. 문득 2년 전 아사카와의 모습이 머리를 스쳤기 때문이다. 여우에게 홀린 것처럼 밤낮 워드프로세서(프로그램이 아니라 문서 작성 기계를 말한다—옮긴이) 앞에 앉아서 취재해 온 것 이상의 정보를 만들어 가며 가게야마 데라다카 교주의 반생을 극명하게 타자로 쳐 내던 그때의 이상한 모습. 진짜 정신과 의사에게 보내고 싶을 정도로 귀기(鬼氣)를 발하던 모습이었다.

시기가 딱 그때랑 겹치는 점도 안 좋다. 2년 전, 출판 시장은 전례 없는 오컬트 붐 때문에 편집실에 심령 사진 산이 생길 정도였다. 대체 세상이 어찌되려고 이러나 싶을 정도로, 웬만한 출판사에 유령 이야기나 심령 사진이라는 껍데기를 두른 쓰레기들이 보내져 쌓여만 갔다. 세상 돌아가는 이치를 어느 정도 알고 있다고 자부하던 오구리조차, 도저히 그 현상을 납득이 가도록 설명할 수가 없었다. 그만큼 상식의 궤도를 벗어났다고 할 정도로 투고자의 수가 사상 최고 수치를 기록했다. 과장이 아니라 하루에 우편물이 편집실을 가득 채울 정도로 왔는데, 그게 전부 오컬트적인 내용을 담고 있었다. 투고를 받는 건 M신문사만이 아니었다. 일본 전체의 출판사라는 출판사는 전부 동시에 그 폭풍에 휘말려 이해의 범위를 넘어서는 현상에 고통스러워했다. 마감 시간을 넘기는 것까지 각오하고 조사해 봤더니, 투고자는 한 명이 여러 제보를 한 것이 아니지만 당연하게도 대부분이 익명이었다. 대충 계산해도 약 1000만 명이나 되는 사람이 이 시기, 어딘가의 출판사에 편지를 보냈다는 말이 됐다. 1000만! 이 숫자에 출판계는 경악했다. 투고 내용에 그 정도로 무서운 내용은 없었지만 이 숫자만큼은 심장을 뒤흔들어 놓았다. 다시 말해 열 명 모이면 그중에 한 명은 투고를 해 본 사람이라는 뜻인데, 출판계에 종사하는 사람이나 그 가족, 친구 중에는 투고 경험자를 단 한 명도 찾아볼 수 없었다. 대체 어떻게 된 일일까? 이 많은 편지가 어디에서 오는 걸까? 편집자들은 다들 고개를 갸우뚱했다. 그리고 그 답을 찾지 못한 채 파도가 물러갔다. 약 반년에 걸친 이상 사태가 지난 후, 꿈이었던 것처럼 편집실이 정상으로 되돌아왔고, 그런 종류의 편지는 한 통도 오지 않게 되었다.

신문사에서 발행하는 주간지로서, 이 현상에 어떻게 대처해야 할지, 오구리는 명확한 태도로 임해야만 했다. 그가 내린 결론은 철저한 무시였다. 만약 이 현상에 불을 붙이는 역할을 한 존재는 오구리가 항상 별거 아니라 평가해 오던 잡지들이 아닐까? 사진이나 경험담을 싣고서 독자의 투고열을 고취시킨 결과, 이런 이상 사태가 발생한 것이 아닐까?

물론 이 이론으로 모든 상황이 납득되도록 설명되지 않는다는 점 정도는 스스로도 잘 알고 있었다. 하지만 오구리는 어떻게든 합리적인 이론을 붙여서 사태에 대처해야만 했다.

이후, 오구리 편집장 이하 편집부 전원은 받은 우편물을 개봉하는 일 없이 소각로로 보냈다. 그리고 세간에 대해서는 평소와 다름없는 태도를 취했다. 물론 오컬트에 관한 내용은 그 무엇이든 무시하고 관심 없는 양 행동했다. 그 탓일지는 몰라도, 미증유의 투고열은 서서히 줄어드는 기색을 보였다. 그런 때 아사카와가 어리석게도 꺼져 가는 불에 기름을 끼얹는 일에 뛰어들었던 것이다. 오구리는 찬찬히 아사카와의 얼굴을 보았다.

'2년 전의 그 고통을 또 반복하고 싶나?'

"자네 말이야."

오구리는 뭐라고 말할지 곤란하면 반드시 상대를 '자네'라고 불렀다.

"편집장님이 무슨 생각을 하시는지, 저도 잘 압니다."

"아니, 뭐, 재미있다고 하면 재미는 있어. 대체 여기서 뭐가 튀어나올지는 모르는 거잖아? 그래도 이봐. 찾아낸 것이 또 전의 그놈이라면 좀 곤란하지 않겠나?"

전의 그놈. 2년 전의 오컬트 붐이 인위적인 것이었다고, 오구리는 아직 그렇게 믿고 있었다. 그리고 증오. 엄청난 피해를 입은 고로, 오컬트적인 이야기 전부에 대한 편견을 아직도 유지하고 있었다.

"별로, 새삼 신비성에 손을 댈 생각은 없습니다. 이런 우연이 있을 수 없다고 말하는 것뿐이죠."

"우연이라……."

오구리는 귀 옆에 손을 대고 다시 한 번 이야기 내용을 정리했다.

아사카와의 아내의 조카, 오이시 도모코가 9월 5일 오후 11시 전후로 혼모쿠에 있는 자택에서 사망. 사인은 급성심부전이었다. 겨우 고3, 방년 17세였다. 같은 날, 같은 시각 JR 시나가와 역 앞에서 19세 재수생이 오토바이에 타고 신호를 기다리다가 역시 심근경색으로 사망.

"그냥 단순한 우연이라고밖에 생각되지 않는데? 나한테는. 택시 기사한테 사고 경위를 듣다가 자네 처조카가 사망한 사건이 떠오른 것뿐이 아닌가?"

"드릴 말씀이 있습니다." 아사카와는 편집장의 주의를 끌었다. "오토바이에 타고 있던 청년은 죽는 순간에 헬멧을 벗으려고 버둥거렸다고 합니다."

"……그런데?"

"도모코도 시체로 발견되었을 때에 머리를 쥐어뜯은 것처럼 양손가락에 자기 머리카락을 잔뜩 휘감고 있었습니다."

아사카와는 몇 번 도모코를 만난 적이 있었다. 여고생답게도 항상 머리모양에 신경을 쓰고 아침에 꼭 머리를 감는 여자아이였다. 그런 아이가 소중한 머리카락을 뭉텅뭉텅 뽑아 버리다니 있을 수 없는 일이다. 그렇게 만든 존재의 정체는 알 수 없었다. 아사카와는 머리카락을 정신없이 잡아 뽑으려 하는 도모코의 모습을 떠올릴 때마다, 눈에 보이지 않는 존재의 그림자를 상상하게 되었다.

그리고 그 지경까지 몰아붙인 설명할 수 없는 공포를.

"모르겠는걸. 자네 선입견이 너무 강한 것 아닐까? 어떤 사건이나 공통점을 찾으려 들면 뭐든 찾아지는데. 둘 다 심장 발작으로 죽었다는 사실이잖아? 그럼 괴롭겠지? 머리를 뜯든, 정신없이 헬멧을 벗으려 하든…… 의외로 자연스럽지 않아?"

그럴 가능성이 있다고 인정을 하면서도, 아사카와는 고개를 저었다. 간단하게 몇 마디 말로 단념할 수는 없었다.

"편집장님, 가슴입니다. 가슴. 고통스러운 부분이. 어째서 머리를 뜯을 필요가 있습니까?"

"자네, 심장 발작 겪어 본 적 있나?"

"……없는데요."

"그럼 의사한테 물어본 적은?"

"뭘요?"

"심장 발작을 일으킨 사람이 머리를 뜯는지 어쩌는지를."

아사카와는 입을 다물 수밖에 없었다. 그는 실제로 의사에게 물어보았다. 의사는 이렇게 대답했다.

'그건, 없다고 단정할 수는 없지요.'

애매한 대답이었다.

'그 반대인 경우는 있는데 말이죠……. 그러니까, 지주막하 출혈(뇌 표면을 두 층으로 감싸고 있는 지주막과 연막 사이의 출혈 — 옮긴이)이나 뇌출혈의 경우에 머리가 아파지면 동시에 배 언저리에 불쾌감이 느껴지니까요.'

"요컨대 개인차 아닌가? 수학 문제를 못 풀면 머리가 아픈 놈도 있고, 담배를 피우는 놈도 있어. 배를 손으로 치는 놈이 있을지도 모르지." 오구리는 말하면서 의자를 돌렸다. "아무튼, 지금 단계에서는 아직 아무런 말을 못 하는 것 아닌가? 그 기사를 올릴 자리가 없어. 알겠지만, 2년 전에 그런 일이 있었지 않나. 이런 일에는 함부로 손을 못 대. 그 생각만으로 쓰려고 들면, 그렇게 써지거든."

그럴지도 몰랐다. 정말 편집장이 말하는 대로 그냥 단순한 우연의 일치일지도 몰랐다. 하지만, 최종적으로 의사는 고개를 갸우뚱하며 "글쎄요."라고 말했다. 심장 발작으로 머리카락을 뭉텅뭉텅 뽑아 버리는 일이 있는지 물어봤는데, 찌푸린 표정으로 "으으음." 하고 신음했을 뿐이었다. 그 표정이 말하고 있었다. 적어도 그가 맡은 환자들에게서는 그런 일이 없었다는 사실을.

"알겠습니다."

지금은 솔직히 물러설 수밖에 없었다. 이 두 사건 사이에 좀 더 객관적인 인과 관계가 발견되지 않으면 편집장을 설득하기 어렵다. 만약 아무것도 발견할 수 없다면 그때는 조용히 손을 떼자고, 아사카와는 그렇게 마음먹었다.

4

아사카와는 수화기를 툭 내려놓으며 손을 떼지 않은 채 좀처럼 움직이려고 하지 않았다. 필요 이상으로 상대를 치켜세우며 눈치를 보는 본인 목소리가 아직도 귀에 남아 도저히 견디기 어려웠다. 전화 상대는 어지간히도 고압적인 태도로 비서에게서 수화기를 넘겨받았는데, 이쪽 기획을 듣자 점차 목소리가 부드러워졌다. 처음에는 광고 의뢰라고 착각했나 보다. 그리고 재빨리 머리를 굴려 자기 반평생이 기사화될 경우의 이익을 계산한 것이다.

'톱 인터뷰'라는 기획은 9월부터 연재한 기사인데, 자수성가한 사장에게 초점을 맞추어 그 고생과 노력을 기사화한 이야기였다. 일단 취재 약속을 잡는 데 성공했으니 좀 더 만족스럽게 수화기를 놓을 법도 한데, 아사카와는 마음이 무거웠다. 어디까지나 속물로밖에 보이지 않는 남자에게서 들을 이야기는 항상 익숙한 고생담에, 자기가 얼마나 재기 넘치는지, 기회를 어떻게 잡았는지,

승진을 어떻게 했는지……. 적당한 선에서 예의 바르게 자리를 털고 일어서지 않으면 한도 끝도 없이 이어지는 성공 스토리였다. 지긋지긋했다. 아사카와는 이런 기획을 생각한 사람이 미웠다. 잡지를 유지하기 위해서는 아무래도 광고가 필요했고, 이 일이 그 포석으로서 나중에 도움이 되리라는 사실은 알고 있었다. 하지만 아사카와는 회사가 돈을 잘 벌든 손해를 보든 별로 관심이 없었다. 중요한 건, 재미있는 업무를 하게 되는가, 단지 그것뿐이었다. 상상력을 쓸 수 없는 일은 육체적으로는 편해도 정신적으로 피곤한 경우가 많았다.

아사카와는 4층 자료실로 향했다. 내일 인터뷰의 사전 조사가 있었지만, 그 이상으로 신경 쓰이는 일이 있었다. 흥미로운 두 사고를 연결하는 객관적 인과관계가 문득 머리에 떠오른 것이다. 어디부터 손대면 좋을지 몰랐지만 속물 사장의 목소리를 머리에서 쫓아낸 틈으로 끼어들어 오는 의문.

과연 9월 5일 오후 11시 전후에 발생한 원인 불명의 돌연사는 이 두 건밖에 없을까?

그렇지 않으면, 다시 말해 이밖에도 비슷한 사건이 일어났다면 우연이 아닐 확률이 점점 0에 가까워진다. 아사카와는 9월 초순의 신문을 훑어보기로 했다. 직업상 신문은 꼼꼼하게 읽었다. 하지만 사회면 기사 같은 것은 제목만 훑어보고 넘겨 버리는 때도 많아서 무언가 빠뜨렸을 가능성도 충분히 있다. 그랬으리라는 느낌이 강하게 왔다. 떠오르는 일이 있었다. 한 달 전에 사회면 맨 구석에서 기묘한 기사를 본 것 같은 느낌이 들었다. 왼쪽 아래의 작은 칸이었는데……, 기사가 지면의 어느 위치에 실려 있는지는 기억하고 있었다. 제목을 보고 '뭐야?' 하고 생각했지만, "어이, 아사카와!" 하고 부르는 데스크의 목소리에 뒤돌아보고는 바쁜 마음에 읽지 못한 채 그대로 놔두었던 기사였다.

아사카와는 9월 6일 조간신문부터 조사하기 시작했다. 반드시 단서를 발견할 수 있다는 확신이 있어서, 보물을 찾는 어린애처럼 가슴이 두근댔다. 어두운 자료실에서 약 한 달 전의 신문을 읽는다는, 고작 그런 일에서조차 속물 인터뷰에서 맛볼 수 없는 정신적 고양감이 느껴졌다.

바깥을 야단스럽게 뛰어다니는 다양한 사람들에게 구애받지 않고 이러한 작업을 하는 편이 아사카와에게는 더 잘 맞았다.

9월 7일의 석간…… 아사카와가 기억하던 바로 그 장소에 눈에 띄는 기사가 있었다. 34명의 희생자를 낸 해양 조난 사고 뉴스에 밀려서, 그 기사의 영역은 상상했던 것보다 훨씬 좁았다. 보다가 놓친 것도 무리가 아니었다. 아사카와는 금속테 안경을 잡고 지면에 얼굴을 바싹 댄 채 한 자 한 자 놓치지 않도록 기사 내용을 읽었다.

렌터카에 젊은 남녀의 변사체

7일 오전 6시 15분경, 요코스카 시 아시나 현 도로변 공터에 세워진 승용차 앞좌석에서 젊은 남녀가 죽어 있는 것을, 지나가던 트럭 기사가 발견하여 요코스카 경찰서에 신고했다.

차량 번호를 통해, 사망한 남녀는 도쿄 시부야 구의 재수생(19)과, 요코하마 이소고 구의 사립 여자 고등학생(17)으로 판명되었다. 차는 이틀 전 저녁 무렵, 시부야 구의 렌터카 업체에서 재수생이 빌린 것으로 밝혀졌다.

발견 당시 차는 잠겨 있었고 열쇠는 꽂혀 있는 그대로였다. 사망 추정 시각은 5일 심야부터 새벽 사이이다. 차창이 꽉 닫혀 있던 점에서, 잠든 상태에 산소 결핍으로 죽었다고 보이지만, 약물에 의한 동반 자살의 가능성도 있으며, 자세한 사인은 아직 밝혀지지 않았다. 아직 타살의 가능성은 없다고 한다.

기사는 이게 다였지만 아사카와에게는 확실히 감이 왔다. 우선 사망한 17세 여고생은 처조카 도모코와 같은 요코하마의 사립 여자 고등학교에 다니던 동갑내기였다. 렌터카를 빌린 남자도 시나가와 역까지 사고사한 청년처럼 재수생이었으며 나이도 같은 19세였다. 사망 추정 시각도 거의 비슷했다. 그러나 사인은 역시 불명이었다.

이 네 명의 죽음에는 반드시 접점이 있으리라. 결정적인 공통점을 발견하는 데 그렇게 시간은 걸리진 않을 것이다. 아무래도 아사카와는 대형 신문사 직원이니만큼 정보는 어렵지 않게 구할 수 있었다. 기사를 복사하고 나서 일단 편집국으로 향했다. 어마어마한 금맥을 찾아내었다는 만족감으로 발이 점차 빨라지고 엘리베이터를 기다리는 시간조차 아깝게 느껴졌다.

요코스카 시청 기자 클럽. 요시노는 전용 책상에 앉아서 원고지에 펜을 놀리고 있었다. 도쿄 본사에서 여기까지 고속도로가 막히지만 않으면 1시간 만에 올 수 있었다. 아사카와는 요시노의 뒤에서 말을 걸어왔다.

"요시노 선배."

1년 만의 만남이었다.

"어이구, 아사카와? 웬일이야? 요코스카 촌구석까지……. 앉아, 앉아."

요시노는 빈 의자를 끌어서 아사카와에게 권했다. 얼굴이 온통 수염투성이라 품격은 없어 보이는 인상이지만, 요시노는 의외로 다른 사람을 신경 쓸 줄도 알았다.

"바쁘세요?"

"어어, 뭐, 그렇지."

요시노는 아사카와가 아직 사회부에 몸담고 있을 무렵의 3년 선배로, 현재 35세였다.

"실은, 요코스카 통신부에 물어봤더니 요시노 선배가 여기 계신다고 해서……."

"뭐야, 나한테 볼일이 있어?"

아사카와는 먼저 복사한 기사를 내밀었다. 요시노는 이상할 정도로 오랫동안 줄곧 그것을 들여다보았다. 자기가 쓴 기사이니 그렇게 열심히 읽지 않아도 내용은 알 텐데, 그 좋아하는 땅콩을 정신없이 입으로 넣다 말고 온 신경을 쏟아 읽었다. 지금은 땅콩을 천천히 우물거리고 있었다. 마치 기사 내용 전체를 떠올리고 함께 위 속에서 소화하고 있는 것처럼.

"이게 어쨌는데?"

그는 진지한 표정으로 아사카와에게 물었다.

"아뇨, 좀 자세히 듣고 싶어서요."

요시노가 일어섰다.

"좋아, 근처에서 차라도 마시면서 이야기하자."

“시간 괜찮으세요?”

“괜찮아. 이 얘기가 훨씬 재미있을 것 같군.”

시청 바로 옆에 작은 찻집에서 커피를 200엔에 마실 수 있었다. 요시노는 자리에 도착하자마자 바로 카운터를 돌아보며 “커피 두 잔!” 하고 소리쳤다. 그리고 아사카와를 정면으로 바라보며 바싹 몸을 기울였다.

“봐 봐, 내가 사회부에서 기자 생활을 한 지 12년이 되지? 12년 동안 진짜 이상한 사건 여럿 봤지. 하지만, 이렇게 이상한 일은 처음이었어.”

요시노는 거기까지 말하고 물을 한 모금 마시고, 다시 이야기를 시작했다.

“아사카와. 네 물음에 답해 주는 조건으로 대답해 달라고 하긴 좀 뭣 하지만, 본사 출판국에 있는 네가 어째서 이 사건을 조사하는 거지?”

아직 속내를 보일 수는 없다. 아사카와는 자신만의 특종으로 만들고 싶었다. 요시노같이 눈치 빠른 선배가 알았다간 눈 깜짝할 새에 채 가서 자기 걸로 만들어 버릴 것이다. 아사카와는 순간적으로 거짓말을 했다.

“거창한 이유는 아니에요. 우리 조카애가 이 죽은 여고생이랑 친구라, 계속 물어보더라고요. 이 사건요. 그래서 이쪽에 들른 김에…….”

어설픈 거짓말이다. 요시노는 수상하다는 눈빛을 찌릿 빛냈지만 흥미를 서서히 잃고 기울였던 몸을 끌어당겼다.

“진짜냐?”

"그럼요, 여고생이잖아요. 친구가 죽었다는 사실만으로도 큰일인데, 사망 당시 상황도 묘하니 꼬치꼬치 시끄러워서……. 부탁드립니다. 자세하게 좀 알려 주세요."

"그럼, 뭐가 듣고 싶은데?"

"나중에 사인이 판명되었나요?"

요시노가 고개를 저었다.

"뭐, 요컨대 갑작스런 심장 정지라던데, 어떻게 그런 일이 생겼는지는 전혀 몰라."

"타살일 가능성은요? 예를 들어 목이 졸렸다든가."

"그럴 리가 없어. 목에 내출혈 흔적도 없었으니까."

"약물은……."

"해부를 해도 약물 반응이 없더라고."

"그렇다면 그 사건은, 아직 해결……."

"어이어이, 해결이란 말도 거지 같아. 살인이 아니니까 사건이고 뭐고 성립이 안 돼. 병사, 혹은 사고사, 그걸로 종결이야. 당연히 수사본부도 없지."

개운치 못한 말투였다. 요시노는 의자에 등을 기대고 있었다.

"사망자의 이름을 공개한 이유는 뭔가요?"

"미성년이니까. ……그리고 의심 가는 바도 있어서."

요시노는 거기서 무언가를 말하려고 하다가 문득 웃었다. 몸을 앞으로 끌어당겼다.

"남자는 말이지, 청바지와 함께 속옷도 무릎까지 내리고 있었어. 여자도 마찬가지로 팬티를 무릎까지 내려놓고 있더라고."

"그렇다면 그, 한창이었다는 뜻이겠네요."

"한창이었다는 게 아니고. 그때부터 하려던 참이었겠지. '이제부터 시이작!' 하려는데 그때!"

요시노는 '짝!' 하고 손뼉을 쳤다.

"무슨 일이 생긴 거지."

어지간히 기분이 고조된 모양이었다.

"이봐, 아사카와. 솔직하게 다 말해 줄 테니까…… 너, 이 사건에 관계된 단서를 갖고 있는 것 아냐……?"

"……."

"비밀은 지켜 줄게. 공적을 가로채겠다는 마음도 없다고. 그냥 난 흥미가 있을 뿐이야."

아사카와는 입을 다물었다.

"이봐, 나 듣고 싶어서 미치겠다고."

생각해 보았다. 역시 안 되겠다. 아직 말하지 않는 게 낫다. 하지만 거짓말은 통하지 않았다.

"죄송합니다, 요시노 선배. 조금 더 기다려 주시겠습니까? 아직 뭐라 말하기 어려워서요. 이삼일 내에는 반드시 말씀드릴게요. 약속하겠습니다."

요시노의 표정에 실망한 기색이 떠올랐다.

"쳇, 네가 그렇게 말한다면……."

아사카와는 간절한 눈빛으로 그를 바라보았다. 이야기를 재촉하는 시선.

"뭔가 일어났다고밖에 생각할 수 없지. 남자랑 여자가, 곧 하려던 찰나에 질식하겠냐? 웃기지도 않지. 처음에 독을 먹어서 그게 효과를 일으켰다고 볼 수도 있겠는데 그런 반응은 없고……. 뭐,

반응이 나오지 않는 독물도 있기야 하지만, 재수생과 여고생 커플이 그렇게 쉽게 구할 물건은 아니지."

요시노는 차가 발견된 장소를 떠올렸다. 직접 걸어서 갔기 때문에 상당히 또렷하게 인상이 남아 있었다. 아시나에서 오구스야마로 올라가는 비포장 국도변 작은 언덕 옆에 나무가 울창한 공터가 있는데, 지나가는 차가 올라가다 보면 사고 차량이 뒷부분만 약간 보이는 위치에 세워져 있었다. 운전하던 재수생이 어떤 생각으로 그 장소로 차를 몰았는지 상상하기 어렵지는 않았다. 밤에 도로를 지나가는 차들은 거의 한 대도 없고, 산 표면에서 옆으로 수풀이 가려 주니까 돈 없는 커플들에게는 절호의 밀실이 되었다.

"거기서 남자는 핸들과 차창 사이에 머리를 박고 있고, 여자는 조수석 시트와 문 사이에 머리를 파묻고 죽어 있었어. 내 눈으로 직접 시신 두 구가 차에서 들려 나오는 것까지 봤다고. 문을 연 순간 시신이 각각 문에서 튕겨 나오지 뭐야. 죽는 순간 안쪽에서 강력한 힘으로 눌렸던 것처럼, 그리고 죽은 뒤 30시간이 지난 그 때까지도 그 힘이 남아 있었던 것처럼 조사원이 문에 손을 댄 순간 굴러 나왔어. 봐 봐, 이 차는 문이 두 개고 키를 안에서 놓은 채로는 도어록을 설정할 수 없게 되어 있었어. 그리고 키가 꽂혀 있고, 그럼에도 문은 잠겨 있고……. 대체 영문을 모르겠어. 차가 완전한 밀실 상태였다는 소리야. 외부에서 어떠한 힘이 작용했다고는 생각하기 어려웠지. 이봐, 어떤 표정으로 죽었는지 알아? 둘 다 완전히 겁에 질려 있더라고. 그 공포가 표정으로 딱 보이더라."

요시노는 거기서 한숨 돌렸다. 침을 꿀꺽 삼키는 소리가 들렸는데, 아사카와가 낸 소리인지 아니면 요시노가 낸 소리인지 알 수 없었다.

"한번 생각해 보라고. 만약에, 혹시나, 숲에서 무서운 짐승이라도 나왔다고 치자. 두 사람은 그러던 상황에 갑자기 무서워서 몸을 서로 끌어당겼을 거야. 남자가 그렇게 안 했어도 적어도 여자는 분명 남자 쪽에 몸을 붙이겠지? 일단은 애인이니까. 그런데 말이지, 남자나 여자나 서로 상대에게서 조금이라도 떨어지려고 하면서 있는 힘껏 등을 문 쪽으로 밀고 있었어."

요시노는 두 손 다 들었다는 몸짓을 했다.

"도대체 영문을 모르겠더라고."

혹시 요코스가 만에서 해상 사고가 일어나지 않았다면 그 기사가 좀 더 크게 다루어졌을 것이다. 그리고 일반 독자들이 추리 퍼즐 응모하듯 장난감 삼아 실컷 가지고 놀았을 게 뻔했다. 하지만...... 조사원을 포함한 그 자리에 있던 사람들 사이에 퍼진 분위기는 그렇지 않았다. 다들 비슷비슷한 생각을 했었음에도, 그리고 그 말이 목구멍까지 치솟았을 텐데도 누구 하나 말하려 하지 않았던 그 분위기. 젊은 남녀 커플이 그 순간 동시에 심장 발작으로 사망한다는 게 있을 수 없는 일인데도 억지로 의학적인 이유를 갖다 붙여서 스스로를 납득시키려 했다. 그러나 그것을 믿는 사람은 그들 중에 아무도 없었다. 하지만 다른 사람에게 비과학적이라는 말을 들으며 바보 취급 받기 싫으니까 그런 이야기를 할 수는 없었다. 상상도 못 할 공포의 힘이 자기에게 끌려 들어올까 봐 무서워서 인정하고 싶지 않은 것이다. 그렇다면 설사 납득할 수는 없어도 과학적인 설명에 안주하는 편이 훨씬 마음 편하다.

아사카와와 요시노의 등줄기로 동시에 오한이 스쳐 지나갔다. 역시 둘 다 같은 것을 생각하고 있었다. 잠깐의 침묵이 두 사람의 가슴에 어떤 종류의 예감이 차오르고 있다는 것을 증명했다. 아직 끝나지 않았다, 이제부터 뭔가 일어난다. 어느 정도 과학적인 지식을 습득하고 있는 사람이라 해도 근본적인 부분에서는 과학의 법칙으로 설명할 수 없는 어떤 존재를 믿는다.

"발견되었을 때, 남자와 여자는 손을 어디에 놓고 있었어요?"

갑자기 아사카와가 물었다.

"머리…… 아니, 머리라고 하기보다는 양손으로 얼굴을 덮고 있었다는 느낌인데."

"이런 식으로, 머리카락을 잡아 뽑지는 않았어요?"

아사카와가 자기 머리카락을 잡아당겨 보였다.

"엉?"

"그러니까 그, 자기 머리를 쥐어뜯으면서 머리카락을 뽑았다든가 말이죠."

"아니, 그렇지는 않았던 것 같아."

"그렇습니까. 요시노 씨, 그 재수생과 여고생 주소와 이름을 알려 주실 수 있나요?"

"괜찮지. 그래도 아까 한 약속은 잊지 말라고."

아사카와가 웃으며 끄덕이는 것을 보고 요시노는 일어섰다. 그 바람에 탁자가 흔들려서 커피가 컵받침으로 흘러넘쳤다. 요시노는 한 번도 커피를 입에 대지 않았다.

5

아사카와는 일하는 짬짬이 사망한 네 젊은이의 신변을 조사하려 했지만, 업무에 쫓겨서 생각한 만큼 진도가 나가지 않았다. 이러저러는 사이 일주일이 지났고 날짜는 계속 지나 비가 계속 내리는 8월의 한더위도, 여름으로 다시 돌아가는 듯한 9월의 폭염도 깊어 가는 가을색에 떠밀려 가고 그러다 과거의 기억이 되살아났다. 그동안 아무 일도 일어나지 않았다. 그 이후로 신문 사회면을 구석구석까지 훑어보았지만 비슷한 사건은 없었다. 아니면 아사카와의 눈에 띄지 않는 곳에서 무서운 사건이 서서히 진행되고 있었던 것일까? 시간이 지날수록 네 명의 죽음이 그저 단순한 우연이며 어떤 연관성도 없을지도 모른다는 생각이 더 많이 들었다. 요시노도 그 이후론 만난 적이 없었다. 그도 이젠 잊어버렸을 것이다. 기억하고 있다면 아사카와에게 연락을 했을 테니까.

아사카와는 사건에 대한 열정이 멀어질 때면 언제나 네 장의 카드를 주머니에서 꺼내서 우연일 리 없다고 마음을 고쳐먹었다. 카드 위에는 이름과 주소 등의 필요 사항이 적혀 있고 그 아래 공백에는 8월부터 9월에 걸친 네 명의 행동과 내력 등 취재로 얻은 정보가 남김없이 메모되어 있다.

카드 1

오이시 도모코

1972년 10월 21일생

사립 게세이 여자학원 3학년 17세

주소: 요코하마 시 나카 구 혼모쿠모토 초 1-7
9월 5일 오후 11시 전후 양친 부재시 자택 1층 부엌에서 사망. 원인은 급성심부전.

카드 2
이와타 슈이치
1971년 5월 26일생
에이신 재수학원에서 재수 중 19세
주소: 시나가와 구 니시나카엔 1-5-23
9월 5일 오후 10시 54분 시나가와 역 앞 교차로에서 타고 있던 오토바이가 전복되고 사망. 사인은 심근경색.

카드 3
쓰지 요코
1973년 1월 12일생
사립 게세이 여자학원 3학년 17세
주소: 요코하마 시 이소고 구 모리 5-19
9월 5일 한밤중에서 새벽 사이 오구스야마 산기슭 국도변에 세워진 차 안에서 사망. 사인은 급성심부전.

카드 4
노미 다케히코
1970년 12월 4일생
에이신 재수학원에서 삼수 중. 19세.

주소: 시부야 구 우에하라 1-10-4
9월 5일 한밤중에서 새벽 사이에 오구스야마 산기슭에 세워진 차 안에서 쓰지 요코와 함께 사망. 사인은 급성심부전.

오이시 도모코와 쓰지 요코는 같은 고등학교에 다니는 친구고, 이와타 슈이치와 노미 다케히코도 같은 재수학원에서 공부하는 친구라는 사실은 취재로 확인할 것도 없이 명백했다. 그리고 쓰지 요코와 노미 다케히코가 9월 5일 밤, 요코스카 오구스야마로 드라이브를 간 사실만 봐도 이 둘이 최소한 연인 아니면 같이 노는 친구였다는 점 역시 틀림없다. 친구들 사이에서도 쓰지 요코가 도쿄에 사는 재수생과 사귀고 있다는 소문이 있었다. 현재로서는 언제 어떻게 알게 된 사이인지는 아직 알려져 있지 않았다. 그렇다면 당연히 오이시 도모코도 이와타 슈이치와 연인이 아니었을까 하는 의문이 제기되는데 아무리 조사를 해도 그걸 뒷받침할 증거는 나오지 않았다.

아니면, 오이시 도모코와 이와타 슈이치는 일면식조차 없는 사이인지도 모른다. 그렇다면 이 네 명을 잇는 실은 대체 어디에서 찾아야 할까? 정체불명의 존재가 무작위로 희생자를 고른 거라고 하기엔 이들 세 사람의 관계가 너무 밀접했다. 예를 들어 이 넷이 다른 사람은 모르는 비밀을 알게 되었다가 그 비밀 탓에 살해되었다든가……. 아사카와는 좀 더 과학적으로 생각했다. 네 사람이 어느 날 동시에 특정 장소에 있다가 심장을 멎게 하는 바이러스에 감염되었다.

'어, 잠깐.'

아사카와가 걷다가 고개를 저었다.

'급성심부전을 일으키는 바이러스 같은 것이 있겠어?'

"바이러스, 바이러스." 하고 아사카와가 계단을 오르면서 두 번 읊어 보았다. 그리고 역시 가장 과학적인 설명을 시도해 보는 것이 우선이라고 마음을 고쳐먹었다. 일단 급격한 심장 발작을 일으키는 바이러스의 존재가 있다는 가정을 하자. 초자연적인 힘이 있다는 생각을 하는 것보다 어느 정도는 현실적이면서 다른 사람이 비웃을 염려도 적을 거라 생각되었다. 현재까지 지구상에서 발견되지 않았다 해도, 운석 내부에 숨겨져서 최근에 우주에서 날아온 것일 수도 있었다. 또는 세균병기로 개발되던 것이 새어 나왔을 가능성도 있었다. 그렇다. 일단 그것을 바이러스의 일종이라고 생각해 보자. 물론 이렇게 한대도 모든 의문이 풀리는 것은 아니지만. 왜 네 사람이 모두 경악한 표정으로 죽어 있었을까? 쓰지 요코와 노미 다케히코는 왜 좁은 차 안에서 서로 상대에게서 떨어지려는 자세로 죽었을까? 어째서 검시 결과에서는 아무것도 발견되지 않았지? 만약 세균병기가 유출된 것이라고 하면 세 번째 의문은 쉽게 대답할 수 있다. 윗선에서 함구령이 떨어졌기 때문일 것이다.

그런데 그런 가정에 근거하여 논리를 펴 보면, 피해자가 이 이상 나타나지 않는다는 사실에서 공기 감염 바이러스가 아니라는 것은 명백했다. 에이즈처럼 혈액으로 감염되는 바이러스일지, 아니면 극히 감염되기 어려운 바이러스일지. 그리고 더 궁금한 점은 그 네 사람이 대체 어디서 감염되었는지였다. 그들이 8월에서 9월 사이에 뭘 했는지도 다시 한 번 샅샅이 조사해서 공통되는 시간과 장소를 찾아내야만 했다. 당사자가 입을 열 수 없는 상황이니만큼 그렇게 간단하게 발견할 수는 없으리라. 네 사람만의 비밀이라 부모나 친구조차 전혀 모르는 상황이라면 찾아낼 수 있을 리 없다. 하지만 이 네 명은 분명히 언제 어느 장소에서 어떠한 '것'을 공유했음이 틀림없다.

아사카와는 워드프로세서 앞에 앉아 일단 정체불명의 바이러스에 대한 생각을 머리에서 떨쳐냈다. 조금 전에 취재해 온 노트를 꺼내서 카세트테이프 내용을 재빨리 감았다. 기사는 오늘 중에 완성시켜야 했다. 내일 일요일은 아내 시즈카와 함께 처형인 오이시 요시미의 집을 방문하도록 되어 있었다. 도모코가 죽은 장소를 실제로 눈으로 확인하고, 분위기가 아직 남아 있다면 그것을 피부로 느껴 보고 싶었다. 무남독녀 외동딸을 잃은 처형을 위로하기 위한 일이기도 했기에 아내는 아사카와가 같이 가는 것에 동의했다. 물론 그녀는 남편의 진의를 모르고 있었다.

기사 줄거리도 정하지 않고 아사카와는 키보드를 두드리기 시작했다.

6

아사카와의 아내 시즈카는 거의 한 달 만에 친정 부모와 재회했다. 손녀 도모코가 죽은 이래 두 사람은 휴일마다 먼 아시카가에서 일부러 찾아와서 딸을 위로하고 있었다. 시즈카는 지금에서야 그것을 알았다. 연로한 부모님이 수척해진 얼굴에 깊은 슬픔을 담고 계신 모습을 보는 것은 정말 마음이 아픈 일이다. 장인 장모에게는 손주가 셋 있었다. 장녀 요시미의 딸 도모코, 차녀 노리코의 아들 겐이치, 그리고 아사카와 부부의 딸 요코. 세 딸이 각자 한 명씩 낳았으니 손자가 많다고 하기는 어려웠다. 그래서 첫 손녀였던 도모코와 만날 때마다 꼭 장인과 장모는 주름 가득한 얼굴을 활짝 피며 도모코가 실컷 어리광을 부리게 해 주었다. 처형 부부의 슬픔과 장인, 장모의 슬픔 중 어느 쪽이 더 클지 판단할 수 없을 정도로 장인 내외는 크게 상심했다.

'손녀가 그렇게 귀여울까.'

올해 막 삼십줄에 들어선 시즈카는 자기 자식이 만약 죽는다면, 하고 상상하며 언니의 슬픔을 추측해 보는 게 고작이었다. 하지만 딸인 요코는 아직 한 살 반이라 17세에 세상을 뜬 도모코와는 비교 자체가 불가능했다. 세월에 따라 쌓인 무게가 애정을 얼마나 깊게 하는지 시즈카는 상상도 못 할 노릇이었다.

오후도 어느덧 3시를 지났으니 아시카가에 사는 친정 어르신들이 돌아갈 채비를 했다.

시즈카는 이상한 생각이 들었다. 언제나 바쁘다 바쁘다하던 남편이 어째서 처형 댁에 방문할 생각을 했을까? 원고 마감에 쫓겨서 장례식에조차 얼굴을 내밀지 않아 놓고서. 게다가 슬슬 저녁밥 준비 시간인데도 전혀 돌아가려는 기색이 없었다. 처조카인 도모코는 몇 번 만났을 뿐이어서 친하게 이야기를 나눈 적도 없을 터라, 남편이 고인을 그리워하며 자리를 지킬 위인이라고는 생각되지 않았다.

"여보, 이제 슬슬……."

시즈카는 아사카와의 무릎을 가볍게 두드리고 귓가에 그렇게 속삭였다.

"요코 녀석, 졸린가 봐. 여기서 좀 재우고 나서 가는 게 좋지 않겠어?"

그들은 어린 딸을 데리고 왔다. 평소라면 지금쯤 낮잠을 잘 시각이긴 했다. 확실히 요코는 눈꺼풀이 무거운 기색이 역력했다. 하지만 여기서 낮잠을 재우면 이 집에 두 시간은 더 머물러야만 했다. 외동딸을 잃은 언니 부부와 두 시간 더, 대체 무슨 이야기를 해야 될까?

"기차 안에서 재우면 되지."

시즈카가 목소리를 낮추고 이야기했다.

"이전에 그러다가 깨서 우는 바람에 난리 났었잖아. 또 그런 일은 피하자고."

요코는 밖에서 졸리면 손을 쓸 수 없을 정도로 칭얼대긴 했다. 두 손 두 발을 바둥대며 큰 소리로 난리를 쳐서 부모를 곤란하게 했다. 야단이라도 치면 불에 기름을 쏟아 붓는 격이 되었는데, 역시 잘 재우고 다니는 것 외에는 얌전하게 만들 방법이 없었다. 보통 이런 상황에 처하게 되면 아사카와는 주변 시선을 의식해서 주변 사람보다 부모가 제일 피해자라는 뜻이 담긴 기분 나쁜 표정으로 침묵해 버렸다. 다른 승객의 불쾌한 시선 때문에 책망을 받는 기분이 들어서 아사카와는 숨 쉬는 것조차 불편해졌다. 그리고 시즈카도 역시 신경질적으로 뺨 근육을 떨고 있는 남편 표정을 절대 보고 싶지 않았다.

"당신 생각이 그러면……."

"그렇게 하자. 2층에서 잠깐 재우고 올게."

요코는 엄마 무릎 위에 반쯤 눈을 감고 있었다.

"내가 재우고 올게."

아사카와가 딸의 뺨을 손등으로 쓰다듬으며 말했다. 어지간히 자기 아이를 돌보는 일에 무관심하던 남편이 하는 말이라 꽤 어색하게 들렸다. 아이를 잃은 부모의 슬픔에 자극 받아 마음을 바꿔 먹은 걸까?

"왜 그래? 오늘…… 좀 이상하네."

"괜찮아, 이 상태면 바로 잘 거야. 나한테 맡겨."

시즈카가 딸을 아사카와에게 넘겼다.

"그럼 부탁해. 항상 이렇게 도와주면 좋을 텐데."

엄마의 가슴에서 아빠의 가슴으로 이동하는 순간, 요코는 아주 잠깐 얼굴을 찌푸렸지만 울 틈도 없이 잠에 빠져들었다. 아사카와는 딸을 품에 안고 계단을 올라갔다. 2층에는 일본식 다다미방 두 개와 전에 도모코가 쓰던 현대식 방이 하나 있었다. 아사카와는 남향인 일본식 방 이불에 살며시 요코를 내려놓았다. 곁에 붙어 있을 필요는 없었다. 딸은 귀여운 숨소리를 내며 이미 깊은 잠에 빠져들어 있었다.

아사카와는 슬쩍 방에서 나와 계단 밑을 살피고 도모코의 방에 들어갔다. 죽은 사람의 프라이버시를 건드리는 행위에 약간 죄책감을 느꼈다. 언제나 자신을 자제하려 하지 않았나. 하지만 대의를 위해서는, 커다란 악을 막기 위해서는 어쩔 도리가 없었다. 그렇게 이런저런 이유를 붙여 가며 스스로를 정당화하려는 자신이 한심해지기도 했다. 그는 지금 변명을 하고 있다. 기사를 쓰기 위해서가 아니라 네 사람이 공통으로 엮이게 된 시간과 장소를 찾는 일만 하고 말 거라며, 잠깐 실례하겠다고.

아사카와는 책상 서랍을 열었다. 보통 여고생이 쓸 법한 문구들이 잘 정돈되어 있다. 사진이 세 장, 수납 도구, 편지, 메모장, 재봉 도구. 죽은 뒤 부모의 손길이 닿았을까? 아니, 그렇게 보이지는 않았다. 원래 깔끔한 걸 좋아했지. 일기장 같은 게 나오면 제일 빨리 해결되는데. 'X월 X일, 언제 어디서, 쓰지 요코, 노미 다케히코, 이와타 슈이치와 넷이서…….' 하고 적힌 것을 찾을 수만 있다면. 아사카와는 책장에서 노트를 꺼내서 팔락팔락 넘겨 보았다. 서랍 안쪽에서 꽤나 여자애다운 일기장이 나왔지만 처음 몇 쪽에만 형식적인 이야기가 쓰여 있을 뿐이고, 훨씬 이전 날짜만 있었다.

책상 옆 컬러 박스에 책은 없고 그 대신 빨간 꽃무늬의 작은 화장대가 놓여 있었다. 서랍을 열었다. 저렴해 보이는 액세서리 몇 가지. 물건을 잘 잃어버리는 버릇이라도 있는지 짝 맞춰 한 쌍씩 있는 귀걸이가 적다. 휴대용 빗에 가느다란 머리카락이 몇 가닥 걸려 있었다.

붙박이장을 열었더니 훅 하고 여고생의 향기가 느껴졌다. 다채로운 무늬의 원피스나 스커트가 빼곡하게 걸려 있었다. 처형 부부는 외동딸의 채취가 배어 있는 옷을 어떻게 처리하면 좋을지, 아직도 처리 방법을 못 찾고 있었다. 아사카와는 아래층 쪽에 귀를 기울였다. 아내와 처형 부부는 무슨 이야기에 열심인 듯했다. 아사카와는 옷 주머니를 하나씩 뒤졌다. 손수건, 사용한 영화 티켓, 껌 한 통이 나왔고 핸드백 안에는 냅킨, 정기권 파우치가 있었다.

파우치 안을 들여다보았다. 야마테에서 쓰루미까지 오가는 정기권, 학생증, 그리고 카드 한 장. 카드에는 이름이 적혀 있었다. '野々山結貴' 뭐야, 어떻게 읽는 거지? 유키, 아니면 유우키. 여자인지 남자인지, 이름으로는 알 수 없었다. 어째서 다른 사람 이름의 카드가 이런 데에 있지? 계단을 오르는 발소리가 들렸다. 아사카와는 카드를 자기 주머니에 넣은 후 정기권 파우치를 원래 자리에 돌려놓고 옷장을 닫았다. 복도로 나오니 처형인 요시미가 마침 계단을 다 올라온 참이었다.

"저어, 2층에도 화장실이 있었던가요?"

아사카와가 과장해서 두리번거리며 물었다.

"저쪽 맞은편인데요."

수상해하는 기색은 없었다.

"요코, 얌전히 자고 있어요?"

"그럼요. 덕분에요. 이렇게 폐 끼쳐서 죄송합니다."

"아녜요, 뭘 그런 걸."

처형은 손을 가지런히 모으고 고개를 가볍게 숙이고서 일본식 방으로 들어갔다.

화장실에서 아사카와가 카드를 다시 꺼냈다. 퍼시픽 리조트 클럽의 회원증. 이 카드의 용도였다. 그 아래 '野々山結貴'라는 이름과 회원 번호, 유효 기간이 적혀 있었다. 뒤를 살펴보았다. 주의 사항 다섯 가지와 회사 이름 및 주소. 퍼시픽 리조트 클럽 주식회사. 도쿄 도 지요다 구 고지마치 3-5, TEL (03)261-4922. 줍거나 훔친 것이 아니면 도모코는 아마 이 카드를 노노야마라는 사람에게서 빌렸을 것이다. 무엇을 위해? 물론 퍼시픽 리조트의 시설을 이용하기 위해서이리라. 어디에 있는 시설이고 언제 빌린 거지?

처형 집 안에서 전화를 쓸 상황이 아니었다. 아사카와는 담배를 사러 간다고 하고선 근처 공중전화로 뛰어갔다.

다이얼을 돌리자 신호음이 가며 젊은 여성의 목소리가 들렸다.

"네, 퍼시픽 리조트입니다"

"저어, 그쪽 회원권으로 이용할 수 있는 시설이 뭐가 있는지 알고 싶은데요."

그녀가 답변을 머뭇거렸다. 간단하게 말로 설명하기 어려울 정도로 이용 시설 수가 많을지도 모르겠다.

"아, 아니 그러니까…… 도쿄에서 1박으로 갈 수 있는 범위에서요."

아사카와는 덧붙여서 말했다. 세 명이 나란히 2박 또는 3박으로 집을 나섰다면 상당히 눈에 띄었을 것이다. 여태 조사에서 발견할 수 없었다고 하면 기껏 해야 1박 정도의 거리일 것이다. 1박 정도였다면 친구네 집에서 자고 온다는 말을 해도 부모님이 눈을 감아 주었을 것이다.

"미나미하코네에 퍼시픽랜드라는 종합 시설이 있습니다."

여성의 목소리는 사무적이었다.

"구체적으로, 그러니까 어떤 레저 시설이 있습니까?"

"예, 테니스, 골프, 육상 필드, 그리고 수영장도 있습니다."

"숙박 시설도 있습니까?"

"네. 호텔과 콘도인 빌라 로그캐빈이 있습니다. 혹시 괜찮으시면 안내서를 보내 드릴까요?"

"네, 꼭 좀 보내 주십시오."

아사카와는 손님으로 위장했다. 마음 편히 정보를 얻기 위해서였다.

"그 호텔이나 콘도에 일반 손님도 묵을 수 있나요?"

"예. 가능합니다. 일반인 요금이 따로 있습니다."

"그렇군요. 그럼 하나만 더요. 그 전화 번호 좀 알려 주세요. 한번 가 보려고요."

"숙박 예약이시라면 지금 바로 접수를 하실 수 있습니다."

"으음, 아니, 그쪽으로 가는 길에 갑자기 숙박 결정을 하게 될지도 모르니까…… 직통 전화번호를 가르쳐 주세요."

"잠시만 기다려 주세요."

기다리는 동안 메모지와 볼펜을 꺼내 들었다.

"말씀드릴까요?"

여자 목소리가 다시 돌아오더니 열한 자리 번호를 두 개 불렀다. 시외 국번이라 어지간히 길었지만 재빨리 적었다.

"만약을 위해 묻는 건데, 그 이외의 시설은 어디에 있습니까?"

"하마나코와 미에 현 하마지마 초에 똑같은 종합 레저랜드가 있습니다."

너무 멀었다! 고등학생이나 재수생이라면 그렇게 멀리 갈 돈이 없었을 것이다.

"그렇군요. 이름대로 태평양에 면해 있군요."

여자는 그 후 퍼시픽 리조트 클럽의 회원이 되면 얼마나 대단한 사은 선물이 있는지 또박또박 설명하기 시작했다. 적당히 듣다가 끊었다.

"알겠습니다. 팸플릿도 보내 주시겠어요? 주소를 말할게요."

아사카와가 주소를 말하고 수화기를 내려놓았다. 설명을 듣는 동안에는 정말 돈이 여유만 있다면 회원이 되어도 좋을 거라는 생각이 들기도 했다.

요코가 잠든 지 한 시간이 지나자마자 장인 내외도 아시카가로 돌아갔다. 시즈카는 부엌에 서서 문득 상념에 잠기며 언니를 대신해 설거지를 했다. 아사카와도 식당에서 식기를 나르며 바지런을 떨었다.

"웬일이야? 당신. 이상해."

시즈카가 설거지에서 손을 떼며 말했다.

"요코도 재워 주고, 부엌일도 도와주고. 웬 심경의 변화야? 계속 이대로 변하지 마요."

아사카와는 생각을 방해받고 싶지 않았다. 아내가 이름 그대로 조용히 있어 주길 바랐다(시즈카의 한자는 고요할 정(靜)을 쓴다—옮긴이). 여자를 조용하게 하는 방법은 대답을 하지 않는 것이다.

"여보, 그러고 보니 재우기 전에 기저귀 채웠어? 다른 집에서 실례라도 하면 어떡해."

아사카와는 개의치 않고 부엌 벽을 둘러보았다. 여기서 도모코가 죽었다. 사진을 보면 바닥에 유리잔 파편이 산산이 흩어져 있고 콜라가 튀어 있었다. 아마 냉장고에서 콜라 병을 꺼낸 마시려고 했을 때 그 바이러스 증상이 나타난 것이리라. 아사카와는 냉장고를 열고 도모코가 했던 대로 흉내 내기로 했다. 잔을 상상하며 마시는 흉내를 냈다.

"뭐하는 거야? ……당신."

시즈카가 입을 딱 벌리고 바라보고 있었다. 아사카와는 하던 일을 계속했다. 마시는 흉내를 내면서 뒤를 돌아보았다. 그랬더니 눈앞에 거실과 부엌을 구분하는 유리문이 있었다. 거기에 싱크대 위의 형광등이 반사되고 있었다. 바깥은 아직 날이 저물지 않아서 거실에도 빛이 들어와 밝은 나머지, 유리문에 비치는 것은 형광등 불빛뿐이고 이쪽에 있는 사람의 표정은 비치지 않았다. 혹시나 유리 건너편이 깜깜하면 이쪽이 선명하게 보일 것이다. 도모코가 그날 밤 여기에 서 있을 때와 같이……. 이 유리문은 아마 거울처럼 부엌 모습을 비추고 있었을 것이다. 공포로 떨리는 도모코의 표정이 비쳤다면? 아사카와에게는 이 유리판이야말로 일어났던 모든 일의 기록자처럼 느껴졌다. 빛과 어둠의 장난에 의해 투명하게도 되고 거울처럼도 되는 유리.

홀린 것처럼 유리에 얼굴을 바싹 붙이고 있는 아사카와의 등에 시즈카가 손을 얹으려 할 찰나, 2층에서 아기 울음소리가 들렸다. 요코가 깬 것이다.

"아, 요코 일어났나 보다."

시즈카가 젖은 손을 수건에 닦았다. 하지만 자다 일어난 것치고는 울음소리가 격했다. 시즈카가 서둘러서 2층으로 올라갔다.

대신에 온 것이 요시미였다. 아사카와가 먼저 카드를 내밀었다.

"이거, 피아노 아래 떨어져 있었어요."

아사카와는 태연히 그렇게 말하고 반응을 기다렸다. 요시미는 카드를 들고 뒷면을 보았다.

"이상하네요, 어떻게 이런 것이."

그녀가 이상한 듯이 고개를 갸웃거렸다.

"도모코가 친구에게 빌린 것 아닐까요?"

"근데 노노야마 유키라니 처음 들은 이름이네요. 그 아이 친구 중에 이런 이름도 있었나?"

그렇게 말한 뒤, 요시미는 곤란하다는 표정을 짓고는 아사카와를 보았다.

"어머. 이거 중요한 걸 텐데. 그 아이는 이제……."

요시미가 목이 멘 소리를 냈다. 이런 사소한 이야기로 슬픔에 박차를 가하게 되었다. 아사카와는 묻기를 주저했다.

"저어, 도모코는 여름방학에 친구들이랑 이 리조트 클럽에 갔다든가……."

요시미가 고개를 옆으로 저었다. 딸을 신뢰하는 것이다. 부모에게 거짓말을 하면서까지 친구들과 외박을 하러 나갈 아이는 아니다, 그리고 일단 수험생이니까 더욱 그렇다고. 아사카와는 요시미의 기분을 알 것 같았다. 이 이상 도모코 관련 이야기를 건드릴 수는 없었다. 일단, 고3 여고생이 남자친구와 콘도에 다녀오겠다고 부모에게 양해를 구하고 갔을 리가 없다. 아마 친구 집에서 공부한다든가 하는 거짓말을 했음이 틀림없다. 부모가 그걸 알 수는 없으리라.

"제가 주인을 찾아서 돌려주고 오겠습니다."

요시미는 말없이 고개를 숙이고 있다가 식당에서 들리는 남편 목소리에 황급히 부엌에서 뛰어나갔다. 외동딸을 잃은 지 얼마 안 된 도모코의 부친은 새로 만든 불단 앞에 앉아 아무 말이나 중얼거리며 영정에 말을 걸고 있었다. 그 목소리가 섬뜩하게 밝아서 아사카와도 우울해졌다. 마음 어디선가 현실을 부정하고 있는 것이다. 아사카와가 할 수 있는 일은, 털고 일어서기를 기도해 주는 수밖에 없었다.

아사카와도 한 가지 알게 되었다. 노노야마라는 사람이 리조트 클럽 회원증을 도모코에게 빌려주었다면, 도모코의 죽음을 듣고 바로 회원증을 받으려고 부모에게 연락을 취했을 것이다. 하지만 도모코의 어머니 요시미는 아무것도 모르고 있었다. 노노야마가 회원증에 대해 잊고 있을 리가 없다. 부모님 덕에 가족 회원이 되었다고 해도 비싼 회비를 지불한 이상, 잃어버린 채 그대로 놔둘 리 없다. 이것을 어떻게 해석하지? 아사카와는 이렇게 생각했다. 노노야마는 남은 셋, 즉 이와타, 쓰지, 노미 중 누구 한 명에게 카드를 빌려줬지만, 카드는 어떤 사정으로 도모코의 손에 들어갔고 그대로 남게 되었다. 노노야마는 빌려준 상대 부모에게 연락을 취하고, 부모는 아이의 유품에서 카드를 찾아내지 못했으리라. 카드가 여기 있으니까 말이다.

그렇다고 하면, 남은 셋의 유족과 연락을 취하면 혹시나 노노미야의 주소를 알아낼 수 있을지 모른다. 오늘 밤에라도 빨리 전화를 걸어야겠다. 그래도 단서를 찾지 못하면, 이 카드가 네 명에게 공통된 시간과 장소를 제공해 줄 실마리라는 가능성이 희박해질 것이다. 그래도 어찌 되었든 노노야마를 만나 이야기를 듣고 싶었다. 여차하면 퍼시픽 리조트의 회원번호로 주소를 알아내는 수밖에 없다. 아마 직접 리조트에 물어봐도 쉽게 가르쳐 주지는 않을 테지만, 이런 일은 신문사의 연줄을 쓰면 어떻게든 해결될 것이다.

누군가 아사카와를 부르고 있었다. 멀리서 들려오는 목소리,

……여보, ……여보. 아이의 울음소리에 섞여 들리는 아내의 목소리는 당황해하는 듯한 기색이었다.

"여보, 잠깐 이리 와."

아사카와는 퍼뜩 정신이 들었다. 문득, 지금까지 자신이 무엇을 생각하고 있었는지 잊어버렸다. 그보다 딸의 울음소리가 이상했다. 계단을 올라갈수록 그 생각이 강해졌다.

"무슨 일이야?"

아사카와는 아내를 책망하듯 물었다.

"애가 이상하네. 뭔가 문제 있나 봐. 평소랑 우는 모습이 좀 달라. 그지? 아픈가?"

아사카와는 요코의 이마에 손을 대 보았다. 열은 없었다. 하지만 작은 손이 떨리고 있었다. 그 떨림이 몸 전체로 전해져서 때때로 움찔움찔하고 등까지 꿈틀거렸다. 얼굴은 새빨갛고, 두 눈을 꼭 감고 있었다.

"언제부터 이래?"

"깼을 때 옆에 사람이 없었으니 언제부턴지 모르겠어."

깼을 때, 옆에 엄마가 없어서 우는 경우는 많았다. 하지만 엄마가 달려와서 안아 주면 바로 괜찮아지는 법이다. 아기는 뭔가 말하고 싶은 것이 있을 때 우는데, 이번엔 대체 무슨……. 이 아이는 지금 뭔가 말하려는 것이다. 어리광 삼아 울고 있는 것이 아니다. 작은 두 손을 얼굴 위로 꾹 잡고 있다. ……공포. 그래, 이 아이는 너무 무서워서 우는 것이다. 요코는 고개를 젖혀 가며 꾹 쥔 주먹을 약간 펴서 앞을 가리키려 하고 있었다. 아사카와는 그 방향을 보았다. 기둥이 있었다. 그 위를 따라 시선을 올렸더니 천장에서 30센티미터 정도 아래에 걸린 주먹만 한 크기의 한냐(일본의 귀신 — 옮긴이) 가면이 있었다. 한냐를 보고 무서워하는 건가?

"봐, 저거!"

아사카와가 턱으로 가리켰다. 둘이 동시에 그 한냐 가면을 보고서 천천히 서로 눈을 마주쳤다.

"설마, 얘가 저거 때문에 무섭다는 거야?"

아사카와가 일어섰다. 기둥에 걸려 있는 한냐를 떼어서 선반 위에 올려 두었다. 이렇게 했더니 요코의 눈에 띄지 않았다. 그러자 울음소리가 뚝 그쳤다.

"에구, 요코가 귀신이 무서웠구나."

시즈카는 원인을 알고 마음이 놓이는지 기쁘게 딸에게 볼을 부볐다. 아사카와는 어딘가 석연치 않았다. 말로 표현하기 어렵지만, 이 방에는 더 이상 있고 싶지 않았다.

"빨리 집에 가자."

아사카와가 아내를 재촉했다.

저녁 무렵, 처형 댁에서 돌아오고 나서 바로 쓰지, 노미, 이와타 순으로 집에 전화를 걸었다. 리조트 클럽 회원증에 대해서 아이를 찾는 전화가 오지 않았는지 묻기 위해서였다. 마지막에 이와타의 어머니가 전화기에 대고 "아들 고등학교 때 선배라는 사람이 전화를 했었는데, 리조트 시설 회원증을 빌려 줬는데 돌려 달라고 하던데……. 근데 아들 방을 구석구석 찾아도 결국 아무것도 안 나와서 그냥 포기하던 참이었어요."라고 곧바로 대답했다. 그 덕에 노노야마의 전화번호를 입수하여 즉시 전화를 걸 수 있었다.

노노야마에 따르면 8월의 마지막 일요일에 시부야에서 이와타와 만나 회원증을 빌려줬는데, 헌팅한 여고생과 묵기 위해서 빌렸다고 한다.

'여름방학도 곧 끝나니까 마지막에 거하게 놀아 줘야지, 열심히 수험 공부에 몰입할 수 있다니까.'

그것을 듣고 노노야마가 웃었다.

'멍청아, 재수생이 여름방학 챙기냐.'

8월 마지막 일요일은 26일인데, 그 후에 어딘가 1박으로 놀러 간다면 27일, 28일, 29일, 30일 중에 하루이리라. 9월이면 재수생이야 어쨌든 고등학생에게는 신학기일 테니.

익숙지 않은 장소에 오래 있어서 피곤한 탓인지 요코는 선잠이 든 시즈카 옆에서 바로 잠들어 버렸다. 침실 문에 귀를 바싹대니 둘의 숨소리만 색색 들릴 뿐이었다. 오후 9시, 아사카와에게는 가장 마음 편한 시각이었다. 아내와 아이가 잠든 뒤가 아니라면 방 두 칸짜리 좁은 아파트에서 조용하게 일할 공간이 없었다.

아사카와는 냉장고에서 맥주를 꺼내 잔에 따랐다. 맛이 평소보다 더욱 각별했다. 회원증을 발견한 덕에 진실에 훨씬 더 다가갔다. 8월 27일, 28일, 29일, 30일 중에 어느 하루 이와타 슈이치를 포함한 네 사람이 퍼시픽 리조트의 숙박시설을 이용했을 가능성이 매우 높았다. 그 시설 중에서도 미나미하코네 퍼시픽랜드에 있는 빌라 로그캐빈이 가장 유력했다. 거리를 따져 봐도 하코네 이외의 시설은 어림도 없을 것이고, 돈 없는 고등학생들이 우아하게 호텔에서 묵었을 것이라고는 생각하기 어려웠다. 회원증을 이용하여 싸게 빌릴 수 있는 별장에 묵는 것이 보통이리라. 회원증을 이용하면 가격이 한 채에 5000엔, 한 명당 1000엔 조금 넘은 금액으로 이용할 수 있었을 것이다.

빌라 로그캐빈의 전화번호는 지금 가지고 있었다. 아사카와는 탁자 위에 메모를 올려 두었다. 이 로비에 전화를 걸어 노노야마라는 이름으로 네 투숙객에 대해 간단히 확인만 하면 됐다. 하지만 그렇다고 로비에 전화 한 통 했다고 바로 대답이 나올 리가 없다. 리조트 클럽 내의 콘도 관리인 정도 되는 사람이면 잘 훈련되어 있을 테니 손님의 신상 정보를 지킬 의무를 우선할 것이 당연할 테니까 말이다.

대형 신문사 기자라는 신분을 밝히고 조사 목적도 명확하게 밝힌다고 해도 전화만으로는 결코 관리인의 입을 열 수 없으리라. 여기는 우선 근처 지국에 연락을 취한 후 연줄 있는 변호사를 움직여 기록부를 열람할 수 있게 부탁해 보는 건 어떨까, 하고 생각했다. 그렇게 할 경우에 관리인이 숙박 기록부를 볼 수 있도록 할 사람은 경찰과 변호사에 한해서일 게 분명했다. 아사카와가 그런 직업으로 위장을 하더라도 바로 들통 날 것이고, 회사에도 폐를 끼치게 될 것이다. 이번에는 제대로 계획을 세우는 편이 안전할 뿐더러 상황에 맞을 것이라 생각됐다.

하지만 그 경우 아무래도 최소한 사나흘은 시간이 더 걸릴 텐데, 아사카와는 그것이 안타까웠다. 지금 당장 알고 싶었기 때문이다. 하지만 사흘이나 기다릴 만큼 사건을 파헤치고 싶은 욕구가 강했다. 대체 여기서 뭐가 튀어나올까? 만약 네 명이 8월 말에 미나미하코네 퍼시픽랜드의 빌라 로그캐빈에서 1박을 했다고 치고 그 때문에 수수께끼의 돌연사를 맞닥뜨린 것이라면, 대체 거기서 무슨 일이 일어났을까? 바이러스, 바이러스. 그것을 바이러스라고 부르는 이유는, 신비적인 존재에게 억눌리지 않으려 부리는 허세일 뿐이라는 것을 잘 알고 있었다. 초자연적인 힘에 대항하기 위해 과학의 힘을 빌리는 것은 어느 정도 사리에 맞는 이야기였다. 모르는 존재를 모르는 말로 설명해 봤자 어쩔 수 없지 않은가. 모르는 존재는 친숙한 말로 바꿔 말해야만 했다.

요코의 울음소리가 생각났다. 어째서 오늘 저녁 아이가 귀신탈을 보고 그 정도로 겁에 질렸을까? 돌아오는 전차 안에서 아사카와가 아내에게 물었었다.

"여보, 당신 요코에게 귀신이 뭔지 가르쳐 준 적 있어?"

"응?"

"그림책 같은 걸로 귀신이 무서운 거라고 알려 준 적 있어?"

"아니, 그럴 리가……."

대화는 거기서 끊겼다. 시즈카는 아무런 의문도 품지 않았다. 하지만 아사카와는 신경이 쓰였다. 그 두려움은 본능적인 부분을 찔러야만 느낄 수 있는 것이다. 이게 무서운 것이라고 가르쳐 주어서 무서움을 느끼는 것과는 다르다. 유인원이었을 적부터 인간은 언제나 무언가를 두려워하며 살고 있었다. 번개, 태풍, 야수, 화산의 분화, 그리고 어둠……. 그러니 처음 천둥번개를 경험한 아이가 본능적으로 두려워하는 것은 이해가 된다. 일단 번개는 현실에 존재하니까. 하지만, ……하지만, 귀신은? 국어사전에서 귀신을 찾으면 상상 속의 괴물, 또는 죽은 사람의 혼령이라고 나와 있다. 귀신이 무서운 얼굴을 하고 있다고 요코가 겁낸 것이라면, 똑같이 무서운 얼굴을 한 고질라 모형에도 반응을 해야 했다. 백화점 쇼윈도에서 한 번 본 적이 있는데, 정교하게 만들어진 고질라 모형을 보고 떨긴커녕 호기심에 눈을 반짝이며 들여다보았다. 이것을 어떻게 설명해야 할까? 단지 한 가지, 명백한 사실은 고질라는 아무리 생각해도 상상 속 괴물이라는 점이다. 그런 반면에 귀신은……? 역시 귀신은 일본에만 있나? 아니, 서양에도 비슷한 것이 있다. 악마. 첫 잔에 비해 맥주 맛이 떨어졌다. 그거 말고 없나? 요코가 무서워하는 것. 아, 맞아. 있다. 어둠. 이 아이는 지극히 어둠을 무서워했다. 불이 켜지지 않은 방에는 결코 혼자서 들어가려 하지 않았다. 그리고 어둠은 빛의 상극으로서, 이 역시 엄연히 존재하고 있다. 지금도 요코는 어두운 방 안에서 엄마에게 안겨 잠들어 있다.

제2장
고원

1

10월 11일 목요일

빗줄기가 점차 거세져서, 아사카와는 와이퍼의 속도를 올렸다. 하코네는 날씨가 변덕스러웠다. 오다와라 부근에서는 맑더라도 해발 고도가 높아짐에 따라 습도가 높아져 산마루 부근에서는 격한 비바람에 발이 묶이는 경우가 여태까지 몇 번이나 있었다. 낮이었다면 하코네 산을 감싸는 구름의 모양으로 어느 정도 산의 기후를 예측할 수 있었다. 하지만 밤에는 헤드라이트가 비추는 전방의 암흑에만 정신을 빼앗겨 가다가 어느덧 차를 세우고 하늘을 올려다보고서야 밤하늘의 별이 사라졌다는 것을 깨닫게 된다. 도쿄 역에서 고다마 호 하행선을 탔을 때 마을은 아직 엷은 어둠 속에 있었다. 아타미 역에서 렌터카를 빌릴 때에는 구름 틈새로 달이 빠끔히 얼굴을 내밀고 있었다. 그리고 지금, 헤드라이트에 보슬보슬 떠 있던 가는 빗줄기가 본격적으로 굵어져 앞 유리를 때리기 시작했다.

계기판 바로 위에 있는 디지털 시계가 19시 32분을 나타내고 있었다. 아사카와는 여기까지 오는 데 걸린 시간을 재빨리 암산했다.

17시 16분 도쿄발 하행열차에 타서 아타미에 도착한 것이 18시 7분. 개찰구를 나와 렌터카를 빌리는 수속을 마친 것이 18시 30분. 슈퍼에서 컵라면 두 개, 위스키 작은 병 하나를 사서 일방통행 구간이 많은 시내를 겨우 빠져나온 것이 19시.

눈앞에 바로 휘황한 오렌지색 불빛에 감싸인 터널이 보였다. 이 터널을 빠져나가고 넷칸 도로로 접어들면 바로 미나미하코네 퍼시픽랜드 입구 안내가 눈에 보일 것이다. 단나 단층(일본 시즈오카 현 이즈 시에 위치. 단나 단층대를 대표하는 단층이며 일본 천연기념물 — 옮긴이)에 뚫린 터널 속에 들어가니 바람을 가르는 소리가 바뀌었다. 동시에 피부색이나 조수석 시트까지, 차 안에 있는 것은 모두 오렌지색 불빛에 비추어 차분함을 잃고 번쩍였다. 반대편에는 차가 한 대도 없었고, 메마른 앞 유리를 문지르는 와이퍼만 삐걱삐걱 소리를 내고 있었다. 와이퍼를 멈췄다. 8시까지는 목적지에 도착할 터였다. 도로가 텅 비었지만 액셀을 밟을 기분은 나지 않았다. 아사카와는 무의식중에 그 장소에 가는 것을 꺼리고 있었다.

오늘 오후 4시 20분, 아사카와는 출판사 팩스가 지잉 소리를 내는 것을 바라보고 있었다. 아타미의 통신부에서 답변이 오는 것을 기다리기 위해서였다. 팩스에는 8월 27일부터 30일에 걸쳐서 빌라 로그캐빈 숙박부의 내용이 쓰여 있을 것이다. 출력된 사본을 보고 아사카와는 기뻐서 어깨가 들썩였다. 감이 딱 맞았다. 네 명의 이름이 있었다. 노노야마, 오이시 도모코, 쓰지 요코, 노미 다케히코. 네 명은 29일 밤, 빌라 로그캐빈의 B-4호에 숙박했다. 이와타 슈이치가 노노야마의 이름을 빌렸던 게 틀림없다.

이걸로, 넷의 공통된 시간과 장소를 밝혀냈다. 8월 29일 수요일, 미나미하코네 퍼시픽랜드. 빌라 로그캐빈 B-4호가 틀림없다. 수수께끼의 죽음을 풀기 일보 직전까지 왔다.

아사카와는 바로 그 자리에서 수화기를 들어 빌라 로그캐빈의 번호를 눌렀다. B-4호에 오늘 밤 숙박을 하기 위해서였다. 내일 오전 11시의 편집 회의에 맞추면 되니까 거기서 밤을 보낼 시간은 충분했다.

'가 보자! 어쨌든 현장에 가 보자!'

마음이 급했다. 그 장소에서 무엇이 기다리고 있을지, 전혀 상상도 되지 않았다.

터널을 빠져나가니 바로 요금소가 있어서 아사카와는 100엔 동전을 세 개 건네며 물었다.

"미나미하코네 퍼시픽랜드가 이 앞인가요?"

물론 잘 알고 있었다. 지도를 몇 번이나 확인했으니까. 그저 오랜만에 사람을 보게 되니 무슨 말이든 건네 보고 싶었던 것이다.

"이 앞에 안내 표시가 나오니까, 저기서 왼쪽으로 꺾으세요."

영수증을 받았다. 이렇게 교통량이 적으면 수익에 비해 인건비가 너무 비쌀 텐데. 이 남자는 대체 언제까지 요금소 안에 서 있을 생각일까? 좀처럼 차를 출발시키려 하지 않는 아사카와를 남자가 이상하다는 표정으로 보았다. 겨우 억지 미소를 지으며 천천히 차를 출발시켰다.

네 명에게 공통된 시각과 장소를 발견했다는 몇 시간 전의 기쁨은 거짓말처럼 사라지고 없었다. 빌라 로그캐빈에서 하루 숙박한 지 딱 일주일 뒤에 죽었던 네 사람의 얼굴이 눈꺼풀에 붙어서 돌아갈 기회는 지금밖에 없다고 히죽거리고 있었다. 하지만 여기서 돌아갈 수는 없었다. 한편으로는 신문기자로서의 본능이 강하게 꿈틀대고 있었다. 지금 혼자이기 때문에 공포를 느끼는 것이 확실하다. 요시노에게 말을 하면 아마 두말할 것 없이 달려왔을 테지만, 같은 직업에 종사하는 사람은 아무래도 녹록치 않았다. 아사카와는 여태까지의 경과를 문서로 정리해서 이미 플로피디스켓 안에 저장해 두었다. 공포로 인해 혼란스러워하지 않고 이 사건을 함께 맡아 줄 남자……. 그럴 사람이 없지는 않았다. 순수하게 흥미만으로 함께 해 줄 남자를 딱 한 명 알고 있다. 게다가 이쪽 방면에 관한 지식도 깊었다. 대학 비상근 강사이기 때문에 시간 여유까지 있었다. 안성맞춤인 인물이다. 단지, 감당하기 어려울 정도로 특이한 그의 성격을 참아낼 수 있을지 자신이 없었다.

산 경사면에 미나미하코네 퍼시픽랜드 안내판이 세워져 있었다. 네온사인은 없고 흰 패널에 검은 페인트로 적혀 있을 뿐이라 헤드라이트에 간판이 비추는 순간을 놓치면 깜빡 지나쳤을지도 몰랐다. 아사카와는 좌회전해서 계단식 밭 사이로 난 산길을 따라 올라갔다. 리조트 클럽에 다다르니 길이 상당히 좁아져서 이대로 막다른 길이 나올까 봐 마음 졸였다. 커브도 많고 가로등도 없어서 기어를 낮게 넣고 천천히 올라갔다. 맞은편에서 차가 나타나도 피할 공간이 없었다.

어느새 비가 그쳐 있었다. 아사카와는 그제야 그 사실을 깨달았다. 단나 단층을 경계로 동쪽과 서쪽이 이렇게나 날씨가 다르다니.

그래도 길은 끊기는 일 없이 죽 위로 이어졌다. 올라갈수록 길 양쪽에 팔려고 내놓은 별장이 뜨문뜨문 나타나기 시작했다. 그리고 갑작스레 2차선이 되면서 길이 확 좋아지더니 화려한 가로등이 길가를 장식했다. 아사카와는 이 변화에 놀랐다. 퍼시픽랜드 부지 안으로 들어간 순간, 사치스러운 장식이 여기저기 눈에 띄었기 때문이다. 이곳에 이르기까지 밭 사이로 난 샛길은 대체 뭐였나 싶었다. 옥수수나 길쭉한 풀줄기가 양편에서 길 쪽으로 쓰러져서 좁은 길을 더 좁게 만들어서 급커브 앞으로 뭐가 튀어나올지 몰라 계속 마음 졸이며 왔던 그 길.

넓은 주차장 건너에 있는 3층 건물이 인포메이션 센터였다. 시계를 보니 8시 정각, 예정대로다. 파앙, 파앙 하고 공 튀는 소리가 어디선가 들려왔다. 센터 아래에는 테니스 코트가 사방에 있었고 샛노란 조명 아래에서 남녀 몇 쌍이 테니스를 즐기고 있었다. 놀랍게도 테니스 코트는 넷 다 사용 중이었다. 10월 초순 목요일 밤 8시, 이런 시각까지 테니스를 치고 있다니 아사카와로서는 이해할 수 없었다. 테니스 코트 훨씬 밑에는 미시마와 누마즈의 야경이 내려다보였다. 그 방향으로 보이는 콜타르처럼 검은 것이 다코노우라(시즈오카 현 후지 시에 위치한 해안 ― 옮긴이)였다.

센터로 들어가니 바로 앞에 레스토랑이 있었다. 유리벽으로 되어 있어서 안쪽 모습이 잘 보였다.

여기서도 아사카와는 놀랐다. 레스토랑 영업은 8시에 끝나는데 아직 반 정도 자리가 차 있었다. 가족 단위나 여자들끼리 온 사람들. 대체 어찌된 일인가? 아사카와는 고개를 갸웃했다. 이 사람들은 어디서 왔을까? 이상했다. 자신이 방금 지나온 그 똑같은 길을 지나 온 사람들이 이렇게 여기 모여 있다니 상상이 되지 않았다. 혹시나 지금 지나온 길 말고 뒷길로 진짜 훨씬 밝고 넓은 길이 있지 않을까? 하지만 퍼시픽랜드 위치를 설명하면서, 전화 건너 여자는 이렇게 말했다.

'넷칸 도로 중간쯤에서 좌회전해서 산길을 타고 올라오세요.'

아사카와는 그 말대로 왔다. 이 말고 다른 길이 있다고는 생각하기 어려웠다.

주문 시간이 끝났다는 것을 알고서도 레스토랑 안에 들어갔다. 드넓은 유리창 아래에는 잘 손질된 잔디가 완만한 곡선을 그리며 밤길을 따라 나 있었다. 실내 조명이 살짝 어두운 이유는 야경을 좀 더 아름답게 보여 주기 위한 것 같았다. 아사카와는 가까이 지나가는 종업원을 붙잡아 빌라 로그캐빈의 위치를 물었다. 종업원은 아사카와가 막 지나쳐 온 현관홀을 가리켰다.

"저 길을 오른쪽으로 쭉 가셔서 200미터만 지나면 관리실이 있습니다."

"주차장이 있나요?"

"관리실 앞이 주차장입니다."

이럴 수가. 이런 곳에 들르지 않고 바로 갔으면 자연스레 목적지에 도착했을 텐데.

왜 현대적인 건물에 얼이 빠져 레스토랑 안까지 들어왔을까? 아사카와는 어느 정도 자기 심리를 분석할 수 있었다. 자신도 모르게 어디 홀렸던 것이다. 아사카와는 영화 「13일의 금요일」의 무대가 될 것 같은, 즉 현대적이라는 말과는 한참 거리가 먼 어두운 둥그런 목재 오두막을 상상했었는데, 정말이지 그런 분위기는 전혀 찾아볼 수 없었다. 그래도 이곳에도 현대 과학의 힘이 제대로 숨 쉬고 있다는 증거를 눈으로 확인하니 약간 마음이 든든해졌다. 마음에 걸리는 부분은 아래에서 여기 도착하기까지 도로 상황이 너무 안 좋았음에도 테니스나 식사를 즐기는 사람들이 많이 있다는 점이었다. 어째서 그게 마음에 걸리는지는 알 수 없었다. 어쨌거나 여기 있는 사람들은 살아 있는 사람 같지 않았다.

테니스 코트며 레스토랑이 붐비고 있으니 여러 채 있는 로그캐빈에서도 저녁 식사 후에 있을 법한 즐겁고 단란한 소리들이 들려와야 했다. 아사카와는 그것을 기대했다. 주차장 끝에 서서 골짜기 바닥을 내려다보아도 드문드문 수풀이 있는 완만한 경사면에 있을 총 열 채의 로그캐빈 중에 여섯 채밖에 확인되지 않았다. 그 아래는 가로등 불빛조차 닿지 않았고, 또 실내에서 뿜어져 나오는 한 줄기 빛조차 없어서 그곳은 밤의 나무그늘 아래 깊은 어둠에 휘감겨 있었다. B-4호, 아사카와가 오늘 밤 묵을 방은 그래도 겨우 빛과 어둠의 경계에 있어서 현관문 위쪽만 아사카와의 눈에 들어왔다.

아사카와는 정면으로 돌아가서 관리실 문을 열고 안으로 들어갔다. TV 소리는 들리는데 사무실에 사람이라고는 그림자조차 눈에 띄지 않았다. 관리인은 왼편 안쪽 다다미방에서 아사카와가 들어오는 것도 눈치 채지 못했다.

카운터에 가려서 안쪽 모습은 보이지 않았다. TV 프로그램 편성에는 없을 서양 영화 비디오를 보고 있는 듯, 영어 대사와 함께 깜빡거리며 움직이는 화면이 정면 수납장 유리에 반사되었다. 그 맞춤 수납장에 테이프들이 꽉 들어차 있었다. 아사카와는 카운터에 손을 얹고 그를 불렀다. 바로 60세 전후로 보이는 작은 체구의 남자가 얼굴을 내밀고 "아, 어서 오세요." 하고 고개를 숙였다. 변호사를 동반한 아타미 통신부 조사에 응해서 흔쾌히 숙박부를 보여 준 사람이 바로 이 사람일 것이다……. 그렇게 생각하고 아사카와가 붙임성 있게 웃었다.

"예약한 아사카와입니다."

남자는 노트를 펴고 예약을 확인했다.

"B-4호군요. 여기, 이름과 주소를 적어 주십시오."

아사카와는 본명을 기입했다. 노노야마 명의의 회원증은 어제 본인에게 우편으로 보냈기 때문에 이제 수중에 없었다.

"한 분인가요?"

관리인이 고개를 들고 이상하다는 듯이 보았다. 여태 이런 곳에 혼자서 머무르는 손님은 없었다. 일반 요금의 경우, 혼자라면 호텔에서 머무르는 쪽이 경제적이다. 관리인은 시트를 한 묶음 꺼내며 수납장을 뒤돌아보았다.

"괜찮으시면 한 편 어떠십니까. 꽤나 화제작들만 모아 놨습니다."

"아아, 비디오도 대여됩니까?"

아사카와는 벽을 가득 채운 비디오테이프를 가볍게 눈으로 훑었다. 「레이더스」, 「스타워즈」, 「백 투 더 퓨처」, 「13일의 금요일」……. SF를 중심으로 외화 화제작만 줄지어 있고, 신작도 많았다. 로그캐빈을 이용하는 사람들 중 상당수가 젊은 사람들이라는 증거였다. 흥미를 끄는 영화는 없었다. 그리고 우선, 아사카와가 여기 온 이유는 일단 일 때문이었다.

"공교롭게도 일 때문에 와서요."

아사카와는 바닥에 내려 둔 휴대용 워드프로세서를 들어 보여 주었다. 관리인이 그것을 들여다보고 혼자서 이런 곳에 머무르는 이유를 납득한 듯했다.

"주방 용품은 전부 갖추어져 있지요?"

아사카와가 의문을 확인해 주듯이 물었다.

"네. 편하게 쓰십시오."

묻긴 했어도, 아사카와가 쓸 만한 주방 용품이라면 컵라면 물을 끓일 주전자밖에 없을 것이다. 시트와 방 열쇠를 받아 사무실에서 나가려는 아사카와에게, 관리인이 B-4호의 장소를 설명하고는 정중하지만 어딘지 묘하게 "편히 쉬십시오."라고 말했다.

손잡이를 건들기 전에, 아사카와는 준비해 둔 고무장갑을 꺼내 양손에 끼웠다. 정체불명의 바이러스로부터 몸을 지키기 위한 부적이자 일시적인 위안이었다.

문을 열고 현관 옆 스위치를 켜니 10평가량의 거실이 100와트 전구로 밝혀졌다. 벽지를 비롯하여 바닥 카펫, 4인용 소파, TV, 주방 세트에 이르기까지, 실내의 모든 것이 새것이었으며 기능적으로 배치되어 있었다. 아사카와는 신을 벗고 올라섰다. 거실에 접해 있는 발코니, 그리고 2층과 1층 각각 하나씩 3평 남짓한 다다미방이 있었다. 확실히 혼자서 머무르기에는 사치스러울 정도로 넓었다. 아사카와는 레이스 달린 커튼과 함께 유리문을 열고 환기를 했다. 기대와는 달리 실내는 정말 청결하게 유지되고 있었다. '아무런 단서도 못 건지고 돌아갈지도 모른다.' 아사카와의 머리에 문득 그런 생각이 스쳤다.

거실 옆에 다다미방에 들어서서 벽장을 열었다. 아무것도 없었다. 아사카와는 셔츠와 바지를 벗고 러닝셔츠와 트레이닝복으로 갈아입었다. 그리고 벗은 옷을 벽장에 걸어 놓았다. 2층으로 올라 다다미방에 불을 켰다. 무심코 어린애 같다며 씁쓸하게 웃었다. 그러고 보니 방마다 불이란 불은 전부 켜 놨다.

충분히 불을 켜 놓고 나서, 이번에는 수납장 문을 모조리 열고 안을 확인하며 살짝 문을 열어 둔 채로 두었다. 어렸을 적 하던 담력 시험이 떠올랐다. 여름날 밤 화장실에 혼자 갈 수가 없어서 문을 살짝 열어 아버지에게 서 있어 달라고 부탁했던 그 시절을. 불투명 유리 너머는 깨끗한 욕실이었다. 물기도 하나 없이 욕조 바닥도 샤워장도 바싹 말라 있었다. 얼마간 이 방에 머무른 손님이 없던 건 틀림없다. 고무장갑을 벗으려 했는데 땀에 젖어서 잘 벗겨지지 않았다. 고원의 차가운 바람이 불어와서 커튼을 흔들었다.

아사카와는 냉장고에서 꺼낸 얼음을 잔에 넣고 아까 사 온 위스키를 반 정도 채웠다. 그러고 나서 수돗물로 나머지를 채우려고 했다가 잠깐 망설이다가 '온더록스로 마시고 싶었지.' 하고 자신을 납득시키고 수도꼭지를 잠갔다. 이 방의 물건을 입에 댈 용기는 아직 없었다. 하지만 냉장고의 얼음에 관대한 이유는 미생물은 열과 냉기에 약하다는 선입견이 있었기 때문이다.

소파에 푹 파묻혀서 TV 스위치를 눌렀다. 신인 가수들의 노랫소리가 흘러나왔다. 도쿄에서도 이 시간대에 같은 프로그램을 하고 있다. 아사카와는 채널을 돌렸다. 보고 있지도 않는데 음량을 적당히 조절하면서 가방 안에서 비디오카메라를 꺼내 탁자 위에 두었다. 이변이 발생할 경우, 일어나는 일을 하나하나 녹화할 생각이었다.

위스키를 한 모금 홀짝였다. 아주 약간이지만 담이 세진 것처럼 느껴졌다. 아사카와는 지금까지의 경위를 다시 한 번 머릿속으로 따라갔다. 만약 오늘 밤 여기서 어떤 단서라도 얻을 수 없다면, 쓰려던 기사가 암초에 부딪히게 될 것이다. 하지만 거꾸로 생각해 보면 그편이 나았다. 어떠한 단서도 얻을 수 없다는 말은, 문제의 바이러스의 힘이 아니라는 뜻일 테니 처자식이 딸린 몸인 만큼 돌연사를 당하고 싶지 않을 수밖에. 아사카와는 탁자 위에 발을 올렸다.

'도대체 나는 뭘 기다리고 있지? 무섭지 않나? 이봐, 안 무서워? 사신이 쫓아올지도 모르는데?'

침착함을 잃고 시선이 흔들려서, 아무래도 벽 한 부분에 눈을 둘 수가 없었다.

보다 보면 상상이 현실로 실현될 것 같아 견딜 수가 없었다.

바깥에서 찬바람이 강하게 불어들었다. 창을 닫고 커튼을 치려다가 바깥의 어둠을 흘끗 보았다. 바로 앞에는 B-5호의 지붕이 있는데 그 그림자가 되는 부분이 짙은 어둠을 드리우고 있었다. 테니스 코트에도, 레스토랑에도, 사람이 많이 있었다. 그런데 어째서 여기에는 아사카와 혼자인 것인가? 커튼을 치고 시계를 보았다. 8시 56분. 이 방에 들어온 지 아직 30분도 안 지났다. 족히 한 시간은 훨씬 된 것 같은데. 여기 있다는 것만으로 위험이 찾아오는 건 아닌 듯했다. 가급적 그렇게 생각하려 하면서 마음을 다스렸다. 이렇게 말하는 것도, 빌라 로그캐빈이 생긴 지 반년, B-4호에 왔던 손님 수도 상당히 많았을 터이다. 게다가 머물렀던 사람들이 변사체로 발견된 것도 아니다. 지금까지 조사된 바로는 죽은 사람은 그 네 명뿐이다. 시간을 들여서 조사를 하면 더 나올지도 모르지만, 지금 그 외에는 발견되지 않았다. 요컨대, 여기 있다는 점이 문제는 아니다. 여기서 무엇을 했는지가 문제였다.

'그들은, 여기서 대체 뭘 한 거지?'

아사카와는 미묘하게 질문을 바꿨다.

'아니, 이 방에서 할 수 있는 게 뭐지?'

화장실이나 욕실, 벽장, 냉장고에도 단서 비슷한 것조차 없었다. 설령 있다손 치더라도 아까 그 관리인이 다 정리했으리라. 그렇다면 이 장소에서 대충 위스키나 마시는 것보다는 관리인에게 붙어 있는 편이 빠르지 않을까?

첫 잔이 비었다. 두 잔째는 약간 적게 부었다. 취할까 봐 그러는 게 아니었다. 물을 많이 넣어 희석하기 위해 이번에는 수돗물을 탔다. 위험에 대한 감각이 다소 마비되어 가는 듯했다. 일하는 짬을 내어 이런 곳까지 온 자신이 바보같이 느껴져서 안경을 벗고 세수를 하며 거울에 자기 얼굴을 비춰 보았다. 아픈 사람의 얼굴이었다. 어쩌면 이미 벌써 바이러스에 감염된 것이 아닐까. 아사카와는 갓 만든 미즈와리(위스키에 물을 타서 묽게 마시는 것 — 옮긴이)를 단숨에 들이켜고, 다시 한 잔을 만들었다.

부엌에서 나올 때 아사카와는 전화받침대 아래 선반에서 노트 한 권을 발견했다. '여행의 추억.' 표지에는 그렇게 적혀 있었다. 그는 페이지를 넘겼다.

4월 7일 토요일

논코는 오늘이라는 날을 결코 잊지 않습니다. 왜냐하면, 비, 이, 밀. 유이치는 너무 착해. 우후훗♡

NONKO

펜션 같은 데 종종 있는 여행 추억이나 감상을 메모하는 노트였다. 다음 페이지에는 아빠와 엄마의 얼굴이 솜씨 없이 그려져 있었다. 아이를 데리고 온 가족이리라. 날짜는 4월 14일, 역시 토요일이었다.

아빠는 돼지입니다.

엄마는 돼지입니다.

그래서 나도 돼지입니다.

4월 14일

아사카와는 페이지를 넘겼다. 뒤쪽 페이지로 강하게 이끄는 힘이 느껴졌지만, 아사카와는 순서대로 넘기고 있었다. 순서를 엉망으로 봤다가 무언가 놓칠 수도 있기 때문이었다.

아무것도 쓰지 않는 방문자들도 많이 있을 테니까 확실하게 말할 수는 없지만, 여름 방학에 접어들자 대체로 토요일마다 손님이 들어왔었다. 여름방학이 되니 날짜 간격이 좁아져서 8월 말이 가까워짐에 따라 여름이 끝나는 것을 한탄하는 이야기가 많아졌다.

8월 20일 일요일

아……, 여름 방학도 끝이다……. 괜찮은 일은 하나도 없고……. 누가 좀 살려 줘……. 쓰러져 가는 나에게 구원의 손길을……. 나는 400cc 바이크 소유. 상당히 잘생겼다. 만나 보면 손해는 안 본다고.

A.Y.

쓰다 보니 소개팅 상대를 찾는 자기 PR이 된 모양이었다. 발상은 다들 비슷비슷했다.

커플이 와서 이곳에 머무른 경우에는 그 추억을 다소 자랑하고, 그렇지 않은 사람들은 애인이 생겼으면 좋겠다는 상념을 활발하게 적어 놨다.

그래도 읽다가 지루하지는 않았다. 시곗바늘은 이제 9시를 향해 갔다.

그리고 다음 페이지.

8월 30일 목요일

큭. 경고. 심장 약한 놈들은 **이것**을 보지 마라. 후회함. 헷헷헷.

S.I.

그냥 그게 다였다. 8월 30일이라면 그 네 명이 묵었던 다음 날이었다. 'S.I.'라는 이니셜은 이와타 슈이치 같다. 그가 쓴 쪽은 다른 쪽과 다르다. 왜 이럴까. **이것**을 보지 마라? **이것**이 대체 뭐지? 아사카와는 일단 노트를 덮고 책배 쪽을 봤다. 작은 틈이 생겨 있었다. 아사카와는 그 틈에 손가락을 넣어서 페이지를 펼쳤다. '큭. 경고. 심장 약한 놈들은 **이것**을 보지 마라. 후회함. 헷헷헷. S.I.'라는 글이 눈에 확 들어왔다. 왜 하필 이 페이지가 펼쳐진 거지? 아사카와는 생각했다. 아마도 그 네 명이 이 페이지를 펼친 채로 위에 무언가를 올려 두었던 것일 터였다. 그 무게 탓에 이 페이지가 펼쳐지려는 힘이 지금까지 유지되고 있었다. 그리고 여기 올려 둔 **물체**는 '**이것**을 보지 마라'라는 문장에 나온 '이것'과 등호로 묶여 있는 게 틀림없다.

아사카와는 두리번두리번 주위를 둘러보고 전화기 받침 선반을 구석구석 뒤져 보았다. 아무것도 없었다. 연필 한 자루 안 나왔다.

다시 한 번 똑바로 소파에 앉아서 노트 끝을 읽었다. 다음 날짜는 9월 1일 토요일. 정말이지 흔해 빠진 이야기밖에 없었다. 이날 머무른 대학생들이 **이것**을 보았는지는 알 수 없었다. 그리고 이 이후 페이지 어디를 더듬어도 **이것**에 대한 이야기가 없었다.

아사카와는 노트를 덮고 담배에 불을 붙였다. '심장 약한 놈들은 **이것**을 보지 마라.'라고 적혀 있는 이상, **이것**의 내용은 무서운 내용임에 틀림없으리라. 노트를 무작위로 펼쳐 놓고 가볍게 손으로 눌러 보았다. 그러곤 저절로 덮이려는 종이의 힘에 대항할 만한 무게를 유지한 물건은 무엇일까? 예를 들어 한 장이나 두 장쯤 되는 심령 사진 종류였다면, 그 정도의 무게가 나가지 않는다. 주간지, 아니면 단행본이라든가……. 아무튼 볼 수 있는 것이다. 관리인한테 물어볼까? 8월 30일, 손님이 간 뒤에 방에서 묘한 물건이 없었는지. 기억하고 있을까? 만약 인상에 남을 정도로 기묘한 물건이었다면 분명 기억할 텐데. 문득 일어서려는 아사카와에게 앞에 있는 VHS 비디오가 잠시 눈에 띄었다. TV 스위치를 켜놓은 채라 청소기를 안고 있는 유명 여배우가 남편을 뒤쫓는 신이 나오고 있었다. 가전제품 메이커의 광고 같았다.

'맞아, VHS 비디오테이프라면 노트를 펼쳐 눌러 놓기에 딱 알맞지.'

아사카와는 엉거주춤하게 선 채로 담뱃불을 껐다. 아까 관리실에서 보았던 비디오 선반이 번뜩 머리에 떠올랐다. 마침 무서운 공포 영화를 보고 재미있으니 보라며 입소문을 내는 셈치고 전하는 상황일지도 몰랐다. 만약 그게 다라면…… 잠깐만, 그게 전부라면 어째서 이와타 슈이치는 고유명사를 안 썼을까? 예를 들어 「13일의 금요일」이 재미있다는 말을 다른 사람한테 전하려면 **이것** 같은 대명사로 말하지 않고 고유명사를 쓰기 마련이다. 그리고 일부러 노트 위에 **이것**을 놓을 필요도 없다. 그렇다면 **이것**은 '이것'이라는 표현으로밖에 나타낼 수 없는 물건이라 고유 명사를 갖지 않은 상태일지도 몰랐다.

'어떨까? 조사할 가치가 있을까?'

다른 단서도 없는 이상, 조사한다고 손해 볼 것도 없었다. 아무튼 이런 곳에서 이것저것 생각만 해 봤자 결말이 나지 않을 테니까. 아사카와는 현관을 나와서 돌계단을 올라가 관리실 문을 밀었다.

아까와 똑같이, 카운터에 관리인 모습은 안 보이고 TV 소리만 안쪽에서 들려왔다. 도시에서 회사 생활을 마치고 여생을 자연에 파묻혀 살아 보고 싶다면 리조트 관리실을 재취직 자리로 고를 법도 하겠지만, 막상 일을 하다 보면 너무 지겨워서 매일 TV를 보며 지내는 수밖에 없으리라……. 아사카와는 여기 관리인의 경우를 그렇게 해석했다. 아사카와가 말을 걸기 전에 관리인이 고개를 불쑥 내밀었다. 아사카와는 어딘지 변명처럼 말했다.

"역시, 비디오라도 빌릴까 해서 왔는데요……."

관리인이 기쁜 듯이 빙긋 웃었다.

"그러세요, 좋아하는 걸로다가……. 한 편당 300엔 받습니다."

아사카와는 괴기 영화를 골라 집어 들었다. 「지옥의 집」, 「흑의 공포」, 그리고 「엑소시스트」, 「오멘」, 이거나 저거나 모두 학생 시절에 봤던 것들이다. 그 외에는…… 이것들 말고도 미지의 공포 영화가 있을 것이다. 한차례 끝에서부터 끝까지 훑어봤지만 아사카와는 이거다 싶은 것은 발견하지 못했다. 다시 한 번 200편이나 되는 영화 제목들을 순서대로 살폈다. 그랬더니 제일 아래 선반 구석에 케이스 없는 비디오테이프가 옆으로 누워 있는 것이 눈에 들어왔다. 다른 것은 케이스 위에 사진이나 제목 글자에 뒤덮여 있는데, 이 테이프에는 전혀 아무런 라벨도 붙어 있지 않았다.

"**그거**, 뭔가요?"

묻고 나서, 아사카와는 **그것**이라는 대명사를 써서 가리켰다는 사실을 깨달았다. 고유명사가 없으면 달리 부를 방법이 없는 것이다. 관리인은 곤란하다는 듯이 표정을 찌푸리고, "어어?" 하고 얼빠진 소리를 내고서 그 테이프를 집어 들었다.

"아무것도 아니네요. 이런 거는."

'맞아, 이 남자는 이 테이프의 내용을 알고 있는 건가?'

"보셨나요? 그거."

아사카와가 물어봤다.

"글쎄요……."

관리인이 거듭 고개를 갸웃했다. 어쩌다 이런 것이 여기 있을까, 도통 이해가 안 된다는 듯이.

"혹시 괜찮으시면 그 테이프로 좀 빌려주시겠어요?"

관리인이 대답하는 대신 무릎을 탁 쳤다.

"아, 생각났다. 방에 굴러다니던 거네. **이거**. 저는 틀림없이 여기 비디오인 줄로만 알고, 가지고 왔던 건데요……."

"**이것**이 놓여 있던 데가 B-4호 아니었나요?"

"그런 건 기억 못 하고요. 대충 두 달 전에 있던 건데?"

아사카와는 다시 한번 물었다.

"이 비디오, 보셨나요?"

관리인은 역시 고개를 옆으로 저었다. 얼굴에는 웃음이 사라져 있었다.

"아뇨."

"**그거**, 좀 빌려주세요."

"TV 프로라도 녹화하시게?"

"아, 예에, 뭐……."

관리인이 비디오를 힐끔 보았다.

"탭이 부러져 있어요. 여기, 녹화 방지 탭이 부러져있네."

술기운 탓도 있는지 공연히 초조했다. '빌려 달라고 하면 빨리 빌려줄 것이지, 인마!' 하고 마음속으로 욕을 했다. 하지만 아무리 취하더라도 아사카와는 남에게 강경한 태도를 취하지는 않는 사람이었다.

"부탁합니다. 바로 반납할게요."

아사카와가 머리를 숙였다. 관리인은 이 손님이 왜 이런 것에 흥미를 보이나 수상해서 견딜 수가 없었다. 이 안에 재미있는 영상이 숨어 있기라도 하나……. 어쩌면 지우는 것을 잊은 비디오라든가……. 왜 발견했을 당시에 보지 않았나 하고 후회했다. 지금 당장이라도 보고 싶은 유혹이 들었지만 손님이 부탁하는데 싫다고 할 수는 없었다. 관리인은 테이프를 내밀었다. 아사카와는 지갑을 꺼내려 했는데 관리인이 손으로 제지했다.

"아니아니, 요금은 됐습니다. 받을 수야 없지요."

"이것 참, 감사합니다. 바로 돌려 드릴게요."

아사카와는 테이프를 든 손을 가볍게 들었다.

"재미있는 거라면 금방 주세요, 부탁합니다."

관리인은 상당한 호기심이 일었다. 여기 있는 비디오는 이미 한 번은 봤던 것들이라, 그의 흥미를 끄는 대상이 아니었다.

'그건 그렇고, 왜 저것을 놓쳤을까. 좋은 심심풀이가 되었을 텐데. 그래도 뭐, 지겨운 TV 프로그램을 녹화해 놓은 것일지도 모르지.'

관리인은 그 비디오를 바로 돌려받을 생각만 하게 되었다.

2

비디오테이프는 되감겨 있었다. 어디서나 손쉽게 구할 수 있는 보통의 120분짜리 테이프인데, 관리인이 말한 대로 녹화 방지용 탭이 부러져 있었다. 아사카와는 비디오 스위치를 누르고 테이프를 밀어 넣었다. TV 화면 바로 앞에서 책상다리를 하고 앉아 재생 버튼을 눌렀다. 테이프가 회전하는 소리. 아사카와는 이 안에 네 사람의 죽음의 수수께끼를 풀 열쇠가 숨겨져 있을지도 모른다는 기대를 걸었다. 아주 작은 실마리라도 발견할 수 있다면 그걸로 만족할 작정으로 재생 버튼을 누른 것이다. 설마 위험은 없겠지, 비디오를 본다고 위험해지는 경우가 있을 리 없지 않은가. 잡음과 함께 잠시 격하게 흔들리던 영상이 채널을 조작하니 바로 깨끗해지더니, 브라운관은 먹물을 쏟은 것 같은 검은색으로 변했다. 그것이 이 비디오의 첫 장면이었다. 소리가 나오지 않았기 때문에 고장인가 하고 아사카와는 얼굴을 바싹 들이댔다. '경고! **이것**을 보지 마라. 후회함. 헷헷헷.' 이와타 슈이치의 목소리가 들려오는 듯했다. 후회 같은 걸 왜 해? 아사카와는 익숙했다. 이전에 사회부 기자였던 그였다. 어떤 잔혹한 영상을 보았다 해도 후회하지 않을 정도의 자신은 있었다.

새까만 화면에 바늘귀만 한 빛의 점이 깜빡이기 시작했다는 것을 깨닫고 나니 그것이 서서히 부풀어 올라 오른쪽 왼쪽으로 왔다 갔다 하다가 이윽고 왼쪽 구석에 고정되었다. 그리고 나뉘어서 끝이 갈라진 빛의 다발이 되고 지렁이처럼 기어가다 여섯 개의 글자를 만들어 냈다.

텔롭(방송에서 카메라를 통하지 않고 사진, 문자 등을 직접 삽입해 보여 주는 것 — 옮긴이)이라는 기술인데 거창한 것은 아니었다. 새까만 반지(半紙, 붓글씨 연습용 일본종이 — 옮긴이)에 흰 붓으로 쓴 형편없는 글씨. 그렇지만 어딘가 이렇게 보였다. '끝까지 봐.' 명령형이었다. 그것이 사라지고 잠시 후 다음 글자가 떠올랐다. '망자에게 먹힐 것이다.' 망자가 뭘 말하는지 모르겠지만 먹힌다는 것은 예사로운 말이 아니다. 그 두 문장 사이에는 '그렇지 않으면'이라는 접속사가 생략되어 있는 것 같다. 도중에 영상을 멈추면 안 된다, 그렇지 않으면 안 좋은 일이 생긴다고 협박하는 셈이다.

'망자에게 먹힐 것이다'라는 글은 그대로 확대되어 화면에서 검은색을 지워 갔다. 검은색에서 유백색으로, 변화가 단조로웠다. 얼룩진 유백색 색채는 자연의 색이라고는 결코 말하기 어려우며, 캔버스에 겹겹이 발라 놓은 여러 모양의 추상화로 보였다. 꿈틀거리며, 찌그러지고, 출구를 찾아 용솟음치는 무의식, 혹은 생의 약동. 사고(思考)는 에너지를 갖고 짐승처럼 어둠을 포식했다. 신기하게 정지 버튼을 누를 마음은 들지 않았다. 망자가 무섭기 때문이 아니라 강렬한 에너지의 약동이 시원스럽게 느껴져서…….

흑백인가 했는데 화면에 붉은색이 터져 나왔다. 그와 함께 땅울림이 어디선지 모르게 들려왔다. 혹시 이 집 전체가 흔들리는 것 아닌가 하고 착각할 정도로 소리가 방향성 없이 들려와서, 작은 스피커에서 흘러나오는 소리라고는 느껴지지가 않았다. 끈적끈적한 새빨간 유동체는 폭발하며 튀어 흩어지고 때때로 화면 전체를 물들이기도 했다. 흑에서 백, 그리고 적으로……. 색이 격하게 변하기만 해서 아직까지 자연스러운 광경은 나오지 않았다.

추상화된 관념과 색의 선명한 변화가 선명하게 뇌리에 새겨져서 피곤하기까지 했다. 그러더니 보는 사람의 심리를 마치 읽고 있다는 듯이, 화면에서 빨간색이 물밀듯 빠져나가고 완만한 곡선의 산꼭대기를 이루고 있는 화산으로 보이는 산이 보이는 경치가 넓게 보였다. 활짝 갠 하늘을 배경으로 화산이 흰 연기를 뭉클뭉클 뿜어내고 있었다. 카메라 위치가 산기슭 부근이라 발밑으로는 울퉁불퉁한 흑갈색 용암에 쫓기고 있었다.

다시 어둠으로 뒤덮였다. 푸르게 갠 하늘은 점차 검게 덧칠되고 몇 초 뒤에 화면 중앙에서부터 새빨간 액체가 용솟음치고 아래로 흘러내리기 시작했다. 두 번째 폭발……. 튀어 오른 방울이 타오르고 그 탓에 산의 윤곽이 아스라이 판별할 수 있을 정도로 보였다. 먼젓번 영상이 추상적이었던 것에 비해 이번 것은 구체적이었다. 명확하게 화산의 폭발, 자연계의 현상이며, 설명 가능한 장면이다. 화구에서 흘러나오는 용암은 산허리의 계곡을 지나 이쪽으로 넘어왔다. 카메라는 어디에 있는 걸까? 하늘에서 보는 촬영이야 어찌되었든, 이대로라면 용암에 빠져 버리게 될 것이다. 땅울림이 점점 커지고 화면 전체를 용암이 가득 메우기 직전에, 장면이 팟, 하고 바뀌었다. 장면과 장면 사이에는 연속성이 없이 전혀 생소한 화면이었다.

흰 바탕 위로 검고 굵은 글씨가 떠올랐다. 윤곽이 흐릿하지만 겨우 '山'이라는 한자를 읽을 수 있었다. 먹물을 듬뿍 먹인 붓을 어지럽게 휘저은 것처럼 크고 작은 검은 점들이 글자 주위를 둘러싸고 있었다. 글자는 움직이지 않고 화면의 흐트러짐도 없었다.

또다시 갑작스럽게 화면이 바뀌었다. 두 개의 주사위가 납으로 된 그릇의 둥근 바닥 안에서 구르고 있었다. 배경은 희고, 납그릇 안은 검었으며 주사위의 눈 한 개만 붉은색이었다. 아까부터 이 세 가지 색이 많이 쓰이고 있었다. 주사위는 소리 내지 않고 천천히 구르다가 마침내 1과 5의 숫자를 위로 하고 멈췄다. 붉은색의 1이라는 눈과 흰 바탕에 늘어선 검은 5의 눈……. 무엇을 의미할까?

다음 장면에서 처음으로 사람이 등장했다. 얼굴이 주름투성이인 노파가 다다미 바닥에 홀로 앉아 무릎에 양손을 얹고 왼쪽 어깨를 슬쩍 내밀며 정면을 향해 천천히 말을 하고 있었다. 왼쪽 눈과 오른쪽 눈의 크기가 상당히 달라서 눈을 깜빡이는 모습이 윙크하는 것처럼 보일 정도였다.

"……그런 담엔, 몸은 어찌아써? 마실모욕만 허면, 망혼이 끼대들온다. 알제, 타관 것들 조심혀. 니는, 내년이믄 새끼를 낳을 텐디. 가나그가 할매 말을 벌로 들어? 여기 것도 좋아부러."

노파는 무표정하게 그것만 말하고 문득 사라져 버렸다. 의미불명의 말이 많았다. 하지만 어딘지 모르게 설교를 하는 느낌이라는 것은 알겠다. 뭔가에 조심하라고 경고를 하는 것이다. 대체 누구에게, 누구를 향해 노파는 말을 하고 있는 것일까?

갓 태어난 아기의 얼굴이 화면을 가득히 채웠다. 어딘지 모르게 탄생의 울음이 들려왔다. 이 역시 TV 스피커에서 들리는 것이 아니었다. 얼굴 아래, 바로 근처에서였다. 실제 목소리처럼 지나치게 가까웠다. 화면에 아기를 안고 있는 손이 보였다. 왼손을 머리 아래 넣고 오른손은 등 뒤를 받치며 소중하게 안고 있었다. 예쁜 손이었다. 화면을 들여다보는 아사카와는 어느샌가 화면 속의 인물과 똑같은 손 모양을 취하고 있었다. 아기 울음소리는 턱 바로 아래에서 들려왔다. 놀라서 손을 움츠렸다.

감촉이 느껴졌기 때문이다. 미지근한 양수, 아니면 피, 그리고 작은 살덩이의 무게. 아사카와는 내던지듯이 양손을 펼치고 손바닥을 얼굴로 바싹 들이밀었다. 냄새가 남아 있었다. 옅은 피 냄새, 모태로부터 흘러나왔나? 그게 아니면……. 축축한 촉감도 느껴졌다. 하지만 실제로 손이 젖은 것은 아니었다. 아사카와는 시선을 영상으로 돌렸다. 아직도 아기 얼굴이 나오고 있었다. 울고는 있어도 온화한 표정으로 안겨 있는데 몸의 떨림이 허벅지 사이에도 전해져서 딸랑 붙어 있는 거기까지 흔들리고 있었다.

다음 장면에서는 100개나 되는 인간의 얼굴. 어느 얼굴이나 증오와 적의로 가득 차 있었고 그 외에 딱히 눈에 띄는 특징은 나타나지 않았다. 평평한 바탕을 가득 메운 무수한 얼굴들이 서서히 화면 안쪽으로 내려갔다. 그리고 하나하나의 얼굴 크기가 작아짐에 따라 얼굴의 수가 늘어나서 군집체로 부풀어 올랐다. 머리만 그렇게 모아 놓은 것도 희한한데, 용솟음치는 목소리가 군중을 생각나게 했다. 얼굴들이 다들 입으로 무언가 외치면서 수가 점점 늘어나면서 작아졌다. 뭐라 하고 있는 것인지 잘 들리지 않았다. 집단의 아우성 중에는 비난하는 말도 하나 들렸다. "거짓말쟁이!"라는 말. 그리고 또 하나. "사기꾼!" 얼굴 수는 대략 1000개를 넘어서서 검은 입자가 되어 화면을 가득 메웠고, 전기가 안 들어간 브라운관 상태와 똑같은 색으로 변해도 원성만큼은 남아 있었다. 그리고 마침내 소리조차 사라지고 잔향만 약간 귀에 남았다. 그대로 잠시 동안 화면은 정지된 것처럼 보였다. 아사카와는 견딜 수가 없었다.

마치 자신이 정신없이 비난당하는…… 그런 느낌이 들었다.

화면이 바뀌고 목재로 된 받침 위에 TV가 한 대 놓여 있었다. 채널 선택 버튼이 회전식인 상당히 오래된 19인치인데 토끼 귀 모양의 안테나가 목재로 된 TV틀 위에 놓여 있었다. 극중극이 아니라, TV 속의 TV. 안에 나오는 TV에는 아직 아무것도 나오지 않고 있었다. 전원이 안 들어가 있는지, 채널 버튼 옆의 전원 램프가 빨갛게 깜빡이고 있었다. 화면 속에 TV 화면이 지지직 흔들렸다. 다시 원래대로 돌아오고 또 지직거리며 화면이 흔들렸다. 그 틈이 짧아졌나 싶었더니 뜬금없이 하나의 글자가 떠올랐다. 아무래도 '貞'이라는 한자로 보였다. 정(貞) 자는 때때로 흔들리고, 일그러지다가 패(貝)라는 글자로 변하기도 하며 사라져 갔다. 칠판에 분필로 쓰인 글자가 젖은 헝겊으로 닦아 내는 것 같은 방식으로 사라졌다.

영상을 보는 동안 아사카와는 묘하게 숨쉬기 괴로워졌다. 심장 고동이 들리며 동맥에 흐르는 피에 압박을 느꼈다. 그리고 냄새, 촉감, 혀를 찌르는 달고 시어 빠진 맛. 때때로 문득 떠오르며 나타나는 영상과 소리 이외의 매체가 어떻게 오감을 이렇게 자극하는지 신기했다.

갑자기 남자의 얼굴이 나타났다. 여태 본 장면과는 달리, 이 남자에게는 분명 살아 있다는 생명의 고동이 있었다. 보는 동안 혐오감을 느꼈다. 어째서 자신이 혐오감을 갖게 되는지 모르겠다.

특별히 추남도 아니었다. 이마가 좀 넓기는 했지만, 어느 쪽인가 하면 좋은 인상에 속할 것이다. 그냥 눈빛이 위험한 느낌을 품고 있다. 먹이를 노리는 야수의 눈. 남자의 얼굴에 땀이 나 있었다. 하아하아, 하고 거친 호흡 소리를 내며 눈을 들어 리드미컬하게 몸을 움직였다. 남자의 등 뒤로 이따금 나무가 우거진 광경이 보였는데, 나무들 사이를 통해 오후의 태양빛이 비치고 있었다. 남자가 위를 향하고 있던 눈을 정면으로 내리니 바라보는 사람과 바로 시선이 맞았다. 아사카와는 잠시 그 남자와 눈을 맞추고 있었다. 숨쉬기 괴로운 느낌이 증가해서 아무래도 눈을 피하고 싶어졌다. 남자는 침을 흘렸고 눈도 충혈되어 있었다. 목덜미가 서서히 올라가더니 그대로 슥 하고 화면 왼편으로 사라졌나 싶었는데, 잠시 동안 화면은 나무들의 검은 그림자만 비춰 주었다. 뱃속 깊은 곳에서부터 치밀어 올라온 것 같은 비명이 터져 나왔다. 목소리와 함께 어깨부터 목 부분과 함께 남자의 얼굴이 화면으로 되돌아왔다. 남자의 어깨는 맨살이었는데, 오른쪽 어깨 끝 수 센티미터에 걸쳐 살이 도려내져서 피가 렌즈에 튀어 화면에 번졌다. 마치 눈을 깜빡거리는 것처럼 화면은 한 번, 두 번 어두워졌고, 밝기를 되찾았을 때는 영상이 붉게 물들어 있었다. 남자의 눈에는 살의가 있었다. 얼굴과 함께 어깨가 가까이 오고 도려낸 살점 아래 흰 뼈가 엿보였다. 가슴을 뒤덮는 강렬한 압박감. 다시 나무들로 무성한 풍경. 하늘이 돌고 있다. 어스름히 번져 가는 하늘색, 마른 풀잎이 바삭바삭 소리를 냈다. 땅이 보이고, 풀이 보이고, 또 하늘이 보였다. 어디선지 모르게 아기의 울음소리가 들렸다. 아까 나타났던 남자아이인지 아닌지……. 이윽고, 화면 주위는 어둠의

원에 감싸이고, 서서히 어둠이 그 고리를 죄어 갔다. 빛과 어둠의 경계선은 좀처럼 명확하지 않았다. 화면 중앙, 어둠 속에 두둥실 떠오른 둥근 달이 있었다. 달 속에는 남자의 얼굴이 있었다. 달에서 주먹 크기의 덩어리가 떨어져 나와 둔탁한 소리를 냈다. 다시 한 번, 그리고 다시, 한 번.

소리와 함께 영상이 움찔, 흔들리고 흩어졌다. 살을 찢는 소리, 바로 뒤에는 칠흑 같은 어둠. 그래도 고동이 남아 있었다. 두근두근, 하고 피가 돌고 있었다. 그 장면은 길게 이어졌다. 영원히 끝나지 않을 것 같은 어둠. 처음 그랬던 것처럼 글자가 떠올랐다. 첫 장면 글씨가 너무 어설퍼서 처음 배우는 어린아이가 쓴 글자 같았는데 마지막에 나온 것은 어느 정도 나았다. 차례차례 희미하게 떠오르는 흰 글씨는 이렇게 말하고 있었다.

'이 영상을 본 자는 일주일 뒤 이 시각에 죽을 운명이다. 죽고 싶지 않으면 지금부터 말하는 내용을 실행하라. 즉…….'

아사카와는 꿀꺽 침을 삼키고 눈을 크게 뜨고 TV를 바라보았다. 그런데 거기서 화면이 확 바뀌었다. 정말이지 완벽하게 화면이 바뀌었다. 누구나 한번쯤은 본 적이 있을 TV 광고가 끼어든 것이다. 여름밤 마을 풍경, 가장자리에 앉은 유카타 차림의 여자 배우, 밤하늘을 물들이는 불꽃놀이……. 모기향 광고였다. 약 30초짜리 광고가 끝나고 다른 장면으로 바뀌려는 찰나, 화면은 원래대로 돌아왔다. 아까 있던 어둠, 그리고 마지막 글자가 사라진 잔상. 거기서 치이익, 하는 잡음이 끼어들고 비디오테이프가 완전히 끝났다. 아사카와는 눈을 부릅뜬 채로 테이프를 돌려서 마지막 장면을 재생했다. 똑같은 반복……. 중요한 부분에 끼어든 쓸모없는 광고. 아사카와는 비디오를 멈추고, TV를 껐다. 그렇지만 아직 화면을 보고 있었다. 목이 바싹 타들어 갔다.

"뭐야? ……이거."

그 이상 뭐라고 말 할 수 있을까? 의미 불명인 장면들의 연속, 하지만 단 하나 이해할 수 있는 것은 **이것**을 본 사람은 정확히 일주일 뒤 죽었다는 사실. 그리고 그것을 피할 방법이 나와 있는 부분이 TV 광고로 지워져 버렸다는 사실이다.

'누가 지운 거야? 그 네 사람인가?'

턱이 덜덜 떨렸다. 만약 네 젊은이들이 같은 시각에 죽었다는 사실을 몰랐다면 이런 바보 같은 것도 다 있다고 웃어 넘겼을 것이다. 하지만 그는 알고 있다. 말 그대로 네 사람이 수수께끼의 죽음을 당했다는 사실을.

그때, 전화가 울렸다. 아사카와는 그 소리에 심장이 밖으로 튀어 나오는 줄 알았다. 수화기를 들고 귀에 댔다. 누군가가 몸을 숨기고 줄곧 어둠 속에서 이쪽을 엿보고 있는 기색이 느껴졌다.

"……여보세요."

아사카와는 떨리는 목소리로 겨우 그 말을 꺼냈다. 대답이 없었다. 어둡고 좁은 장소에서 무언가가 똬리를 틀고 있다. 땅울림과 비슷한 고오오오, 하는 낮은 소리와 흠뻑 젖은 땅 냄새가 났다. 귓가에 전해오는 냉기에 목덜미 부근의 털이 올올이 일어서는 것을 알 수 있었다. 가슴을 누르는 압박은 강해지고, 땅속 깊이 기어 다니는 벌레가 발목과 등으로 꿈틀꿈틀 달라붙어 기어오고 있었다. 말로 표현할 수 없는 상념과 시간을 듬뿍 들여 성숙된 증오가 수화기를 통해 바로 앞까지 올라왔다. 아사카와는 쾅 하고 수화기를 내려놓았다. 입을 막고 화장실로 달려갔다. 등줄기를 지나가는 오한과 갑작스런 구역질, 전화 너머로 **그것**이 아무 말도 하지는 않았지만 아사카와는 의도하는 바를 알았다. 확인 전화였다.

'봤지? 알고 있겠지. 말하는 대로 해……. 그렇지 않으면…….'

아사카와는 변기에 대고 토했다. 별로 토해 낼 것은 없었지만 아까 마신 위스키가 신 위액과 함께 입으로 흘러나왔다. 눈에 스며들어서 눈물이 번졌다. 위액이 코로 올라와 괴로웠다. 그래도 당장, 여기서 전부 토해 버리면 지금 봤던 영상도 함께 흘러나올 것 같았다.

"……'그렇지 않으면'이라니, 내가 알겠냐고? 어쩌라는 거야? 엉? 내가 뭘 해야 되지?"

화장실 바닥에 자리 잡고 앉아 공포에 지지 않으려 큰 소리로 외쳤다.

"좀 봐줘. 그들이 지워 버렸어. 제일 중요한 부분을……. 나, 나는 알 방법이 없다고. 난 좀 봐 달라고!"

어찌되었든 변명을 할 수밖에 없었다. 아사카와는 화장실에서 뛰쳐나와 끔찍한 자기 모습을 살필 여유도 없이, 방 전체를 이리저리 고개를 돌려 살펴보며 거기 있을지도 모르는 **존재**에 굽실굽실 머리를 숙이고 애원했다. 어느새 상대의 동정을 끄는 표정으로 바뀌었다는 것을 본인은 몰랐다. 아사카와가 일어서서 싱크대에서 입을 헹구고 물을 마셨다. 바람이 불어왔다. 거실 창을 보았다. 커튼이 흔들렸다.

'어라, 아까 닫지 않았나?'

확실히, 커튼을 치기 전에 새시 유리문을 확실히 잠갔을 것이다. 기억이 잘못되지는 않았다. 떨림이 멎질 않았다. 이유도 없이, 그의 뇌리에 도시 초고층 빌딩의 야경이 떠올랐다. 빌딩 벽면을 수놓은 창문 불빛이 격자무늬로 켜지거나 꺼지면서 특정 글자가 되려 했다. 빌딩 자체가 거대한 장방형 묘비라고 한다면 창문 불빛으로 만들어지는 글자는 묘비명처럼 보였다. 그 이미지가 사라지고 바로 하얀 레이스 커튼이 펄럭펄럭 나부끼고 있었다.

아사카와는 거의 반미치광이 상태로 벽장에서 가방을 꺼내 들고 짐을 정리했다. 이 이상, 한시라도 여기 있고 싶지 않았다.

'누가 뭐라든 상관없다. 계속 여기 있다간 일주일이 아니고 하룻밤 만에 숨넘어가게 생겼어.'

그는 러닝셔츠와 트레이닝복 차림 그대로 현관으로 나왔다. 밖으로 나오기 전에 이성이 꿈틀댔다. 그저 단순한 공포로부터 도망치기 위해서가 아니라, 내가 살 방법을 생각하자! 순간적으로 솟아오른 생존 본능. 아사카와는 다시 한 번 방으로 돌아와서 비디오테이프를 꺼내는 버튼을 눌렀다. 수건으로 비디오테이프를 둘둘 감싸고서 가방 안에 넣었다. 단서는 이 테이프뿐이니 놓고 갈 수는 없었다. 하지만 무슨 일이 있더라도 기한은 단 일주일. 시계를 보았다. 10시 8분을 가리키고 있었다. 마지막으로 본 게 분명, 10시 4분 정도였다. 시계가 앞으로 중요한 의미를 가질 것이다. 아사카와는 방 열쇠를 탁자 위에 두고 방 불을 훤히 켜 놓은 채로 밖에 나와, 관리실에도 들르지 않고 자기 차로 뛰어가 시동을 걸었다.

"혼자서는 무리야. 그 녀석 손을 빌려야겠어."

혼잣말을 하며 차 시동을 걸었지만, 백미러가 신경 쓰여 견딜 수가 없었다. 액셀을 아무리 밟아도 초조할 정도로 속도가 붙지 않았다. 꿈속과도 같은 추격전이다. 몇 번이나 계속 백미러를 보았다. 하지만 그의 뒤를 쫓는 검은 그림자는 아무 데도 없었다.

제3장

돌풍

1

10월 12일 금요일

"우선 그 비디오나 보여 줘."

다카야마 류지는 빙글빙글 웃으면서 그렇게 말했다. 롯폰기 교차로에 있는 찻집 2층. 10월 12일 금요일, 오후 7시 20분. 아사카와가 바로 그 비디오를 봐 버리고 난 뒤, 24시간이 지나려는 참이었다. 시끌시끌한 여자아이들 목소리에 둘러싸이면 어느 정도는 두려운 감정이 옮어지지 않을까 해서 롯폰기 번화가를 약속 장소로 선택했지만, 전혀 마음이 편해지지 않았다. 이야기할수록 어젯밤의 사건이 선명하게 되살아나더니 공포심이 조금이라도 누그러지기는커녕 부풀어 오르기만 했다. 몸에 씐 **무엇인가**의 그림자를, 문득 몸 안쪽 깊은 곳에서 느끼기까지 했다.

류지는 와이셔츠를 첫 번째 단추까지 채우고 넥타이도 바짝 맨 채 풀려고 하지 않았다. 그 때문에 목둘레의 살이 두 겹으로 부풀어 올라서 보는 사람을 답답하게 만들었다.

웃고 있는 그의 각진 얼굴은 보통 사람이라면 기분 나쁜 인상을 받기 충분한 인상이었다.

류지는 유리잔에서 얼음을 꺼내 입으로 던져 넣었다.

"……듣기는 한 거야? 내 얘기. 위험하다고 했잖아."

아사카와는 억눌린 목소리로 말했다.

"그럼 왜 나한테 이런 상담씩이나 하러 왔냐? 도와 달라고 왔잖아."

류지는 볼에 웃음을 머금고 입속의 얼음을 으적으적 씹었다.

"비디오를 안 보더라도 도울 방법 정도는 있어."

류지는 약간 고개를 숙이듯이 옆으로 저었다. 얼굴에는 아직 엷은 웃음이 사라지지 않았다. 아사카와는 갑자기 분노에 휩싸여서 신경질적으로 소리를 질렀다.

"너, 안 믿는 거지! 내가 얘기한 거……."

폭탄인지 모르고 소포를 뜯은 사람처럼 아무 준비 없이 비디오를 봐 버린 아사카와는, 류지의 가벼운 웃음이 그렇게밖에 생각되지 않았다. 그런 공포를 경험하기는 처음이었다. 그리고 끝나지도 않았다. 이제 6일 남았다. 공포가 현실이 되어 서서히 목을 조이고 있었다. 다음에 기다리고 있는 것은 죽음이다. 그런데도 이 녀석은 자진해서 그 비디오를 보고 싶다는 소릴 지껄이고 있었다.

"큰 소리 내지 마. 내가 안 무섭대서 불만이냐? 이봐, 아사카와,

전에도 얘기했지만 난 볼 수 있다면 세상의 종말을 보고 싶다고 생각하는 인간이야. 이 세상의 구조, 그러니까 창세와 종말의 수수께끼, 극대와 극소의 비밀을 해명해 주는 놈이 있다면 목숨이랑 바꿔서라도 그 녀석에게서 지식을 이끌어 낼 거라고. 너 내 생각을 기사화한 적도 있잖아. 기억할 텐데?"

물론 아사카와는 기억하고 있었다. 그래서 이렇게 류지에게 모든 일을 털어놓은 것이다.

처음 기획을 한 사람은 아사카와였다. 2년 전, 아직 그가 서른이었을 때, 자신과 동갑인 일본 청년들이 어떤 생각을 하고 어떤 꿈을 갖고 살고 있을까 하고 의문을 품은 적이 있었다. 기획이 통과되어 통산성(현재 일본의 경제산업성 — 옮긴이) 관료, 도의회 의원, 일류 회사 사원에서부터 극히 평범한 월급쟁이까지 다양한 세계에서 활약하고 있는 서른 살의 청년을 뽑아 독자가 알고 싶어 할 법한 기본적인 약력부터 개성에 이르기까지, 한정된 지면 속에서 서른이란 연령을 분석하려 했다. 아사카와는 선택된 10여 명 가운데에서 우연히 고등학교 동창생인 다카야마 류지의 이름을 발견했다. 직함은 K대학 문학부 철학과 비상근 강사. 그것을 보고서 '뭐야?' 싶었다. 류지가 의학부로 진학했다는 기억이 있었기 때문이다. 취재는 아사카와가 맡았다. 다양한 직업 가운데 하나로서 취재 대상에 오르긴 하였지만, 류지는 서른 살의 햇병아리 학자를 대표하기에는 너무나도 개성이 강했다. 고등학생 시절부터 손대기 어려웠던 성격이 더욱더 연마된 것처럼 보였다. 그는 일단 의학부를 졸업한 뒤에, 철학과에 편입했고 그해 박사 과정을 마친 참이었다. 만일 부교수 자리가 비었더라면 틀림없이 그 자리를 차지했을 테지만 운 나쁘게도 선배가 그 자리를 차지하고 앉아 있었다. 그는 비상근 강사직을 얻고 한 주에 두 번 모교에서 논리학 수업을 담당하게 되었다. 현재, 철학이라는 학문 분야는 과학과 극단적일 정도로 가까운 위치에 있었다. 인생을 얼마나 잘 살아갈 수 있는가 하는 궁상맞은 관념을 가지고 노는 것과는 달랐다. 전공이 논리학인 경우에는 숫자가 빠진 수학을 연구하는 것이나 마찬가지였다. 일찍이 고대 그리스에서는 철학자가 동시에 수학자이기도 했다. 류지도 마찬가지로 문학부 강사이기는 했지만 머리 회로는 과학자의 것이었다. 전공 분야의 지식도 그럴듯했지만, 초심리학에 관한 깊이 있는 조예도 예사롭지 않았다. 아사카와가 보기에는 모순으로 느껴졌다. 초심리학, 즉 초능력이나 오컬트 종류는 과학의 논리에 반하는 것이 아니냐고. 류지가 대답했다. 그 반대다, 초심리학은 세계의 구조를 해명하는 하나의 키워드이다. 한여름인데도 줄무늬가 들어간 긴 소매 셔츠를 입고 오늘처럼 첫 번째 단추까지 채운 채 류지는 '나는 인류 멸망의 순간을 맞이하고 싶다'고 더위에 찌푸린 얼굴로 땀을 흘리며 말했다. 그리고 세계 평화와 인류의 존속을 외치는 무리들은 구역질이 난다고도.

취재 중에 아사카와가 이런 질문을 했다.

'장래의 꿈을 들려줘.'

류지는 태연히 대답했다.

'언덕 위에서 인류가 멸망하는 광경을 구경하면서 대지에 구멍을 파고 그 구멍 속에 몇 번이고 계속해서 사정하는 것.'

아사카와는 확인했다.

'이봐, 정말 그렇게 쓰면 어쩌려고?'

그때 류지는 지금과 다름없이 엷은 웃음을 띠고서 질문에 대한 답을 하는 대신 고개만 끄덕였다.

"그러니까, 나한테 무서운 것 따윈 없어."

류지는 그렇게 말한 다음, 얼굴을 확 아사카와 쪽으로 들이밀었다.

"어젯밤, 또 한 사람 해치웠어."

'또냐.'

아사카와가 아는 한 세 번째 희생자였다. 첫 번째 희생자를 안 게 고등학교 2학년 때. 두 사람 모두 가와사키 시 다마 구에 있는 집에서 공립 고등학교에 다니고 있었는데, 아사카와는 매일 아침 수업 시작 한 시간 전에 학교에 와서 아침의 상쾌한 시간대에 그날 예습을 하는 습관이 있었다. 학교에서 일하는 사람을 빼면 언제나 그가 학교에 제일 먼저 도착했다. 그에 비해 류지는 1교시 수업도 제대로 나온 적이 없는 상습 지각생이었다. 그런데 여름방학이 막 끝난 어느 날 아침, 아사카와가 평소대로 학교에 왔더니 웬일인지 류지가 먼저 와서 교실 책상 위에 멍하니 걸터앉아 있었다. "여어, 해가 서쪽에서 뜨겠네?" 하고 아사카와가 말을 걸었다. "어, 뭐." 무뚝뚝하게 그렇게 대답했을 뿐, 류지는 그가 안중에도 없다는 듯이 창문 밖 교정을 바라봤다. 그 눈은 붉게 충혈되어 있었다. 뺨에도 붉은 기가 돌았으며 토해 내는 숨결에서 술냄새가 약간 났다. 특별히 사이가 좋았던 것도 아니어서 대화가 그 이상 이어지진 않아, 아사카와는 평소처럼 교과서를 펴고 예습에 들어갔다. 그런데 잠시 후, 류지가 소리도 없이 아사카와의 등 뒤로 다가와 "야, 너한테 부탁하고 싶은 게 있는데……." 하고 등을 두드렸다.

개성이 워낙 강렬한 데다 공부도 잘했고 육상 선수로서도 일류인 류지는 단연코 학교에서 눈에 띄는 존재였다. 딱히 뭐라 할 만한 개성이 없는 학생이었던 아사카와로서야 류지 같은 동급생한테 뭔가를 부탁받는다는 것이 싫지는 않았다.

"뭐냐면, 우리 집에 전화 좀 걸어 줬으면 하는데."

류지는 자못 친한 듯이 아사카와의 어깨에 팔을 두르고는 말했다.

"좋아, 근데 왜?"

"그냥 걸기만 하면 돼. 전화로 날 바꿔 달라고 해."

아사카와는 얼굴을 찌푸렸다.

"너를……? 근데 너는 여기 있잖아."

"됐으니까, 해 주기나 해."

들은 대로 번호를 누르고 류지 어머니가 전화를 받자 "류지 좀 부탁합니다."라며 지금 바로 눈앞에 있는 사람을 불러 달라고 말했다.

"저기, 류지는 벌써 학교에 갔는데……."

"아, 그래요?"

류지 어머니의 부드러운 대답을 듣고 아사카와는 수화기를 내려놓았다.

"야, 이러면 되냐?"

아사카와는 석연치 않았다. 이런 짓이 무슨 의미가 있는지 도무지 알 수 없었다.

"뭐 이상한 거 없었냐?" 류지가 물었다. "우리 엄마 목소리, 긴장하고 있지 않았어?"

"별로, 아무것도……."

아사카와는 류지 어머니의 목소리를 처음 들었는데 딱히 긴장한 소리 같지는 않았다.

"등 뒤에서 웅성웅성하는 사람 소리가 났다든가……."

"아니, 별로. 그런 건 없었어. 아주 평범한 아침 식사 시간 분위기야."

"그렇군. 그럼 됐어. 고마워."

"이봐, 무슨 일인데? 왜 이런 짓을 하는 거야?"

류지가 왠지 안심했다는 표정을 떠올리며 아사카와의 어깨에 팔을 두르더니 확 자기 쪽으로 끌어당기고는 입을 귓가로 갖다 댔다.

"너는 입도 무거운 것 같으니 믿을 수 있겠지. 얘기해 줄게. 사실 말이야, 나 오늘 아침 5시쯤에 여자를 덮치고 왔다."

아사카와는 너무 놀라서 목소리조차 나오지 않았다. 류지는 동틀 무렵인 5시쯤에 아파트에 혼자 사는 여대생 방에 숨어들어 폭행을 하고 경찰에 신고하면 용서하지 않는다는 협박성 대사까지 남기고서 그대로 학교에 왔다고 했다. 그래서 혹시 지금쯤 경찰이 집으로 와 있지 않은가 신경이 쓰여서 아사카와에게 전화를 걸어 달라 해서 집 상황을 살핀 것이다.

그 일이 있고 나서, 아사카와와 류지는 조금씩 말을 트게 되었다. 물론 아사카와는 류지의 범죄를 남에게 말하지는 않았다. 그리고 이듬해에 류지는 고교 투포환 선수권에서 3위에 입상했고,

또 그다음 해에 정시로 K대학 의학부에 입학했다. 아사카와는 한 해 재수한 끝에 그다음 해 겨우 유명 대학교 문학부에 합격했다.

아사카와는 자기가 진짜 바라는 게 무엇인지 알고 있었다. 역시 류지에게도 바로 그 비디오를 정말로 보여 주고 싶었다. 입으로 내용을 말하는 것만으로는, 그의 지식과 경험을 토대로 정보를 얻기가 어려웠다. 하지만 한편으로, 자기가 살아남기 위해 다른 사람까지 끌어들이는 것은 좋지 않다는 윤리도 작용했다. 갈등이야 있지만 평소 생각하고 있던 의문이 문득 떠올랐다. 신문사에 들어간 지 10년이 되었는데, 취재를 통해 알게 된 사람은 수없이 많았다. 그런데 어째서인지 서로 술자리를 가질 정도로 친한 사람은 류지 말고 없었다. 우연히 동창이었으니까? 아니다, 동창이라면 그 말고도 많이 있었다. 류지가 가진 이상성(異常性)과 공명하는 무언가가 마음속 깊은 곳에 존재하고 있다고 생각하니, 스스로가 모르는 사람처럼 느껴졌다.

"그럼, 이봐. 서두르자고. 남은 시간이 6일이라며?"

류지는 아사카와의 두 팔을 잡고 꾹 힘을 주었다. 힘이 강했다.

"빨리 나한테도 그 비디오를 보여 줘. 손쓰는 게 늦어서 네가 뒈져 버리기라도 하면, 내가 쓸쓸하지 않겠냐."

류지는 아사카와의 팔을 리드미컬하게 문지르며 접시에 손도 안 댄 채 남아 있던 치즈케이크를 포크 끝으로 찔러 입에 넣고 우물우물 씹기 시작했다. 류지는 뭘 씹을 때 입술을 꾹 다물고 먹지 않는 버릇이 있다 보니, 음식물이 입안에서 침과 섞여 녹아 가는 모습이 그대로 보여서 아사카와는 기분이 나빠졌다.

각진 얼굴, 떡 벌어진 체형, 그런 남자가 치즈케이크를 우물거리면서 유리잔에 있는 얼음을 꺼내서 으적으적 일부러 큰 소리로 씹어 먹고 있다.

아사카와는 깨달았다. 이 녀석 말고 도와줄 사람이 없다고.

'상대는 정체불명의 악령이고, 일반인이 상대할 수 있을 리 없어. 그 비디오를 보고 평온하게 있을 만한 사람은 아마 류지 말고는 없을 거야. 독으로 독을 치유한다고 했지. 그 말고 방법이 없어. 만약 류지가 죽을 운명에 처했다 하더라도 그걸 알 수야 있겠어? 인류의 멸망을 보고 싶다고 지껄이는 놈은 오래 살 자격이 없다고.'

아사카와는 그렇게 생각하고, 이 일과 무관한 사람을 끌어들이는 일을 정당화하려 했다.

2

두 사람은 택시를 타고 아사카와의 아파트로 향했다. 롯폰기에서 기타시나가와까지 길만 안 막히면 20분도 안 걸린다. 룸미러 속에는 기사의 이마만 비쳐 보였다. 뚱하게 입을 다물고 핸들에 한 손을 얹은 그는 손님에게 말을 걸려고도 하지 않았다. 원래 생각해 보면, 택시 기사와 나눴던 잡담이 발단이 되었다. 만약 그때, 그 장소에서 택시에 타지 않았으면 이런 기괴한 사건에 휘말리는 일은 없었을 것이다. 아사카와는 보름 전 일을 떠올렸다. 그때, 아무리 귀찮더라도 표를 사서 몇 번이든 전철을 갈아타며 집으로 돌아올 걸 그랬다고 후회했다.

"너희 집에서 복사도 되냐?"

류지가 물었다. 직업 때문에 아사카와는 비디오 플레이어를 두 대 가지고 있었다. 한 대는 보급되기 시작할 적에 강매로 구입한 것이라, 웬만한 성능은 뒤떨어지더라도 복사본을 만드는 정도는 문제없었다.

"가능해."

"그렇군, 그럼 바로 내가 볼 복사본 하나 만들어 줘. 내 방에서 몇 번씩 반복해서 보고 연구하게."

'든든하군.'

아사카와가 생각했다. 지금의 아사카와로서는 이런 말만이라도 용기가 솟았다.

고텐야마 힐즈(도쿄 시나가와 역 근처의 고급 아파트 단지 — 옮긴이) 앞에 내려서 나머진 걸어가기로 했다. 8시 50분. 이 시간이라면 아직 아내나 아이가 깨어 있을 가능성이 있었다. 아내인 시즈카는 항상 9시가 되기 조금 전에 딸을 목욕시키고 끝나면 바로 이불로 들어가 그대로 아이를 재우다가 자기까지 함께 자 버렸다. 그리고 일단 잠들고 나면 혼자서는 이불에서 헤어 나오기조차 힘들어했다. 시즈카는 되도록 남편과의 대화 시간을 가지려 해서, 이전에는 '깨워요.'라는 메시지를 반드시 탁자 위에 남겨 두고는 했다. 일을 마치고 귀가한 아사카와는 그 말에 따라, 일어나려는 의지가 있을 거라고 생각하며 아내를 흔들어 깨웠다. 하지만 그녀는 일어나지 않았다. 그래도 억지로 깨우려 하면 머리 위에 파리를 쫓듯이 양손을 휘저으며 기분 나쁘다는 듯이 얼굴을 찌푸리고 싫은 소리도 했다. 반쯤은 깨어 있지만 계속 자려는 힘이 훨씬 강한 것인지, 아사카와는 헛수고를 하다가 포기할 수밖에 없었다. 이런 일이 계속 이어지다가 이제는 메시지를 봐도 시즈카를 깨우려 하지 않게 되어, 시즈카도 결국 메시지를 남기지 않게 되었다.

그리고 지금, 밤 9시는 누구도 방해할 수 없는 시즈카와 요코의 취침 시각이 된 것이다. 오늘과 같은 경우, 반대로 그것이 반갑기까지 했다. 시즈카가 류지를 안 좋아하기 때문이었다. 당연한 일이라고 생각했기에 그 이유를 아내에게 물어본 적은 없었다. "제발 부탁이니까 다시는 저 사람을 집으로 부르지 마." 그렇게 말했을 때, 혐오감을 고스란히 드러냈던 아내의 얼굴이 아직도 기억났다. 게다가 당연히, 시즈카나 요코 앞에서 그 비디오를 틀 수는 없지 않은가?

방이 어둡고 쥐 죽은 듯 조용한데, 현관까지 물과 비누 냄새가 풍겨 왔다. 두 사람은 젖은 머리카락에 수건을 감고서 막 이불로 들어간 참인가 보다. 침실 문에 귀를 대고 아내와 딸이 자고 있는 것을 확인하고 나서 거실로 류지를 안내했다.

"아기는 자나 보지?"

아쉽다는 듯이 류지가 말했다. "쉿." 하고 아사카와가 손가락을 입에 댔다. 이런 일로 잠에서 깰 시즈카가 아니지만, 뭔가 다른 기색을 느끼고 일어나 나올 수도 있었다.

아사카와는 비디오 플레이어 두 대의 기계 출력단자와 입력단자를 연결하고 그 비디오테이프를 눌러 넣었다. 재생 버튼을 누르기 전에 류지의 얼굴을 보고 진짜 재생해도 되냐는 듯 말없이 그의 의지를 눈으로 물었다.

"뭐 해, 어서 틀기나 해."

TV 화면을 바라보는 류지는 눈을 돌리지 않고 재촉했다. 아사카와는 류지의 손에 리모컨을 쥐여 주고, 일어서서 창문 근처에 기댔다. 볼 생각은 없었다. 원래대로라면 몇 번이나 돌려보며 냉정하게 분석하고 싶어서 난리였을 텐데, 이제는 이 이상 그 사건을 뒤쫓으려는 힘이 솟지 않았다.

그저 피하고 싶었다. 그냥 그뿐이었다. 아사카와는 발코니로 나와 담배를 피웠다. 딸이 태어났을 때, 집 안에서는 담배를 피우지 않겠다고 아내와 약속하고 여태까지 지켜 온 것을 무시할 수가 없었다.

발코니에서 방 안을 슬쩍 보니 불투명 유리를 통해 화면이 흔들리고 있었다. 빌라 로그캐빈에서 혼자 보는 것과 일단 세 명이나 되는 사람들에게 둘러싸여 시내 아파트 6층에서 보는 것은 공포심이 전혀 달랐다. 하지만 류지라면 같은 상황에서 봤다 해도 꼴사납게 허둥대서 눈물을 흘리는 따위의 일은 당연히 없을 것이다. 류지만큼은 실실 웃어 젖히며 욕지거리도 몇 마디 날리고 거꾸로 상대방을 위협하는 눈초리로 화면을 봤으면 싶었다.

담배를 다 피우고 발코니에서 방으로 돌아가려 하는 바로 그때, 복도와 거실을 나누는 문이 열리고 잠옷 차림의 시즈카가 나타났다. 아사카와는 황망하게 탁자 위의 리모컨을 조작하여 화면을 잠깐 멈췄다.

"자고 있지 않았어?"

아사카와의 목소리에 비난하는 기색이 배어 있었다.

"무슨 소리가 들려서."

그러고는 그녀는 치익거리며 일그러져 있는 화면과 류지와 아사카와를 순서대로 바라보았다. 불쾌한 표정을 지으며…….

"가서 자!"

일체의 질문을 허용하지 않는 어조로 아사카와가 말했다.

"괜찮으시면 제수씨도 함께 보실래요? 이거 재미있네요."

바닥에 책상다리를 하고 앉은 채 류지가 고개를 이쪽으로 향했다. 아사카와는 류지에게 크게 호통이라도 치고 싶었다. 하지만 말은 나오지 않았고 생각하는 모든 것을 주먹에 모아 있는 힘껏 탁자를 내리쳤다. 시즈카는 그 소리에 깜짝 놀라서 서둘러 문손잡이에 손을 얹고 두 눈을 가늘게 뜨고 고개를 아주 약간 꾸벅하며 "그럼, 천천히 보세요." 하고 류지에게 인사했다. 그리고 잽싸게 뒤돌아 문 저편으로 사라졌다. 한밤중에 남자 둘이서 비디오를 켰다 껐다……. 아내가 어떤 상상을 했을지 아사카와도 이해는 갔다. 눈을 가늘게 뜰 때, 경멸하는 눈치도 느꼈다. 류지가 아니라 남자의 본능에 대한 경멸. 아사카와는 아내에게 아무것도 설명할 수 없다는 상황이 힘들었다.

아사카와가 기대한 대로, 류지는 영상을 다 보고 나서도 태연했다. 그는 콧노래를 부르며 테이프를 되감고, 빠른 재생이나 정지를 반복하면서 다시 한 번 중요한 부분을 확인하고 있었다.

"이걸로 나도 휘말려 버렸군. 너에게 남은 시간이 6일이고 나는 7일."

류지는 게임에 참가했다는 사실에 퍽 기뻐 보였다.

"어떻게 생각해?"

아사카와는 류지의 의견을 물었다.

"애들 장난이네."

"뭐?"

"꼬맹이 시절에, 이런 짓 자주 하지 않았어? 무서운 그림 같은 거 보여 주고 이걸 본 사람은 불행해진다든가 말하고 친구들을 협박하는 놈. 아니면 불행의 편지 같은 거 말이야."

물론 아사카와도 그런 경험이야 있었다. 여름날 밤에 들었던 귀신 이야기 중에도 비슷한 종류의 이야기가 있었으니까.

"그래서?"

"아니, 별로. 그냥 조금. 그런 느낌을 받은 것뿐이야."

"또 뭔가 신경 쓰이는 점이 있으면 말해 봐."

"맞아, 영상 자체는 그렇게 무섭지 않아. 현실적인 장면과 추상적인 장면이 섞여 있는 것처럼 보여. 만약 네 남녀가 이 말대로 죽었다는 사실만 없다면 이 따위 것, 흥 하고 날려 버릴 수 있는데. 그치?"

아사카와가 끄덕였다. 속수무책으로 성가시게 느껴지는 부분은 비디오가 하는 말이 거짓이 아니라는 것을 알고 있다는 점이다.

"우선 첫 번째로 바보들 넷이 어째서 죽었는가, 그 이유부터 생각해 보자. 두 가지로 생각해 볼 수 있지. 비디오 마지막에 '이 영상을 본 자는 일주일 뒤 이 시각에 죽을 운명이다.'라고 하고, 그 후에 바로 주문…… 아, 이제부터 죽을 운명에서 도망치는 방법을 주문이라고 부르자고. 아무튼 네 사람이 그 주문 부분을 지워 버렸기 때문에 죽은 건가? 아니면, 단순하게 주문을 실행하지 않았기 때문에 죽었나. 아니, 그 이전에 주문을 지워 버린 사람이 진짜 그 네 사람인지, 그것부터 확인해야 돼. 혹시라도 네 사람이 봤을 때 이미 주문이 지워져 있었을 경우도 있잖아."

"확인한다고 해 봤자, 어떻게? 그 네 사람한테 물어볼 수는 없다고."

아사카와는 냉장고에서 맥주를 꺼내 유리잔에 따라서 류지 앞에 두었다.

"뭐, 봐 봐."

류지는 비디오 마지막을 재생하고, 주문을 지운 모기향 광고가 끝나는 순간을 노려서 일시정지를 시키고서, 천천히 장면 장면을 재생했다. 지나갔다가, 되돌아오고, 또 정지, 다음 장면…… 그러다 아주 잠깐, 탁자를 둘러싸고 앉은 세 사람이 나왔다. 자칫 놓칠 뻔한 부분에, 광고가 삽입된 프로그램 장면이 걸려서 멎었다. 그 프로그램은 밤 11시부터 전국에 방송되는 나이트쇼였다. 세 사람 중에 한 명은 누구나 알고 있는 백발의 유명 작가고, 한 명은 젊고 아름다운 여성, 또 한 명은 관서 지방을 주 무대로 활약하는 젊은 만담가였다. 아사카와는 화면에 얼굴을 바싹 갖다 댔다.

"너, 이 프로 알아?"

류지가 물었다.

"NBS에서 방송하고 있는 나이트쇼야."

"맞지? 유명 작가가 사회자고, 여자는 도우미, 그리고 만담가는 이날 게스트였겠지. 그래서 말이야, 이 만담가를 게스트로 맞이한 날이 언제인지 알면 넷이 주문을 지웠는지 아닌지 알 수 있지."

"……과연."

나이트쇼는 평일 밤 11시부터 방송됐다. 만약 그날 방송이 8월 29일 것이라고 밝혀지면 영상을 지운 사람들은 그날 밤 빌라 로그캐빈에 묵었던 그 네 사람임에 틀림없다.

"NBS는 네가 있는 신문사랑 같은 계열이지? 간단하게 알아낼 수 없냐?"

"알았어. 알아볼게."

"그래, 부탁해. 우리 목숨이 걸린 일이니까. 어쨌든 어찌 되어도 좋아. 하나씩 사실을 증명해 가자. 알았지? 전우."

류지는 아사카와의 어깨를 쳤다. 함께 죽을 운명이니, 전우라는 표현을 써도 잘못은 아니지.

"너, 무섭진 않아?"

"무서워? 반대야, 기한이 정해져 있으니 재미있지 않아? 벌칙이 죽음이라니……. 좋지, 목숨이 걸려 있지 않으면 게임이 재미없지."

아까부터 류지는 정말 재미있다는 듯이 떠들어 대고 있어서 공포를 감추려는 허세가 아닌가 하는 생각이 들었지만 눈 속 깊숙이 한 조각 두려움도 읽어 낼 수 없었다.

"그다음에 이 비디오를 누가 언제 어떤 목적으로 만들었는지 조사하기. 빌라 로그캐빈이 생긴 지 반년 정도 됐으니까, 그 사이에 B-4호 손님들 중에 비디오를 가져온 놈을 추려 내는 거야. 뭐, 8월 하순으로 제한해도 상관없겠지. 가능성이 가장 높은 것은 그 네 명 바로 전에 머무른 놈들이겠지."

"그것도 나더러 조사하라고?"

류지는 단숨에 맥주를 싹 비우고 잠시 생각했다.

"당연하지. ……기한이 정해졌잖아? 네 친구 중에 누구 믿을 만한 놈 없어? 있으면 부탁하든가."

"이 사건에 흥미를 가진 기자가 한 명 있기는 있어. 근데, 목숨을 걸고 하는 일이니까 그렇게 간단하진……."

아사카와는 요시노를 생각하고 있었다.

"신경 쓰지 마, 확 끌어들여. 이 비디오를 보여 주면 엉덩이에 불 붙은 것처럼 뛰어다닐 게 틀림없잖아? 좋겠지, 그 녀석한테도."

"다들, 너 같은 사람만 있는 게 아니야."

"그럼 무삭제 야한 비디오라고 해서 억지로 보게 하면 되잖아."

류지에게 상식을 설명해 봤자 소용없었다. 주문의 중간이 판명되지 않은 한, 무턱대고 남에게 보여 줄 수는 없었다. 어쨌든 진퇴양난에 빠졌다는 것을 느꼈다. 이 비디오의 정체를 캐내기 위해서는 상당한 규모의 조직적인 조사가 필요하지만, 비디오의 성질상 쉽게 사람을 구할 수가 없었다. 류지처럼 기쁨에 겨워 죽음의 게임에 몸을 던질 사람은 희귀할 테니까.

요시노라면 과연 어떤 반응을 보일까? 그도 역시 처자식이 딸린 몸이라, 위험을 헤쳐 가면서까지 호기심을 만족시키려 하진 않을 것이다. 하지만 비디오를 보지 않아도 도와줄 방법은 있다. 일단 그에게는 여태까지의 경위를 말해 두는 편이 좋을지도 몰랐다.

"알았어. 맡겨 줘."

류지가 거실 테이블 옆에 앉아서 리모컨을 집어 들었다.

"그래그래, **이거**, 추상적인 장면과 구체적인 장면, 크게 둘로 나뉘지?"

말하면서 그는 화산 분화 장면을 꺼내 정지시켰다.

"저기, 저 화산. 이건 아무리 봐도 현실에 있어. 무슨 산인지 조사해 봐야만 해. 그리고 이 분화. 산 이름을 알면 분화한 날도 알 테니까, 이 장면이 언제 어디서 녹화되었는지 확실해지겠지."

류지가 화면을 또 바꿨다. 노파가 등장해서 뜻 모를 말을 하는 장면이었다.

'어찌아써, 마실모욕, 망혼, 가나그' 같은 사투리 같은 말이 군데군데 들어가 있었다.

"어디 사투리겠지. 우리 대학에 방언 전문가가 있으니까 그놈한테 물어볼게. 그럼 이 할머니 출신지도 알 테고."

류지는 빠른 재생을 했다. 마지막 장면 좀 전에 등장하는 특징 있는 남자 얼굴이 나왔다. 이마에서 땀을 흘리면서 하아하아, 하고 숨찬 소리를 내며 몸을 리드미컬하게 움직이는 남자의 어깨 끝살이 도려내지기 바로 직전의 장면에서, 류지는 화면을 멈췄다.

남자 얼굴이 가장 클로즈업된 장면이었다. 이목구비나 귀의 생김새까지 상당히 또렷하게 얼굴 특징을 나타내고 있다. 머리카락 난 자리가 벗어지긴 했어도 나이는 30대 전후 같았다.

"이 남자는 본 적 있냐?"

류지가 물었다.

"있을 리 없지."

"저렇게 섬뜩하게 생겨 갖곤."

"너마저 그런 생각을 하게 만들다니, 이 남자 엄청난데? 경의라도 표하고 싶어지는걸."

"어, 그렇게 해 줘. 이렇게나 임팩트 있는 얼굴은 흔하지 않다고. 찾을 수 없을라나? 너, 기자 나부랭이면 조사하는 데는 프로지?"

"웃기지 마라. 범죄자나 연예인이면 몰라도, 얼굴만 가지고 사람을 찾아낼 수 있겠냐? 일본 인구는 1억을 넘는다고."

"그러니까 범죄자 쪽으로 찾아보는 건 어때? 아니면 에로 비디오 배우 아닐까?"

아사카와는 대답 대신에 메모지를 집어 들었다. 할 일이 많으면 메모해 둬야 잊지 않는다.

류지는 영상을 멈췄다. 그리고 멋대로 맥주를 한 병 더 꺼내더니 서로의 잔에 따랐다.

"건배하자!"

이유도 모르니 아사카와는 유리잔을 들어 올리려고도 하지 않았다.

"나는 예감이 들었어."

류지의 흙빛 뺨에 약간 홍조가 돌았다.

"이런 일이 생기는데 기여한 보편적인 악에 대한 이미지가 머리에서 떠나질 않아. 냄새가 풍겨, 어디라고 할 것 없이 그때의 충동이……. 너한테도 이야기했었지? 내가 처음으로 범했던 여자."

"아, 기억하지."

"이제 15년이나 된 이야기지. 그때도 묘하게 가슴을 간질이는 예감이 들었어. 열일곱 살, 고등학교 2학년 9월에. 그날 밤 3시까지 수학 공부를 하다가, 그러고는 한 시간만 독일어 공부를 해서 뇌를 쉬게 했지. 평소에도 그랬었어. 피곤한 뇌세포를 완화시키는 데는 어학 공부가 딱 좋더라고. 4시가 되었더니 역시 평소대로 맥주를 두 병 마시고, 일과대로 산책을 하러 나갔어. 나갈 때, 내 머릿속에는 평소와 다른 무언가가 싹트기 시작했지. 심야 주택가를 걸어 본 적 있어? 기분 좋다. 개들도 다 잔다고. 네 애처럼 말이야. 나는 어떤 아파트 앞까지 갔어. 꽤 거창한 2층짜리 목조건물인데, 여기 어딘가 때때로 지나가다 본 청초한 여대생이 살고 있다는 사실을 알고 있었어. 어느 집인지는 몰랐지. 여덟 개나 되는 방 창문을 순서대로 멀리서 봤는데. 그때 별로 생각이 있어서 둘러본 것도 아냐. 그냥 왠지, 알지? 2층에 남쪽 끝에 눈이 머물렀더니 마음속에서 폭발하는 소리가 나고, 문득 마음에 싹트는 어둠이 서서히 커지는 기색이 느껴졌어. 나는 다시 한 번, 순서대로 둘러봤어. 역시 똑같은 창문에서 어둠이 소용돌이치는 거야. 확실하게 확신까지 들더라고. 그 집에 열쇠가 잠겨 있지 않았다는 사실도 말이지. 단순히 잠그는 것을 잊었는지 아닌지는 몰라. 나는 마음속에 생긴 어둠에 휩싸인 채로 아파트 계단에 올라서 그 집 앞에 섰어. 문패에는 영어로 이름이 쓰여 있었지. YUKARI MAKITA. 나 오른손으로 문손잡이를 꽉 잡았어. 잠깐 그렇게 쥐었다가 힘껏 손잡이를 왼쪽으로 돌렸어. 그런데 돌아가지가 않아. 그렇구나 하고 말았지. 근데 순간 딸깍 문이 열린 거야. 봐 봐, 잠그는 것을 잊은 게 아니라, 그 순간에 열쇠가 열려 버린 거야. 어떠한 힘이 움직여서. 여자가 책상 옆에 이불을 펴고 자고 있었어. 의심할 것도 없이 침대에서 자고 있다고 생각했는데, 사실 그게 아니었어. 덮고 있는 이불 옆으로 한쪽 발을 슬쩍 떨면서……."

류지는 거기서 일단 말을 끊었다. 그리고 그 뒤의 광경을 빠르게 머릿속에서 재현하고 있기라도 한지, 연민과 잔혹함이 뒤섞인 표정으로 옛 기억을 바라보고 있었다. 이런 애매한 류지의 표정을, 아사카와는 처음으로 본다는 기분이 들었다.

"……이틀 뒤에 학교에서 돌아오는 길에 아파트 앞을 지나갔더니 2톤 트럭이 서서 가구를 방에서 밖으로 옮기고 있더라고. 이사를 가는 사람은 그 유카리였어. 아버지 같은 남자에게 부축 받으면서 유카리는 아무것도 안 하고 멍하니 담에 걸터앉아서 가구 옮기는 것을 보고 있더라. 왜 그 여자가 갑자기 이사를 가는지, 아버지가 이유를 알 리가 없지. 그렇게 유카리가 내 앞에서 모습을 감췄어. 고향으로 돌아갔는지, 아니면 사는 집만 바꾸고 다니던 여대에 다니고 있는지……. 그냥, 그 아파트에서만은 1초라도 더 있을 수 없었겠지. 헤헤, 불쌍하지. 얼마나 무서웠으면."

아사카와는 듣기만 해도 괴로웠다. 함께 맥주를 마시는 것만으로도 혐오스러웠다.

"너, 그러고 죄책감은 안 들어?"

"익숙해져 버렸지, 이젠. 매일 콘크리트에 주먹을 쳐 봐, 나중엔 통증도 안 느껴진다고."

그 말인 즉슨 지금도 같은 짓을 계속 하고 있다는 것인가. 아사카와는 두 번 다시 이 남자를 집에 들이지 않겠다고 가슴속에서 굳게 다짐했다. 무슨 일이 있더라도 아내와 딸에게 가까이 다가가게 하지 않겠다고.

"걱정 마라, 네 애한테는 그런 짓 안 해."

마음속을 들킨 기분이라 아사카와는 황급히 말을 돌렸다.

"그런데, 그 예감이란 게 뭔데?"

"그러니까 악의 예감. 말도 안 되게 엄청난 악의 에너지가 없다면, 이런 식의 이런 장난질을 칠 리가 없다고."

류지는 일어섰다. 일어서도 의자에 앉아 있는 아사카와와 머리 높이가 그리 다르진 않았다. 하지만 160센티미터에 미치지 않는

단신이면서도 고교 대항전 투포환 선수권에 입상할 정도라, 어깨 부근의 근육이 근사했다.

"나는 슬슬 간다. 숙제, 제대로 해 놔. 밤이 지나면 너에게 남은 시간은 이제 5일이야."

류지가 한쪽 손을 쫙 펴 보였다.

"알아."

"어디선가 말이야, 악의 에너지가 똬리를 틀고 있어. 나는 느껴져. 끔찍한 냄새가 풍기거든."

류지는 다짐이라도 하듯이 그렇게 말하고는 복사한 테이프를 가슴에 품고 현관에 섰다.

"다음 작전 회의는 너희 집으로 갈게."

아사카와가 낮은 목소리로 분명하게 말했다.

"알았어, 알았어."

류지의 눈이 웃고 있었다.

류지가 돌아가고 나서 바로 거실 시계를 보았다. 결혼 축하 선물로 친구들에게 받은 것인데, 나비 모양을 한 빨간 추가 흔들리고 있었다. 10시 21분……. 오늘 하루 시계를 몇 번이나 보는지. 시간이 신경 쓰여서 견딜 수가 없었다. 류지가 말한 대로 날이 밝으면 이제 남겨진 기한은 5일이다. 과연 그때까지 사라진 부분의 수수께끼를 해명할 수 있을까? 성공 가능성이 희박한 수술을 앞에 둔 암 환자의 심경이었다. 아사카와는 지금까지 암은 꼭 환자에게 알려야 한다는 생각이었다. 하지만 이런 정신 상태가 계속 이어질 것이라고 생각하니, 역시 알고 싶지 않다는 생각이 들었다. 사람에 따라서는 죽음에 직면하게 되면 남은 생명을 완전히 불사르며 뭔가 하는 사람도 있는데, 아사카와에게 그런 재주는 없는 것 같다.

지금은 아직 괜찮다. 하지만 남은 하루, 한 시간, 1분, 하고 시간을 재면서 정상적인 의식을 유지할 수 있을지 전혀 자신이 없었다. 혐오스러워하면서도 류지에게 끌리는 이유를 알았다. 류지는 누구와도 견줄 수 없는 강한 정신력을 가지고 있었다. 아사카와는 주변 사람들 눈을 의식하며 조심조심 살고 있는데 비해 류지는 몸속에 신, 아니, 악마를 가둬 놓고 자유분방하게 살고 있었다. 결코 공포에 지지 않았다. 아사카와에게 살고 싶다는 욕망이 공포심을 억누를 때는 죽은 뒤에 남겨질 아내와 딸에 대한 생각이 들었을 때뿐이었다. 아사카와는 문득 정신이 들어 침실 문을 슬쩍 열고 아내와 딸의 잠든 얼굴을 확인했다. 아무 일도 없이 평안하게 잠든 얼굴. 공포에 질려 벌벌 떨고 있을 때가 아니었다. 아사카와는 요시노에게 전화를 걸고, 여태까지의 경위를 이야기하여 협력을 부탁하기로 했다. 오늘 가능한 일을 오늘 중에 해 놓지 않으면 분명 나중에 후회할 것이기 때문이다.

3

10월 13일 토요일

일주일 휴가를 받을까 하고 생각했지만 방에 틀어박혀서 무의미하게 벌벌 떨고 있는 것보다, 회사 정보 시스템을 가능한 한 잔뜩 이용하는 편이 비디오테이프의 내용을 해명하는 데에 도움이 될 것이라고 마음을 고쳐먹고, 토요일이지만 출근했다. 출근을 해도 일이 손에 잡히지 않을 것은 알고 있었다.

편집장에게 다 털어놓고, 잠깐 업무에서 물러나는 것이 상책일지 모른다. 편집장의 협력을 얻을 수 있다면 문제될 것은 없었다. 문제는, 편집장이 과연 그것을 믿어 줄까? 또 이전에 말했던 우연을 제시한다면 아마 면전에서 코웃음 칠 것이다. 증거 비디오가 있다 하더라도 처음부터 부정하면서, 모든 내용을 자기 논리에 따라 다시 배열시키고 본인이 납득하도록 변형할 것이다. 하지만 재미있겠다. 일단 가방에 비디오를 넣어 오긴 했는데, 만약 이것을 편집장에게 보여 주면 어떤 반응을 보일까? 아니, 그 전에 이것을 보려 하기는 할까? 어제 밤늦게 요시노에게 자초지종을 이야기 했더니, 그는 믿어 주었다. 그리고 그 말을 뒷받침하듯이, 절대로 비디오는 보고 싶지 않으며 보여 주지 말라고도 했다. 그 대신 가능한 일은 협력을 해 주겠다고. 요시노의 경우, 그 믿음이 성립할 만한 토대가 있었다는 사실은 확실하다. 아시나 현 국도 근처에 세워진 차 안에서 쓰지 요코와 노미 다케히코의 변사체를 발견했을 때, 요시노는 누구보다 한발 앞서 달려가 현장의 공기를 직접 접했다. 귀신 이외에 이런 짓을 할 수 있는 존재는 없을 것이라고 이미 알고 있을 텐데, 어떤 조사원도 그걸 입 밖으로 꺼내지 않았다. 그 숨 막히는 분위기. 만약 요시노가 그때의 공기를 접하지 않았었다면 이렇게 순순히 믿지 않았을지도 몰랐다.

아무튼 아사카와는 지금 폭탄을 하나 안고 가는 것이다. 편집장 눈앞에서 조금씩 내보이면서 으름장을 좀 놓으면, 그럭저럭 효과는 있을 것이다. 단순하게 흥미 있는 사건이라는 점에서도, 아사카와는 그 방법을 써 보고 싶다는 유혹이 들었다.

평소에 오구리 편집장의 표정에서 보이던, 멍청한 취급한다는 듯이 비웃는 웃음이 사라졌다. 책상에 양 무릎을 붙이고 눈을 자못 정신없이 움직이며 다시 한 번 아사카와가 한 말을 되새겼다.

8월 29일 밤, 빌라 로그캐빈에서 틀림없이 어떤 비디오를 봤다고 생각되는 네 남녀가, 비디오에 나오는 말대로 딱 일주일 뒤 수수께끼의 죽음을 맞이했다. 그 이후, 비디오는 관리인 눈에 띄어서 관리실에 놓였고, 여기 있는 아사카와에게 발견될 때까지 얌전히 잠들어 있었다. 그런데 아사카와가 그것을 발견하고 봐 버렸다. 이놈이 5일 뒤에 죽는다고? 어떻게 믿어? 그런 이야기를. 하지만 네 사람의 죽음은 조사할 필요도 없는 진실이다. 이 사실을 어떻게 설명하지? 논리적인 사고로?

오구리 편집장을 내려다보는 아사카와의 표정에 분별없게도 우월감이 떠올라 있었다. 경험상 오구리가 지금 무슨 생각을 하고 있는지 대충 눈에 보였다. 아사카와는 오구리의 생각이 막다른 골목에 다다랐을 때를 계산해서 가방에서 비디오테이프를 꺼냈다. 거드름을 잔뜩 피우면서 로열 스트레이트 플래시를 펼치는 손동작과 상당히 비슷했다.

"혹시 괜찮으시면, **이거**, 보시겠습니까?"

아사카와는 창가에 있는 소파 옆 TV를 눈짓으로 가리키면서 도발과 여유가 섞인 웃음을 지으면서 말했다. 꿀꺽, 침을 삼키는 소리가 오구리의 목에서 났다. 오구리는 창가에는 눈길도 주지 않고 책상 위에 놓인 새까만 비디오를 그대로 보고 있었다. 그리고 정직하게 자기 마음에다가 질문을 하고 있었다.

'보려고 들면 지금 당장이라도 재생 가능하다. 너도 가능할 것이다. 평소처럼 쓸데없는 일이라며 비웃으면서 저 비디오에 이걸 집어넣으면 되잖아? 해 봐, 자, 해 보라고.'

오구리의 이성은 자기 육체에 명령을 내렸다.

'이런 멍청한 일은 있을 수 없는 일이야. 빨리 봐 버려. 보는 것은 요컨대 아사카와를 믿지 않는다는 뜻이겠지? 반대로, 좋아, 잘 생각해 봐. 보는 것을 거부하면 이 귀신 씨나락 까먹는 이야기를 믿는다는 의미가 되잖아? 그러니까 빨리 봐 버려. 너는 현대 과학의 신봉자 아냐? 유령이 무섭다는 건 어린애나 할 짓이야.'

실제로, 오구리는 이 이야기를 99퍼센트 믿지 않았다. 하지만 마음속 구석 어딘가에서 '아주 약간이라도, 만약?' 하는 생각도 들었다. 만약 진짜라면……. 세상에는 아직 현대 과학으로 풀 수 없는 영역이 있을지도 모른다. 그 위험성이 있는 한, 아무리 이성이 작용을 해도 육체는 당연히 거부하고 있었다. 지금도 오구리는 의자에 앉은 그대로 움직이려고도 하지 않았다. 위험 가능성이 약간이라도 있는 이상, 육체는 정직하게 자기 방어 본능을 내세우는 것이다. 오구리는 고개를 들고 갈라진 목소리로 말했다.

"그래서, 바라는 게 뭔가? 자네는."

'이겼다!'

아사카와가 확신했다.

"오늘 업무에서 빼 주십시오. 이 비디오에 관련해서 철저하게 밝혀내고 싶습니다. 부탁드립니다. 아시죠? 제 목숨이 걸린 일입니다."

오구리는 두 눈을 질끈 감았다.

"기사화할 생각인가?"

"이래 봬도 기자니까…… 일단 사실 관계를 정리해 두겠습니다. 저와 다카야마 류지가 죽어서 모든 것이 어둠에 묻히면 안 되겠죠. 물론 올리고 올리지 않고는, 전적으로 편집장님께서 판단하실 일이지만요."

오구리는 크게 두 번 끄덕였다.

"뭐, 괜찮겠지. 톱 인터뷰는 눈 돌아간 광어한테라도 맡겨야 하나."

아사카와는 가볍게 고개를 숙이고 비디오테이프를 가방에 도로 넣으려다가 닫기 직전에 잠깐 장난기가 발동해서 다시 한 번 오구리 앞에 테이프를 내밀었다.

"**이거**, 이제 믿으세요?"

오구리는 "으으음." 하고 긴 신음을 흘리고서 고개를 가로저을 뿐이었다. 믿는다고도, 믿지 않는다고도 확실하게 말하기 어려운, 그런 일말의 불안이 있다……. 뭐, 그런 거겠지.

"저도 편집장님과 같은 기분입니다."

아사카와는 그렇게 말하고 자리를 떠났다. 오구리는 뒷모습을 보며, 만약 그가 10월 18일이 지나서도 살아 있다면 그때엔 이 눈으로 비디오를 보겠다고 생각했다. 하지만 그때가 와도 역시 몸이 거부할지도 모르겠다. 시간이 아무리 지나더라도 '혹시라도'라는 불안이 사라지지 않을 것 같았다.

자료실에서 아사카와는 두꺼운 책 세 권을 탁자에 쌓아 놨다. 『일본의 화산』, 『화산 열도』, 『세계의 활화산』. 비디오에 수록된 화산 분화 장면은 일본에서 일어난 일인 것 같다고 짐작하고 일단 『일본의 화산』이라는 책 표지를 펼쳤다. 첫머리에 컬러 사진. 흰 화산재 구름과 수증기를 세차게 뿜어내는 산들은 흑갈색 용암에 뒤덮여 남성스러움이 느껴졌고, 밤하늘에 새빨간 용암을 기세 좋게 뿜어내는 화구(火口)는 어둠 속에 녹아든 검은 윤곽으로 우주의 근원을 거슬러 올라가는 빅뱅을 떠올리게 했다. 아사카와는 깊이 각인된 영상과 사진을 비교하면서 계속 페이지를 넘겼다. 아소 산, 아사마 산, 쇼와신 산, 사쿠라지마……. 그러나 발견하기까지 생각만큼 시간이 걸리지 않았다. 왜냐하면 후지 화산대에 속해 있는 미하라 산은 일본 활화산 중에서도 꽤 유명한 축에 들었으니까.

"……미하라 산?"

아사카와가 중얼거렸다. 펼쳐진 페이지에는 공중에서 찍은 사진이 두 장, 약간 높은 언덕 위에서 찍은 사진이 한 장 있었다. 아사카와는 영상을 떠올리곤 다양한 방향에서 전체 모습을 구체적으로 떠올리며 이 사진과 비교했다. 확실히 비슷했다. 산자락에서 보는 시점으로는 산 정상이 완만한 경사를 이루고 있는 것처럼 보였다. 하지만 공중에서 찍은 사진에 따르면, 산 정상에는 원형의 외륜산(화산의 바깥 분화구를 둘러싸고 있는 산 — 옮긴이)이 있어서, 칼데라 속에 중앙 화구가 보였다. 산자락보다 약간 높은 언덕에서 촬영한 것이 비디오의 영상과 거의 흡사했다. 산의 표면 색이나 높낮이 기복도 거의 같아 보였다. 잔상에 매달리는 것뿐 아니라 제대로 확인할 필요가 있었다.

아사카와는 다른 제2, 제3의 후보를 골라 미하라 산의 사진과 함께 복사했다.

오후 내내 전화만 붙잡고 있었다. 지난 반년간 빌라 로그캐빈을 이용한 사람들에게 전화 취재를 돌린 것이다. 직접 만나서 얼굴을 마주하며 이야기를 들으면 좋겠지만 그럴 시간적 여유가 없었다. 전화상의 목소리만으론 거짓말을 간파해 내기가 어려웠다. 아사카와는 상대의 목소리에서 아주 약간의 동요조차 놓치지 않으려 평소보다 훨씬 더 귀를 기울였다. 확인해야 하는 사람들은 열여섯 그룹이었다. 올해 4월에 빌라 로그캐빈이 완성되었을 때엔 아직 객실에 비디오가 없었기 때문에 그렇게 축소할 수 있었다. 지방 숙박시설이 폐쇄되었는데 거기 있던 대량의 비디오 플레이어들을 사용하기 위해 로그캐빈에 옮겨 와서 설치한 게 7월 중순이었다. 여름방학 시즌에 맞춰 비디오 플레이어와 테이프들이 완비된 때가 7월 하순. 따라서 팸플릿에는 아직 비디오 서비스가 제공된다고는 적혀 있지 않았다. 도착하고 나서야 '아, 이런 것도 있었네.' 하고 비 오는 날 심심풀이로 이용할 만한 것이니, 처음부터 테이프를 갖고 와서 TV 프로를 녹화해 놓으려던 사람들은 거의 없었다. 물론 '전화 목소리를 신뢰한다면'이라는 전제를 깔고 한 생각이다. 대체 누가, 그 테이프를 거기에 가지고 왔을까? 그리고 그것을 녹화용으로 쓴 놈은 누굴까? 아사카와는 절대로 놓치지 않을 거라고 생각하며 시기적절하게 재차 상대방에게 유도심문을 했지만 누구 하나, 조금이라도 뭔가 숨기는 기색은 없었다.

열여섯 그룹 중에 비디오 플레이어가 있었는지조차 몰랐다는 그룹은 골프를 칠 목적으로 왔던 세 그룹. 있다는 것은 알고 있었지만 이용하지 않았다는 게 일곱 그룹.

원래 테니스를 치려고 왔다가 비가 오는 바람에 할 수 없이 비디오를 빌려 봤다는 사람들이 다섯 그룹. 빌린 영화 제목들을 들으면 옛날 명화들이 많았다. 아마 과거에 본 것을 다시 본 것이리라. 그리고 남은 한 그룹. 요코하마에 사는 가네코 가라는 4인 가족만은 가져온 비디오테이프에 대하드라마와 같은 시각에 하는 다른 프로그램을 녹화하려 했었다.

아사카와는 일단 수화기를 놓고 빠짐없이 정리한 열여섯 개의 자료를 다시 한 번 검토했다. 문제가 있을 것 같은 부분은 한 곳뿐……. 가네코 부부와 초등학생이 되는 두 아이들. 그들은 올해 여름방학에 두 번에 걸쳐 빌라 로그캐빈을 이용했다. 처음 왔던 게 8월 10일 금요일 밤, 그리고 두 번째 온 것이 8월 25일과 26일로 토요일과 일요일에 걸쳐 이틀을 묵었다. 두 번째 왔을 때가 바로 죽은 네 사람이 묵었던 날의 3일 전에 해당된다. 다음 월요일, 화요일은 손님이 없었기 때문에 가네코 일가 바로 다음에 네 사람이 들어갔다는 뜻이다. 게다가 월요일 밤 8시, 초등학교 6학년이 되는 손위 아이가 집에서 가져온 비디오테이프로 대하드라마 시청 중에 다른 프로그램을 녹화했다고 한다. 남자아이는 일요일 저녁 8시, 민영 방송에서 해 주는 코미디 프로를 매회 놓치지 않고 보고 지냈다. 하지만 채널 선택권이 당연하게도 아이의 부모에게 있었다. 부모님들은 이 시간대에 NHK 대하드라마를 틀어 놓았다. 로그캐빈에는 TV가 한 대밖에 없지만, 비디오 기계가 거기 있다는 것을 알고 있었기 때문에 남자아이는 녹화를 해서 나중에 보려고 녹화 버튼을 눌렀다. 그런데 녹화하고 있는 도중에 친구가 와서 비가 그쳤다며 테니스를 치자고 해서 그대로 여동생과 함께 테니스 코트로 달려가 버렸다. 보려던 프로그램을 다 본 부모가 녹화 중인 것도 모르고 TV를 끄고 거의 10시까지 뛰어놀다 온 남매도 지쳐서 돌아왔다가 바로 잠들어 버린 바람에, 비디오 따위는 싹 잊어버렸다.

다음 날, 바로 집으로 돌아오고 나서야 남자애가 비디오테이프를 거기에 넣고 그냥 온 게 생각나서 차를 운전할 수 있는 아빠에게 "다시 가고 싶어."라고 큰 소리로 졸랐다고 한다. 한참 난리를 떨다가 겨우 포기하고서 울며불며 문 밖으로 나가 버렸다…….

아사카와는 비디오테이프를 꺼내서 책상 위에 세웠다. 인덱스 라벨을 붙이는 부분에 '후지텍스 VHS T120 Super AV'라는 글자가 은색으로 붙어 있었다. 아사카와는 다시 가네코 가의 번호를 눌렀다.

"……자꾸 미안해서 어쩌죠? 아까 전화 드린 M신문사의 아사카와입니다."

잠시 지체하고 "네." 하는 대답이 들려왔다. 아까와 똑같이 어머니 목소리였다.

"자제분이 비디오테이프를 잊고 갔다고 하셨는데, 그 테이프는 어디 회사 제품인가요?"

"글쎄요."

웃음 섞인 목소리. 그 뒤에서 무슨 소리가 들렸다.

"아, 잠깐 기다려 봐요. 아들애가 왔으니까 물어보고 올게요."

아사카와는 기다렸다. 어느 회사 것인지 대체 어떻게 기억할까 싶었다.

"역시, 모른대요. 우리 집에서 쓰는 건 세 개짜리 묶음으로 파는 싼 거라서."

무리도 아니었다. 비디오테이프를 쓸 때, 누가 메이커까지 일일이 신경 쓰겠나. 그때 퍼뜩 떠오르는 게 있었다.

'잠깐, 이 비디오테이프의 케이스는 어디 있지? 보통 테이프는 다 케이스에 들어 있다. 케이스를 버리지는 않으니까.'

적어도 아사카와는 음악용 카세트테이프고 비디오테이프고 할 것 없이 케이스만 버린 일이 전혀 없었다.

"댁에서는 비디오테이프를 케이스에 넣어서 보관하시나요?"

"네. 그렇죠."

"정말 죄송한데요, 그쪽에 비어 있는 케이스가 하나 남지는 않으신지, 봐주실 수 있을까요?"

"네에?"

얼빠진 대답이었다. 질문의 의미를 이해할 수 있다 해도 그 속에 있는 동기를 모르면 행동하기를 주저하게 된다.

"부탁드립니다! ……사실, 사람의 목숨이 걸린 일입니다."

가정주부는 특히 사람 목숨 운운하는 데에 약하다. 힘을 덜 들이고서 남을 행동하게 하려면, 이 말이 충분한 힘을 가진다. 게다가 지금 경우는 거짓말도 아니었다.

"잠깐, 기다리세요."

예상대로 말투가 변했다. 수화기를 놓고 나서 꽤 시간이 지났다. 혹시 케이스도 함께 빌라 로그캐빈에 잊고 왔다면 그 관리인이 버렸을 것이다. 하지만 그렇지 않다면 가네코 댁에 남아 있을 가능성이 높았다. 수화기에서 소리가 다시 들렸다.

"속이 빈 케이스 말씀이죠?"

"네."

"두 개 있었어요."

"메이커 이름이과 테이프 종류가 적혀 있나요?"

"어디 보자…… 하나는 파나비전 T120. 또 하나는 후지텍스 VHS T120 Super AV……."

아사카와가 손에 들고 있는 비디오테이프와 똑같은 제품명이었다. 후지텍스의 테이프는 무수하게 팔리고 있을 테니, 이걸로 확증을 얻었다고 하기는 어려웠다. 하지만 한 발짝 가까워졌다는 것만은 확실했다. 이 악마의 테이프는 원래 초등학교 6학년 남자아이가 가지고 왔던 것이다. 어떻게 하지? 그 생각은 거의 맞지 않을까? 아사카와는 정중하게 인사를 하고 수화기를 내려놓았다.

8월 26일 네 사람이 숙박하기 3일 전 일요일 밤 8시부터 B-4호 비디오 플레이어는 녹화 중인 상태였을 것이다. 그리고 잊은 채로 가네코 일가는 집으로 가 버렸다. 다음에 온 사람들이 바로 그 네 사람. 그날도 역시 비가 내리고 있었다. 비디오라도 볼까 해서 조작해 보니 안에 테이프가 들어 있었기에 아무 생각 없이 봤다. 뜻 모를 기분 나쁜 내용. 게다가 마지막에 있는 협박문. 네 사람은 악천후를 저주하다가 질 나쁜 장난질을 떠올렸다. 죽을 운명에서 도망갈 방법을 지운 뒤에 다음에 머물 그룹들에게 보이고 협박하자. 당연히 내용은 믿고 있지 않았으리라. 만약 믿었다면 무서워서 장난질 따위 할 리가 없다. 과연 네 사람은 죽음의 순간에 이 테이프 내용을 떠올렸을까? 아니면 그럴 틈도 없이 사신이 잡아갔을까. 남의 이야기가 아니다. 아사카와는 진저리를 쳤다.

이제 5일 동안, 죽을 운명에서 도망칠 방법을 찾아내지 못하면 그 역시도……. 그때가 오면 죽은 네 사람이 어떤 기분으로 죽어갔는지 알게 되리라.

그런데, 남자애가 녹화를 했다고 하면, 그 영상은 어디서 온 것일까? 맨 처음 아사카와는 비디오카메라로 녹화된 것이 섞여 들어갔다고만 생각했다. 설마 녹화를 할 생각으로 테이프를 준비했는데 전파를 타고 말도 안 되는 영상이 침입해 버렸다고는 티끌만큼도 생각하지 않았다.

'전파 해킹!'

작년 선거 때에 NHK 방송이 종료된 후, 대립하는 후보를 비방하는 영상이 흘러나와 버렸던 사건이 생각났다.

맞아, 전파 해킹이라고밖에 생각할 수 없다.

8월 26일 밤 8시부터 미나미하코네 일대에 전파를 타고 영상이 흘러들어 우연히 이 테이프가 그것을 받아들였을 가능성이 있다. 만약 그렇다면 어떤 기록이 남아 있을 것이다. 아사카와는 근처 신문사 지국과 통신부에 물어봐서 지금 당장이라도 사실을 확인할 필요가 있음을 느꼈다.

4

오후 10시, 아사카와는 평온하게 잠든 두 사람의 숨소리를 들으러 집으로 돌아왔다. 현관에 들어가자마자 침실을 살짝 열어 아내와 딸의 잠든 얼굴을 확인했다. 아무리 피곤해도 퇴근하면 빼놓지 않고 꼭 하는 행사였다.

거실 위에는 메모 용지가 놓여 있었다. '다카야마 씨가 전화했었어.'라고 쓰여 있다. 오늘 하루, 아사카와는 회사에서 몇 번이나 류지네 집에 전화를 했지만 그는 집에 없었다. 그 역시 바깥에서 조사하고 있었나 보다. ……뭔가, 새로운 일이 있었는지도 모른다. 아사카와는 다이얼을 눌러서 벨소리를 열 번 정도 들었다. 아무도 없다. 히가시나카노의 아파트에서 류지는 혼자 살고 있었다. 아직 돌아오지 않은 듯했다.

가볍게 샤워를 하고 나서 맥주를 한 병 따고 다시 한 번 전화했다. 역시 아직 안 돌아왔다. 키가 크고 날씬한 체형인 아사카와는 지금까지 제대로 아파 본 적이 없었다. 그런데 이런 방법으로 사형 선고를 받을 줄은……. 아직 마음속 어디선가 이 사건을 꿈결처럼 느끼는 부분이 있었다. 이대로 비디오의 의미와 주문 내용이 밝혀지지 않고서 10월 18일 오후 10시라는 데드라인을 맞이하더라도 결국 아무 일도 일어나지 않고 평소와 다름없이 일상이 길게 이어지지 않을까 하고. 오구리 편집장은 남을 무슨 멍청이 보듯이 보면서 미신을 믿는 게 얼마나 어리석은지 설명하고, 류지는 낄낄대면서 "세계의 구조는 상당히 알기 어렵구나." 하고 중얼대겠지. 그리고 아내와 딸은 지금까지 그랬듯이 잠든 얼굴로 아빠를 맞이하겠지. 추락하는 비행기 안에서조차, 승객은 다들 자기만은 살 것이라는 희망을 마지막까지 버리지 않는 법이다.

온더록으로 세 잔째 비우고서 아사카와는 세 번째로 전화를 걸었다. 이번에 안 받으면 그냥 오늘은 포기할 생각이었다. 벨소리를 일곱 번 듣고 나니 수화기를 드는 소리가 들렸다.

"뭐하고 싸다니는 거야! 지금까지……."

아사카와는 상대를 확인하지도 않고 노성을 질렀다. 상대가 류지니 자기도 모르게 말이 거칠어졌다. 그렇게 보면 신기한 존재였다. 어떤 친구에게도 일정 거리를 두고 결코 태도를 무너뜨리려 하지 않았던 아사카와가 류지에게만큼은 편하게 악담을 퍼부을 수 있었다. 그러고 보면, 그는 류지를 친한 친구라고 생각한 적이 한 번도 없었는데도 말이다.

하지만 수화기 건너편에서 들려온 목소리는 의외로 류지가 아니었다.

"여보세요……. 저……."

갑작스럽게 소리를 지르는 바람에 흠칫흠칫 놀란 여자 목소리.

"앗, 죄송합니다. 잘못 걸었습니다."

아사카와가 수화기를 내려놓으려 했다.

"저, 다카야마 선생님 댁에 전화하신 것 아니신가요?"

"아, 네, 맞습니다만……."

"선생님은 아직 들어오시지 않으셨어요."

아사카와는 이 젊고 매력적인 목소리의 주인이 누군지 신경 쓰였다. 다카야마 선생님이라고 부르는 걸 보면 가족은 아닌 게 확실하다. 연인……? 설마 하는 생각이 들었다. 류지를 좋아하는 여성이라니, 그런 사람이 있을 리가 없다. 아사카와는 선입견으로 그렇게 생각해 버렸다.

"그렇습니까, 저는 아사카와라고 합니다만."

"선생님이 돌아오시면 전화 다시 드린다고 전하겠습니다. …… 아사카와 씨라고요?"

수화기를 놓고 나서도 아직 여자 목소리가 남아 있었다. 부드러운 울림이 귀에 남아 기분이 좋았다.

카펫을 깐 침실에서 침대가 사라진 것은 요코가 태어났을 무렵이었다. 아기를 한 침대에 재울 수 없었고, 그렇다고 다다미 네 장 반짜리 방에 아기 침대를 둘 여유도 없었다. 할 수 없이 여태 쓰던 더블베드를 버리고 그 대신에 이불을 갰다 폈다 하면서 살기로 했다. 두 채의 이불 사이에 아사카와가 파고 들어갔다. 셋이 같이 잠자리에 드는 경우에는 자는 위치가 정해져 있다. 시즈카와 요코는 잠버릇이 너무 나빠서 잠이 들면 한 시간만 지나도 처음 위치에서 크게 이동하게 된다. 그래서 나중에 자러 들어오는 아사카와는 항상 비어 있는 공간을 찾아 들어갈 수밖에 없었다. 만약 아사카와가 죽어 없다면 그만큼의 공간을 채우는 데 어느 정도의 시간이 걸릴까? 시즈카가 재혼 상대를 찾을 거라는 의미가 아니다. 사람에 따라서는 배우자를 잃어서 생긴 빈 공간을 영원히 채우지 못하는 사람도 있다. ……3년, 3년 정도면 적절하지 않을까? 아내가 친정으로 돌아가 부모님께 딸을 맡기며 씩씩한 표정으로 출근하는 모습을 어렴사리 상상했다. 여자가 강했으면 좋겠다. 자신이 사라짐과 동시에 생지옥으로 떨어질 아내와 아이를 상상하는 것은 견딜 수가 없었다.

5년 전 지바 지국에서 본사 출판국으로 갓 옮겨 왔을 무렵, 아사카와는 같은 M신문사 계열 여행사의 사무직 여성이었던 시즈카와 알게 되었다. 그녀가 일하는 층은 3층이었고 아사카와는 7층, 때때로 엘리베이터에서 얼굴을 마주치는 정도였지만 간혹 취재 때문에 주간 차량권을 받으러 다녀올 때 담당자가 없으면 시즈카가 맡아 주기도 했었다. 그때 그녀는 25세였다. 여행이 너무나 좋다는 시즈카는 취재로 여기저기 돌아다니는 아사카와에게 선망의 눈빛을 보냈지만, 그는 시즈카의 눈빛을 보고 첫사랑이었던 여성의 그림자를 발견했다. 서로 얼굴과 이름을 알게 되어 엘리베이터에서 만나면 인사 정도는 나누게 되었고 그러다 둘 사이는 급속도로 가까워졌다. 2년 뒤, 두 사람은 가족들의 반대 없이 결혼했다. 본가에서 도와줘서 계약금을 내고 기타시나가와에 방 두 개짜리 아파트를 산 때가 결혼하기 반년 전이었다. 땅값이 오르리라 예상하고 서둘러 결혼 전에 새집을 마련한 것은 아니었다. 그저 대출금을 빨리 갚아 보려고 서둘렀던 것이다. 만약 이 시기를 놓쳤다면 아사카와 부부는 영원히 도심지에 살 집을 마련하기 어려웠을 것이다. 집값은 1년 뒤에 약 세 배로 올랐다. 게다가 매월 대출금은 집을 빌렸을 경우에 내는 돈의 반도 되지 않았다. 좁아 터졌다고 항상 투덜거리기야 하지만 이 재산으로 두 사람 다 큰 여유를 얻은 게 확실했다. 남겨 줄 것이 있다니 다행이라고 생각했다. 생명보험을 받아 남은 대출금을 갚으면 이곳은 그대로 아내와 딸의 소유가 된다.

'죽을 때 받는 생명보험 액수는 확실히 2000만이라고 생각했었는데 확인을 제대로 해 둬야 할 것 같군.'

아사카와는 몽롱한 머리로 금액을 이리저리 따져보고 조언할 것이 있으면 빨리 메모해 둬야겠다고 스스로에게 다짐했다.

그건 그렇고 그의 죽음을 뭐라고 부를까? 병사? 사고사? 아니면 타살?

'아무튼, 생명보험 내용을 다시 한 번 확인해 둬야겠어.'

이 3일 동안 잠들 때 항상 비관적인 기분이 들었다. 아사카와는 자신이 사라진 세계에까지 영향을 미치려고 이리저리 고민하고, 유서 같은 것을 남겨 두려고 생각했다.

10월 14일 일요일

다음 날인 일요일, 일어나자마자 바로 아사카와는 류지의 전화번호를 눌렀다. 까칠한 목소리로 "……네." 하고 받는 류지. 지금 전화 벨소리 때문에 일어났다는 느낌이 바로 드는 목소리. 아사카와는 어젯밤 초조해서 미칠 것 같았던 기억 때문에 무심코 전화기에 대고 큰 소리를 질렀다.

"어젯밤에 어디 갔었어!"

"어? ……아아, 뭐야, 아사카와냐."

"전화하기로 했었잖아!"

"아니, 너무 마셔 버려서. 요새 여대생은 술도 세고 테크닉도 좋고, 두 손 두 발 다 들었어."

문득, 3일 동안 있었던 일이 꿈처럼 느껴져서 맥이 탁 풀렸다. 심각하게 살아가는 자신이 바보처럼 느껴졌다.

"아무튼 곧 갈 테니까. 기다려."

아사카와는 수화기를 내려놓았다.

JP 전철을 타고 히가시나카노 역에서 내려 가미오치아이(도쿄 신주쿠 근처 지명 — 옮긴이)를 향해 10분간 걸었다. 걸어가면서 밤에 술이나 퍼마시고 다녀도 류지는 류지다. 분명 뭔가 찾았을 거라고, 일말의 희망을 품었다. 혹시나 수수께끼를 다 풀었나? 그래서 그 녀석이 마음 놓고 밤늦게까지 술이나 마시러 다니지. 류지의 아파트 근처까지 오니 왠지 낙천적인 기분이 들어 걸음이 조금 빨라졌다. 불안과 기대, 비관과 낙관, 감정이 이리저리 왔다 갔다 하는 바람에 오히려 정신적으로 피곤해졌다.

진짜 막 일어난 얼굴로 무성히 자라난 수염에 잠옷 차림으로 류지가 현관문을 열었다. 아사카와는 신발 벗는 시간조차 초조해서 "뭔가 알아냈어?" 하고 물었다.

"아니, 별로……. 뭐, 들어와."

말하면서 류지는 머리를 긁적였다. 눈이 풀려서 초점도 맞지 않으니 아직 뇌세포가 깨어나지 않았다는 사실은 일목요연했다.

"커피라도 마시고 눈 뜨자."

기대를 배신당한 아사카와가 마음이 불편한 듯이 달그락 소리를 내며 주전자를 불에 올렸다. 갑작스레 시간에 대한 강박 관념이 솟아올랐다.

벽 한쪽으로 책이 쌓여 있는 다다미 여섯 장짜리 방에 두 사람이 책상다리를 하고 앉았다.

"자, 조사해 온 것 좀 알려 줘."

다리를 정신 사납게 떨며 류지가 말했다. 시간 낭비는 용서할 수 없었다. 아사카와는 어제 알아낸 사실을 잘 정리해서 시간 순서대로 꺼냈다. 우선 그 비디오테이프는 8월 26일 밤 빌라 로그캐빈에서 TV 녹화된 것 같다고.

"허어?"

류지가 의외라는 표정을 지었다. 역시 그도 비디오카메라로 녹화된 것이 끼어들었다고 생각하고 있던 것이다.

"그거 재미있네. 그런데, 네가 말하는 것처럼 전파 해킹이라고 한다면, 그 영상을 본 다른 사람이 있다는 뜻인데……."

"일단, 아타미와 미시마 통신부에 확인해 달라고 했어. 그런데 지금 8월 26일 밤 미나미하코네에 괴전파가 날아들었다는 정보는 없다더군."

"그렇군, 역시……." 류지는 팔짱을 끼고 잠시 생각했다. "두 가지 생각나는 게 있군. 하나는 영상을 본 사람이 다들 죽는다면……, 잠깐, TV로 흘러든 시점에서 저주를 푸는 주문이 사라지지 않았을 테니까……, 뭐, 됐어. 암튼 근처 신문사도 이 사건을 알아차리지 못했다는 점……."

"그 가능성도 재차 확인했지. 그 네 사람 외 희생자의 유무. 그것도 없어. 0이었어, 0. 전파가 날아왔다고 하면 좀 더 많은 사람들이 그것을 봤을 텐데, 희생자는 한 명도 더 나오지 않았고 이상한 소문도 없어."

"그럼, 에이즈가 문명사회에 등장했을 때 이야기를 알고 있어? 그때 미국 의사들은 무슨 일이 일어나는지 몰랐지. 그냥 본 적도 없는 증상으로 죽는 놈들을 보고 묘한 병이 일어나고 있나 싶은 예감을 안고 있었을 뿐이고. 에이즈라는 명칭으로 불리기 시작한 게 발생하고 나서 2년 만이라고 하던데. ……이제 알았지? 그런 일도 있는 거야."

단나 단층을 경계로 그 서쪽 산간 지방에는 넷칸 도로 아래쪽에 뜨문뜨문 민가가 산재해 있을 뿐이었다. 거기서 남쪽을 향하면 현실감이 희박한 고원, 미나미하코네 퍼시픽랜드. 이 땅에서 눈에 보이지 않는 무언가가 진행 중이라는 소린가. 실제로 원인 불명의 돌연사가 다수 발생하고 있음에도 불구하고 공공연하게 알려지지 않은 걸지도 모른다. 에이즈만이 아니다. 일본에서 맨 처음 발견된 가와사키 병(소아에게 발견된 원인불명 급성 열성 혈관염 — 옮긴이)은 거의 10년이나 걸려 새로운 병으로서 지위를 굳혔다. 괴전파가 수신되어 우연히 비디오에 녹화되고 난 후 한 달 반이 지났다. 증후군으로서 아직 인식되지 않았을 가능성도 충분히 있다. 만약 아사카와가 조카가 포함된 네 사람의 죽음에 공통된 요인을 발견하지 않았다면, 어쩌면 수백 수천 명의 희생자가 나오고 난 이후에야 이것이 '병'으로서의 지위를 얻게 되었을지도 모른다.

"그 근처 주민 집집마다 찾아보고 있을 시간이 없어. 그런데 류지, 또 하나의 가능성은?"

"또 하나. 영상을 본 사람이 바로 그 네 사람과 우리 이외에는 존재하지 않는가 하는 사실. 보라고, 이걸 우연하게 녹화했다는 초등학생 놈, 지방으로 가면 주파수 때문에 채널이 다르다는 것을 알았을까? 도쿄라면 4번에서 하는 프로그램이, 지방으로 가면 전혀 다른 번호에서 방송되기도 하잖아. 멍청한 애라면 그런 것도 모르고 도쿄 채널로 맞춰서 녹화했을지도 모르지."

"……그래서?"

"생각해 봐. 예를 들어, 우리처럼 도쿄에 사는 사람이 2번 채널을 틀거나 하냐?"

과연 남자애는 그 지역 사람이라면 결코 맞추지 않을 채널로 맞추고 녹화 버튼을 눌렀는지도 모른다. 이미 다른 채널을 틀어 놓고 나서 녹화를 누른 것이니 화면을 확인하지 않았던 것이다. 게다가 그 근처는 산간 지방이라 주거지도 드문드문 있어서 TV를 보는 사람들 수도 단연코 적다고 할 수 있다.

"어느 쪽이든, 문제는 그 전파 발신지가 어디냐는 거지."

류지는 딱 잘라 말했다. 전파 발신지. 조직적이고 과학적인 조사 방법을 쓰지 않으면 결코 해결할 수 없는 문제였다.

"자, 잠깐 기다려. 반드시 이 전제가 옳다고 할 수도 없잖아. 남자애가 잘못해서 괴전파를 녹화했다는 건 그냥 추측에 지나지 않아."

"알고 있어. 그래도 100퍼센트 정확성을 얻으려고 하면 일이 진행이 안 되잖아. 일을 우선 매듭지어야지. 일단 이 가능성에 거는 수밖에."

전파. 아사카와의 과학적 지식은 빈약했다. 애초에 전파가 대체 뭔지 우선 그것부터 조사해야 했다. 전파의 발신지를 찾아내는 수밖에 방법이 없는 것이다. 다시 한 번, 그곳으로 갈 수밖에 없다. 오늘을 빼면 데드라인 날짜까지 앞으로 4일.

다음 문제는 주문 부분을 지운 사람이 누구냐는 점이었다. 비디오테이프가 현지에서 녹화된 것이라고 가정하면, 이것을 지운 건 바로 그 네 사람 이외에는 없는 셈이었다. 아사카와는 TV 방송국에 생방송 나이트쇼에 젊은 만담가 산유테이 신라쿠가 게스트로 출연한 날을 물어봤다. 틀림없었다. 들려온 것은 8월 29일이라는 대답. 네 사람이 주문을 지웠다고 생각하는 것이 100퍼센트 틀림없다.

아사카와는 가방에서 몇 장의 복사본을 꺼냈다. 이즈 오시마, 미하라 산 사진이었다.

"어때?"

류지에게 보이면서 의견을 구했다.

"미하라 산이구나……. 어이, 이것도 100퍼센트 확실하다고 봐도 좋아."

"어떻게 알아?"

"어제 오후에 우리 대학 민속학 선배 강사한테 물어봤어. 할멈이 말하는 방언 말이야. 현재는 별로 쓰이지 않는데, 아무래도 이즈 오시마 방언 같다더라고. 오시마 안에서도 남쪽 끝에 위치한 사시키지 지역 방언이 포함되었다는군. 우유부단한 사람이라 확실히 단언하지는 않았는데, 이 사진까지 나왔으니 생각하면 방언은 오시마, 산은 미하라 산으로 보면 틀림없을 거야. 근데, 미하라 산 분화에 관해서도 조사했냐?"

"그럼, 당연하지. 2차 세계 대전 후…… 아마 분화 시기는 2차 세계 대전이 끝날 무렵이었다고 좁히면 괜찮을 것 같은데……."

촬영 기술 발달을 생각하면 당연한 말이었다.

"……그렇군."

"잘 들어. 제2차 세계 대전이 끝나고 네 번 미하라 산이 분화했어. 첫 번째가 1950년부터 1951년에 걸쳐서이고. 두 번째는 1957년, 세 번째는 1974년. 그리고 네 번째가 아직도 기억에 생생한…… 1986년 가을이고. 그리고 1957년 분화에서는 새 분화구가 생겨서 한 사람이 죽었고, 53명이 중경상을 입었지."

"비디오카메라가 보급된 시기를 생각하면 1986년이 제일 미심쩍지만, 뭐, 아직 뭐라 말하긴 어려워."

류지는 그러고 나서 바로 생각났다는 듯이 가방을 찾아 쪽지 한 장을 꺼냈다.

"맞아, 맞아, 그 방언을 표준어로 고치면 이렇게 된대. 선배 강사가 정성스럽게 표준어로 번역해 줬어."

아사카와는 쪽지를 봤다. 쪽지에는 이렇게 쓰여 있었다.

그 후, 몸 상태는 어때? 물놀이만 하고 다니면 귀신이 붙는단다. 알았니? 타지 사람을 조심해라. 넌 내년에 아이를 낳을 몸이다. 딸이니까 할머니가 하는 말을 잘 들으렴. 이 지역 사람도 괜찮지 않니?

아사카와는 천천히 두 번 훑어보고 고개를 들었다.

"이게 어쨌다는 거지?"

"내가 어떻게 알아! 그걸 네가 이제부터 조사하면 안 되냐?"

"난 이제 4일 남았다고!"

어디부터 손을 써야 할지도 모르겠는데 조사할 일이 너무 많았다. 신경이 날카로워진 탓에 아사카와는 다분히 비난하려는 의도로 말했다.

"너 말이야…… 나는 너보다 하루 여유가 있어. 어차피 네가 선두니까 힘 좀 써 봐라."

아사카와의 마음에 문득 의구심이 솟구쳤다. 류지는 이 하루의 여유를 악용할 수 있다. 예를 들어 주문 내용이 두 가지 생각난다면 류지는 아사카와에게 한 가지만 알려 주고 그의 생사에 따라 어느 주문이 맞는지 검증할 수 있었다. 단 하루의 차이가 큰 무기가 되는 것이다.

"류지, 너는 내가 살지 죽을지에는 별 관심 없지? 헤실거리고 웃으면서, 그 따위로 태연하게……."

꼴사나운 히스테리라는 것을 알면서도 아사카와는 아우성쳤다.

"뭘 징징거리고 자빠졌냐. 징징거릴 시간 있으면 머리를 조금이라도 더 굴려 봐."

아사카와는 원망스럽다는 눈빛을 거두지 않았다.

"이봐, 뭐라고 해야 마음이 풀릴 테냐? 너는 내 친구야. 죽어 버리면 내가 곤란해. 나도 열심히 할 테니까, 너도 힘내라. 서로 목숨 걸고 힘내자. ……야, 이렇게 말해야 속이 편하냐?"

류지는 도중부터 어린애 같은 말투로 그렇게 말하더니 상스럽게 웃었다.

그가 웃는 와중에 현관문이 열렸다. 아사카와는 놀라서 허리를 세우고 부엌 너머 현관을 보았다. 젊은 여성이 몸을 굽히고 흰 펌프스를 벗으려 하고 있었다. 짧은 머리가 양쪽 귀 위에 가볍게 찰랑거리고, 귀걸이가 하얗게 빛났다.

여자는 구두를 벗고 고개를 들다가 아사카와와 눈이 마주쳤다.

"어머, 죄송해요. 선생님 혼자이신 줄 알고……."

여자는 그렇게 말하고 손으로 입 근처를 가렸다. 하는 몸짓이 매우 고상하고 흰색으로 통일된 청초한 의상도 이 방의 분위기와 걸맞지 않았다. 치마 밑단 아래 보이는 다리는 가늘었고, 갸름하고 지적인 이목구비는 TV 광고에 나오는 여성 작가 이미지였다.

"괜찮아요, 들어와."

류지 목소리의 질이 바뀌었다. 목소리에 위엄도 생기고 상스럽던 구석은 자취를 감췄다.

"소개할게. K대학 문학부 다카노 마이 씨. 철학과의 재원이고, 내 수업을 열심히 들어주고 있어. 내 강의를 이해해 주는 사람은 이 친구 정도밖에 없지……. 이쪽은 M신문사 아사카와 가즈유키. 내…… 친구라네."

다카노 마이는 약간 놀랐다는 듯이 아사카와를 보았다. 그녀가 대체 뭐에 놀란 건지, 아사카와로서는 아직 잘 알 수 없었다.

"처음 뵙겠습니다……."

마이는 오싹할 정도로 매력적인 미소를 띠고 가볍게 머리를 숙였다. 그 모습이 보는 사람의 기분을 정말이지 개운하게 해 주었다. 아사카와는 이렇게나 아름다운 여성을 만난 적이 없었다. 곱고 매끈한 살결, 빛나는 눈, 균형 잡힌 몸의 곡선…… 게다가 내면으로부터 우러나오는 지성, 기품, 우수함, 어디를 봐도 빠지는 구석이 없다. 아사카와는 뱀에게 사로잡힌 개구리처럼 그대로 선 채 말을 잃었다.

"어이, 무슨 말이라도 좀 해 봐."

류지가 허리를 쿡쿡 찔러서야 겨우 "안녕하세요." 하고 어색하게 대답했지만 얼빠진 눈은 그대로였다.

"선생님, 어젯밤엔 어디 가셨어요?"

마이는 스타킹으로 덮여 있는 발끝으로 우아하게 미끄러지듯 류지 쪽으로 두세 걸음 다가갔다.

"사실, 다카바야시와 야기가 불러내는 바람에……."

둘이 나란히 서니 마이가 류지보다 10센티미터 정도 키가 컸다. 하지만 체중은 류지의 반 정도이리라.

"안 돌아오실 거면 제대로 말씀해 주시지……. 저 기다리다 지쳤어요."

아사카와는 훅 제정신이 들었다. 어젯밤 통화했던 목소리가 생각난 것이다. 밤중에 자신이 건 전화를 이 방에서 받은 사람은 분명 이 사람이었다.

류지는 어머니에게 혼난 소년처럼 고개를 떨어뜨렸다.

"그래도 괜찮아요. 이번엔 용서해 드릴 테니까. 자, 이거."

마이는 종이봉투를 내밀었다.

"속옷, 빨아 놨어요. 방도 정리해 놓는다고 하긴 했는데, 책 위치가 바뀌면 선생님한테 혼날까 봐……."

아사카와는 오가는 대화로 두 사람의 관계를 추측할 수밖에 없었다. 아무리 봐도 사제 관계를 넘어서서 연인으로밖에 보이지 않았다. 거기다 이 여성은 어젯밤 늦게까지 류지의 방에서 그를 기다리고 있었다!

그런 관계가 맞는 것일까? 너무 안 어울리는 커플을 보면 화를 내고 싶다는 심정도 들던데, 이 장면은 정도를 넘어섰다. 이도저도 다 미쳐 돌아가고 있었다, 류지 주위에서는. 게다가 마이를 바라볼 때 류지의 자애로운 눈빛! 말도 다르고, 표정까지 변화시켜 버리는 훌륭한 카멜레온. 아사카와는 순간 류지의 범죄 행위를 모두 밝히고, 다카노 마이의 눈을 뜨게 하고 싶을 정도로 분노를 느꼈다.

"선생님, 이제 점심이신데요. 뭔가 차려 드릴까요? 아사카와 씨도 드시고 가실 거죠? 드시고 싶으신 게 있으신가요?"

아사카와는 대답하기 곤란하여 류지를 보았다.

"사양 마. 마이 씨는 상당히 요리 솜씨가 좋다고."

"부탁합니다."

아사카와는 간신히 그렇게 말했다.

마이는 그 후 바로 요리 재료를 사러 근처 가게로 나갔다. 그리고 그녀가 없을 때에도 아사카와는 꿈을 꾼 것처럼 문 쪽만 바라보고 있었다.

"어이, 무슨 비둘기 콩알탄 맞은 것 같은 표정이냐."

류지가 우습다는 듯이 빙긋거렸다.

"……아니, 별로."

"어이, 이봐, 언제까지 멍청하게 그러고 있으면 안 되지."

류지는 아사카와의 뺨을 찰싹찰싹 가볍게 때렸다.

"마이가 없는 동안 말해 둬야만 할 이야기가 있어."

"마이 씨에게는 그 비디오를 보여 주면 안 되지."

"당연하지."

"알았어, 그럼, 바로 끝내자. 나는 밥 먹고 갈게."

"그래, 그리고 우선 너는 안테나부터 찾아."

"안테나?"

"전파 발신 기지 말이야."

어영부영하고 있을 수는 없었다. 돌아가는 길에 도서관에 들러서 일단 전파에 대해 알아볼 필요가 있었다. 오늘 이대로 미나미하코네로 가서 닥치는 대로 찾기보다는 사전에 어느 정도 조사를 해서 안목을 길러 놓는 편이 분명 훨씬 수월할 것이다. 전파의 성격과 전파 해킹 사건을 탐사하는 방법을 알면 어느 정도 가능성도 나올 것이다.

할 일이 산더미 같았다. 하지만 지금 아사카와는 어딘지 기세가 떨어져서 마음이 콩밭에 있는 상태였다. 그녀의 얼굴과 몸이 머리에서 떠나질 않았다. 어째서 마이는 류지 같은 사내와 사귀는 것일까. 분노마저 불러일으키는 큰 의문.

"어이, 듣고 있냐!"

류지 목소리에 아사카와는 정신이 들었다.

"비디오 영상에 남자 아기가 나오는 장면이 있었지?"

"그랬지."

아사카와는 마이의 모습을 일단 지우고 미끌미끌한 양수에 젖은 신생아의 영상을 떠올리려 했다.

하지만 생각을 바꾸기가 어려웠고, 온몸이 물에 젖은 벗은 몸의 마이를 상상해 버렸다.

"그 장면을 봤을 때 나는 손에 묘한 감촉이 들었어. 이렇게, 마치 내가 그 아기를 안고 있는 것처럼……."

……감촉? ……아기를 안은 감촉? 상상 속의 팔 안에서, 마이와 남자 아기가 어지럽게 변화했다. 그렇게 아사카와는 겨우 감각을 되찾았다. 그때, 아기가 팔 안에 있는 느낌이 들어 양팔을 확 뿌리쳐 버렸던 감각! 그리고 류지가 완전히 똑같은 감각을 느꼈다는 사실의 중요성.

"나도 그랬어. 미끌거리는 감촉이 확실하게 느껴졌어."

"너도? 그렇다면 이것이 어떤 의미이지?"

류지는 엎드려서 TV 쪽으로 다가가 비디오의 그 장면을 재생시켰다. 시간은 약 2분간, 아기는 부드러운 탄생의 울음을 계속 지르고 있었다. 아기의 목과 엉덩이의 아래를 나긋나긋한 두 팔이 받치고 있었다.

"어이, 이게 뭐지?"

류지는 영상을 일시정지시키고 장면을 되돌렸다. 화면이 일순간이지만 검어졌다. 연속해서 보면 너무 순간적이라 알아차릴 수가 없었다. 하지만 몇 번씩 반복해서 장면을 끊어 보면, 영상이 새까맣게 덧칠된 순간을 잡을 수 있었다.

"아, 또!"

류지가 외쳤다. 등을 굽히고 진지한 표정으로 가만히 화면에 몰입하더니 "우앗!" 하고 얼굴을 떼며 두 눈을 황급히 피했다. 류지는 맹렬히 생각에 몰두했다. 생각에 몰두하는 게 눈 움직임으로 나타나고 있었다. 아사카와로서는 그가 무엇을 생각하고 있는지 전혀 알 수 없었다. 결국 2분간 영상 속에 검게 나타난 순간은 33회 나왔다.

"그래서, 뭔데? 그냥 이것만 보고서 뭔가 새로운 사실이 판명되기라도 했다는 거야? 그냥 촬영 실수 아니야? 비디오카메라 고장이라든가……."

아사카와가 하는 말을 무시하고 류지는 다른 장면도 찾아보려 했다. 바깥 계단을 오르는 발소리가 들려왔다. 류지는 서둘러 정지 버튼을 눌렀다.

이윽고 현관문이 열리고 "기다리셨죠?" 하는 목소리와 함께 마이가 나타났다. 그리고 방은 다시 향기로워졌다.

일요일 오후, 공립도서관 앞 잔디밭에는 아이들과 함께 온 가족들이 많았다. 남자아이와 캐치볼을 하고 있는 아버지도 있고, 들어가면 안 되는 잔디밭에서 아이와 뒹굴고 노는 아빠도 있었다. 10월 중순의 일요일은 온화한 좋은 날씨 덕에 어딜 가도 인파들로 넘쳐나고 있었다.

아사카와는 그 광경을 바라보았다. 오늘 하루, 그에겐 생각이 문득문득 끊기는 일이 많았다. 맥락 없이 오만 가지 생각이 차례로 떠오르는 바람에 집중이 되지 않았던 것이다. 조바심 때문이리라.

아사카와는 자리에서 일어났다. 빨리 아내와 딸의 얼굴이 보고 싶었다. 지금 그 생각이 강하게 들었다. 남은 시간이 너무 적었다. 저렇게 잔디밭 위에서 아이와 장난치며 노는 것도…….

아사카와는 5시가 채 되기 전에 집으로 돌아왔다. 아내 시즈카가 저녁밥 준비를 하고 있었다. 야채를 써는 뒷모습에서 불편한 심기가 느껴졌다. 이유는 너무나 잘 알고 있었다. 모처럼 쉬는데 '류지네 다녀올게.'라는 메시지만 남겨 두고 아침 댓바람부터 외출했기 때문이리라. 쉬는 날 정도는 아내 대신 딸을 돌봐 주지 않으면 육아 스트레스가 계속 쌓이기만 했다. 그리고 이런 때에 류지네 집이라니……. 간 곳도 나빴다. 적당히 거짓말로 눙치는 방법도 있었지만 자칫해서 연락이 꼬였다가 들킬 가능성도 있었다.

"여보, 부동산 업체에서 전화 왔었어."

시즈카가 부엌칼을 든 손을 쉬지 않고 말했다.

"왜?"

"이 아파트, 팔 마음 없냐네."

아사카와는 딸 요코를 무릎에 앉히고 그림책을 읽어 주었다. 지금은 의미를 알 턱이 없지만, 많은 말을 머릿속에 축적해 놓으면 두 살 때쯤부터 옹알이가 봇물 터지듯이 터져 나올 것이다.

"값은 잘 쳐 줬어?"

땅값 폭등 이래로, 집을 팔라고 하는 부동산 업체가 많았다.

"7000만……."

성황일 때보다 값이 내렸다. 하지만 여기 대출을 갚더라도 아내와 딸에게는 상당한 잔금이 남게 될 것이다.

"뭐라 답했는데?"

시즈카는 수건으로 손을 닦으면서 마지못해 대답했다.

"남편이 지금 없어서 모르겠다고 그랬어."

항상 그랬다. 남편이 없으니까……. 남편에게 물어보지 않으면……. 여태 시즈카가 뭐든 혼자 마음대로 정해 본 적은 없었다. 하지만 이제부터는…….

"응? 어떻게 해? 이제 슬슬 생각해 볼래? 교외라면 정원 딸린 단독주택도 살 수 있잖아. 부동산에서도 그렇댔어."

내 집 마련의 아담한 꿈, 그것은 지금 살고 있는 아파트를 팔고 교외에 큰 집을 세우는 것이다. 밑천이 전혀 없으면 그냥 꿈으로 끝나 버린다. 하지만 그들에게는 도심에 위치한 아파트라는 강력한 재산이 있었다. 꿈이 이윽고 실현 가능해졌고, 꿈을 입에 담을 때마다 두근두근할 정도로 즐거웠다. 손을 뻗으면 바로 닿을 곳에 그것이 있었다.

"그리고 봐 봐, 슬슬 둘째도……."

시즈카가 머릿속에서 어떤 광경을 그리고 있는지, 아사카와는 손에 잡힐 듯이 훤했다. 교외에 있는 널찍한 집, 두 사람이 아이 셋에게 각자 하나씩 공부방을 주고, 손님이 여럿 와도 곤란하지 않을 정도의 거실을 갖추는 일을. 요코가 무릎 위에서 버둥거렸다. 아빠의 눈이 그림책에서 멀어지고 관심도 자기 말고 다른 것을 향한 것을 알고 항의하고 있는 것이다. 아사카와는 그림책으로 다시 눈을 돌렸다.

"……옛날 누마마(沼間, 이즈 시의 지역명 — 옮긴이)는 누마하마(沼浜, '늪의 기슭'이라는 뜻 — 옮긴이)로 불리며 갈대가 무성한 늪지대가 바다까지 이어져 있었습니다."

그렇게 목소리를 내어 읽는 아사카와의 눈에 눈물이 고였다. 아내의 꿈을 실현시켜 주고 싶었다. 절실하게 그렇게 생각했다. 하지만 이제 4일. 원인 불명의 죽음을 아내의 정신이 견뎌 낼까? 꿈이 맥없이 무너진다는 경험을 아내는 아직 모른다.

오후 9시. 아내와 딸은 평소처럼 잠에 들었다. 아사카와는 류지가 마지막으로 했던 말이 맘에 걸렸다.

어째서 그 녀석은 아기가 나오는 장면을 몇 번이나 되풀이해서 봤을까. 그리고 노파가 한 말……. '니는, 내년이믄 새끼를 낳을 텐디.' 즉, 너는 내년 아이를 낳는다. 노파가 하는 말에 등장하는 아이와 남자 아기의 장면은 어떤 관계가 있을까? 그리고 전체 화면이 검게 칠해지는 순간에 대해서도. 그 순간은 특정 간격을 두고 30회나 반복되었다고 했다.

아사카와는 다시 한 번 비디오를 보고 그것을 확인하려 했다. 무책임하게 보여도 류지 역시 필사적으로 무언가 찾으려고 하고 있었다. 류지는 논리적인 사고력도 갖추었으면서 직관력도 뛰어났다. 한편 아사카와의 특기는 면밀한 조사를 통해 진실을 이끌어 내는 작업이었다.

아사카와는 수납장을 열고 그 비디오테이프를 손에 들었다. 그리고 기계에 집어넣으려 하던 순간 문득 깨닫고서 손을 멈췄다.

'잠깐, 뭔가 이상해.'

어디가 어떻게 이상한지는 모르겠다. 하지만 그의 육감이 작용했다. 비디오테이프를 손에 들었을 때의 이상하다는 느낌이 그저 기분 탓이 아니라는 확신이 서서히 커져 갔다. 아주 약간의 변화가 있었다.

'어디지? 뭐가 변한 거지?'

가슴이 고동쳤다.

'나쁜 일이야. 사태를 좋은 쪽으로 이끌어갈 '무엇'인가가 아니야. 생각해, 잘 생각하는 거야. 내가 이것을 마지막으로 봤을 때는 분명히 테이프를 앞으로 다시 돌려 놨었어. 그런데 지금은 감겨 있는 테이프 두께가 왼쪽이 2라고 치면 오른쪽이 1. 딱, 녹화된 영상이 끝나는 부분 근처에서 멈춘 그대로에다가 되감겨 있지도 않아. 누가 본 거야. 내가 없는 동안……'

아사카와는 침실로 달려갔다. 시즈카와 요코는 포개지듯이 잠들어 있었다. 시즈카의 어깨를 잡아 돌리며 흔들었다.

"어이! 일어나, 어이! 시즈카!"

아사카와는 요코까지 깨우지 않게 소리를 낮췄다. 시즈카는 불쾌하다는 듯이 얼굴을 찌푸리며 몸을 꿈틀거렸다.

"여보! 일어나라니까!"

아사카와의 목소리가 평소와 달랐다.

"……뭐……야? ……무슨 일인데?"

"할 말이 있어. 이쪽으로 와."

아사카와는 시즈카를 일으키고 그대로 거실로 끌고 갔다. 그리고 비디오테이프를 아내의 앞으로 내밀었다.

"이거. 봤어?"

아사카와가 너무나 정색을 하니 시즈카는 잠시 테이프와 남편의 얼굴을 번갈아 바라보고 있을 수밖에 없었다.

"……그럼 안 돼?"

간신히 그렇게 말했다.

'뭘 그렇게 화를 내는 걸까, 이이는. 일요일인데 당신도 어디 나가 버리고 지겨워서, 어제 류지 씨랑 슬쩍 보던 비디오를 꺼냈는데, 재미도 없고 무슨 말인지도 모르겠고. M신문사 계열 영상 팀에서 만든 것이겠지만.'

시즈카는 무언으로 항의했다. 그렇게 화낼 일이냐면서…….

결혼한 이래 처음으로, 아사카와는 아내를 때리고 싶은 충동이 들었다.

"……이 멍청아!"

하지만 겨우 꾹 주먹을 그대로 쥔 채로 행동을 억눌렀다. 냉정히 생각하자, 내가 나쁘지 않은가. 이런 물건을 아내 눈 닿는 곳에 방치한 내가. 남편 앞으로 온 봉투는 결코 열지 않는 아내를 신용한 나머지, 수납장에 대충 둬 버렸다. 어째서 감춰 두지 않았을까?

이런 위험한 **존재**를. 류지와 둘이 **이것**을 보려고 했을 때, 시즈카는 방에 들어오려 하기까지 했었다. 비디오테이프에 호기심이 생기는 것도 당연한 일. 감춰 두지 않은 자신이 나빴다.

"미안."

이해하지 못한 표정으로 시즈카가 사과했다.

"언제, 봤어?"

아사카와의 목소리가 떨리고 있었다.

"오늘 오전 중에."

"진짜?"

봤던 시각이 중요한 의미를 가졌다는 사실 따위를 시즈카가 알 턱이 없었다. 시즈카는 꾸벅 고개를 끄덕였다.

"몇 시쯤?"

"왜 그런 걸 물어?"

"됐으니까 대답해!"

다시 한 번, 아사카와의 손이 움직일 뻔했다.

"10시 30분쯤이었나? 「가면라이더」가 끝나자마자 봤으니까……."

「가면라이더」? 어째서 그런 것을. 우리 집에서 「가면라이더」에 관심을 갖는 사람은 딸 요코뿐이었다. 아사카와는 쓰러지려 하는 자신을 필사적으로 억눌렀다.

"알았지? 중요한 일이니까 잘 들어. 당신이 그 비디오를 봤을 때, 요코는 어디 있었어?"

시즈카가 울음을 터뜨릴 것 같은 표정을 짓고 있었다.

"내 무릎 위에 있었어."

"요코도…… 당신이랑 같이 이…… 이 비디오를 봤다는 말이구나."

"그냥 훌끗거리면서 화면을 보던 것뿐인 데다, 그 애는 의미조차……."

"시끄러! 그런 건 아무래도 좋아!"

꿈이 무너져 버린다? 그것뿐만이 아니다. 가족 그 자체가 소멸하려 하고 있었다. 전혀, 아무 의미도 없는 죽음에 의해.

시즈카는 남편의 분노, 공포, 절망을 보다가 겨우 이것이 보통 일이 아니라는 것을 깨닫기 시작했다.

"저어…… 설마…… 거짓말이지?"

시즈카는 질 나쁜 장난이라고 해석했던 비디오 대사를 떠올렸다. 그런 일이 있을 리가 없다. 하지만 이 사람이 이렇게 허둥대는 모습이라니, 이게 무슨 뜻이지?

"저기, 거짓말이지? ……그런 일."

아사카와는 고개를 가로저을 뿐 아무 말도 할 수 없었다. 문득 애처로운 마음이 한가득 들었다. 자신과 똑같은 운명에 빠져 버린 사람이 또 어디 있을까 생각하니.

5

10월 15일 월요일

요 며칠 동안, 아침에 눈을 뜰 때마다 아사카와는 지금까지 있던 일이 전부 꿈이라면 좋겠다고 생각했다. 근처 렌터카 사무실에 전화를 해서 어제 예약한 시간대로 차를 가지러 가겠다고 연락했다. 틀림없이 어제 했던 예약이 잘 들어가 있었다. 역시 현실은 도중에 끊어짐 없이 계속 이어지고 있었다.

현지에서 전파의 발신 장소를 찾기에는 역시 발이 될 만한 것을 확보할 필요가 있었다. 시판하는 무선기로는 TV 전파를 방해하기 어렵고, 전문가가 개조한 무선기가 사용되었다고 생각됐다. 영상이 도중에 끊어지지 않았던 것도 발신 장치가 아주 가까운 거리에서 강력한 전파를 날렸기 때문임에 틀림없었다. 보다 정보량이 많았다면 전파가 나온 구역을 특정해서 그것을 자료 삼아 발신지를 골라낼 수도 있겠지만 아사카와가 가지고 있는 것은 빌라 로그캐빈 B-4호 TV가 수신했다는 사실밖에 없다. 그곳을 중심으로 지형을 확인하면서 인근을 샅샅이 뒤지는 방법 말고는 생각이 나질 않았다. 어느 정도 시간이 필요할지 짐작조차 가지 않아서 아사카와는 일단 3일 동안 갈아입을 옷을 가방에 넣었다. 3일분…… 그 이상은 필요하지 않았다.

얼굴을 마주해도, 시즈카는 비디오 이야기는 입에 담으려고 하지 않았다. 어젯밤, 급작스레 적당한 거짓말이 생각나지 않아 '일주일 후의 죽음'을 애매하게 둔 채 시즈카를 재웠다. 시즈카 역시 그 이야기를 확인하는 것이 무서워서, 애매한 상태를 바라고 있음에 틀림없었다. 평소처럼 질문 공세를 퍼붓지도 않고, 묘하게 입을 다문 채 나름대로 납득을 한 듯했다.

어떻게 해석을 내렸는지 알려고 하지는 않았지만 불안감을 떨쳐 버릴 수 없었던 듯, 아침 연속극을 보면서 몇 번이나 엉덩이를 들썩이며 바깥에서 나는 소리에 민감하게 반응했다.

"앞으로 일절, 그 이야기는 꺼내지 마. 나 자신도 어떻게 대답해야 될지 모르겠어. 아무튼 나한테 맡겨."

시즈카의 불안을 억누르기 위해 아사카와는 그렇게 대답할 수밖에 없었다. 절대로, 아내 앞에서 약한 모습을 보여서는 안 된다.

그야말로 집을 나오려는 바로 그때, 전화가 울렸다. 류지에게서였다.

"재미있는 걸 발견했다. 네 의견을 꼭 듣고 싶어."

류지의 목소리에서 약간 들뜬 기미가 느껴졌다.

"전화로는 안 돼? 지금 사실 렌터카 가지러 가던 참인데."

"렌터카?"

"전파 발신지를 찾으라고 한 건 너잖아."

"아, 그랬구나. 뭐, 그 일은 놔두고 아무튼 여기부터 와. 혹시 안테나 같은 건 찾을 필요 없을지도 몰라. 전제 자체가 무너져…… 아마도."

미나미하코네 퍼시픽랜드로 갈 필요가 생겼을 경우, 그의 집에서 그대로 직행할 수 있도록 렌터카를 빌려서 류지네 집으로 들르기로 했다.

보도블록에 차바퀴를 올려놓아 주차를 하고 나서 류지 집 문을 서둘러 두드렸다.

"들어와! 안 잠겼어!"

아사카와는 문을 열어젖히자마자 일부러 큰 발소리를 내며 부엌을 가로질렀다.

"뭘 발견했다고?"

아사카와가 기세를 몰아 물었다.

"왜 갑자기 난리야?"

류지가 책상다리를 하고 앉은 채 눈만 들어 올려 쳐다보았다.

"뭘 발견했는지 빨리 알려 줘!"

"진정해."

"진정하게 생겼어? 자, 빨리 대답해!"

류지는 잠깐 입을 다물었다. 그리고 천천히 물었다.

"왜 그래? 무슨 일이라도 생겼어?"

아사카와가 다다미 바닥에 털썩 주저앉으며 무릎을 양손으로 강하게 쥐었다.

"아내와…… 아내와 딸이, 그 **물건**을 봐 버렸어."

"이런이런, 엄청난 사태가 벌어졌네."

류지는 물끄러미 아사카와의 모습을 보고서 그가 흥분을 가라앉히길 기다렸다. 그리고 그 사이 재채기를 한 번 하고는 흥, 하고 코를 풀었다.

"그러니까 너, 마누라랑 자식을 살리고 싶지?"

아사카와가 어린아이처럼 고개를 끄덕였다.

"그럼, 지금이야말로 냉정해져야 해. 나는 결론부터 말하지 않을 거야. 증거를 늘어놓을 뿐이지. 네가 그 증거에서 무슨 생각을 떠올리는가가 내가 알고 싶은 부분이야. 그러니까 잘 들어, 흥분하면 곤란해."

"알았어."

아사카와가 솔직하게 인정했다.

"우선, 얼굴 좀 씻어."

아사카와는 류지 앞에서는 울 수 있었다. 아내 앞에서 흐트러진 모습을 보일 수 없었던 만큼 류지를 감정의 배출구로 삼았던 것이다.

수건으로 얼굴을 닦으며 돌아오니 류지는 한 장의 리포트 용지를 내밀었다. 간단한 표가 그려져 있었다.

1) 인트로	83초 [0] 추상
2) 붉은색 유출	49초 [0] 추상
3) 미하라 산	55초 [11] 현실
4) 미하라 산의 분화	32초 [6] 현실
5) '山'글씨	56초 [0] 추상
6) 주사위	103초 [0] 추상
7) 노파	111초 [0] 추상
8) 아기	125초 [33] 현실
9) 무수한 얼굴	117초 [0] 추상
10) 낡은 TV	141초 [35] 현실
11) 남자 얼굴	186초 [44] 현실
12) 라스트	132초 [0] 추상

딱 봐도 어느 정도 알 수 있었다. 비디오 영상을 부분별로 나눈 것이다.

"어젯밤, 떠오르는 게 있어서 만들어 봤는데……. 알겠지? 무슨 말인지. 영상은 전부 열두 장면으로 구성돼 있어. 각각 번호와 제목을 붙여 놨어. 제목 나중에 숫자는 그 장면이 나오는 초야. 그

다음 괄호 안에 숫자는 말이지, 알겠어? 화면이 검게 변하는 순간의 횟수."

아사카와는 아연했다.

"어제 네가 가고 나서 아기 나오는 장면 이외 것도 조사해 본 거야. 검게 되는 순간이 있는지 아닌지. 그랬더니, 봐 봐. 이대로…… 3), 4), 8), 10), 11)에 나타났어. 확실해."

"그런데, 추상이나 현실이라는 말은?"

"열두 장면은 크게 두 그룹으로 나뉠 수 있어. 추상적인, 그렇지, 마음속의 풍경이라고도 할 수 있는, 머리에 생각으로 떠오르는 장면하고 실제 눈을 통해 보는 현실에 존재하는 장면. 그 구별이야."

류지는 거기서 한숨 돌리고 쉬고 또 말했다.

"이걸 보고 뭔가 떠오르는 것 없어?"

"그렇군, 네가 말하는 검은 막은 현실 장면에만 나타나는구나."

"그치? 맞아. 일단 그 점을 머릿속에 잘 넣어 둬."

"봐, 류지. 나 이렇게 초조하게 그만하고, 빨리 자초지종을 밝혀 봐. 요컨대, 이게 무엇을 의미하는 건데?"

"에이, 기다려. 결론부터 말해 버리면 날카로운 직감이 작동할 리가 없잖아. 나는 직감 때문에 벌써 어떤 결론에 다다랐어. 근데 일단 내가 말을 꺼내 버리면 모든 사실을 왜곡해서라도 그 결론을 정당화하려고 하게 되겠지. 범죄 조사에서도 그렇잖아. 이 녀석이 수상하다고 생각해 버리면, 모든 증거가 그놈을 가리키는 것처럼 생각해 버린다고. 응? 지금 길을 잘못 찾아가면 안 되잖아. 너는 내가 얻은 결론을 반드시 검증해 줘야 해. 즉, 여기 늘어놓은 사실에서 나와 같은 직감을 받을 수 있는지 없는지……."

"알았어, 계속해 봐."

"자, 검은 막이 현실 풍경 중에만 나타났다는 사실과 함께, 또 한 번 맨 처음 이 영상을 봤던 때 감각을 떠올려 봐. 아기가 나오는 장면에 대해 어제 얘기했던 대로 말이야. 그 밖에는? 예를 들어 무수한 얼굴들이 나오는 장면은 어때?"

류지는 리모콘을 조작하여 그 장면을 불러냈다.

"자알 봐. 이 얼굴."

벽에 박아 넣은 수십 개의 얼굴이 서서히 뒤로 물러가고 수백, 수천의 숫자로 늘어났다. 얼굴 하나하나를 잘 보면 인간의 얼굴 같은데도 어딘가 달랐다.

"어떤 느낌이야?"

류지가 물었다.

"뭔가, 내 자신이 비난받고 있는 것 같은…… 거짓말, 사기꾼 막 그러면서."

"그치? 사실 나도 똑같은, 아니, 아마 너와 비슷한 감각을 느꼈어."

아사카와가 신경을 집중시켰다. 이 사실들이 유도하는 그 끝. 류지는 기다리고 있다. 명확한 대답을.

"어때?"

류지가 다시 한 번 물었다. 아사카와는 고개를 저었다.

"안 되겠어, 아무 생각도 안 나."

"좀 더 편하게 시간을 들여서 생각하면, 분명 나와 똑같은 생각을 할지도 모르지. 잘 들어. 나도 너도, 이 영상은 TV 카메라,

요컨대 기계 렌즈에 의해 촬영되었다고 생각하고 있었잖아."

"그럼 아냐?"

"일순 화면을 뒤덮은 이 검은 막은 뭔데?"

류지는 장면을 넘겨서 검게 닫히는 화면을 보여 줬다. 연속하여 세 장면에서 네 장면 검은 화상이 끼어들어 있었다. 한 장면은 30분의 1초니까, 시간으로는 약 0.1초 정도였다.

"현실 풍경에 나타나고, 생각하고 있는 풍경에는 나오지 않는 게 뭐지? 자, 잘 봐 봐, 이 장면. 완전히 시커먼 게 아니야."

아사카와는 화면에 얼굴을 바싹 붙였다. 분명, 새까맣지는 않았다. 엷고 희미하게 흰 안개 같은 것이 걸려 있었다.

"희미한 그림자…… 이건 말이지, 잔상이야. 그리고 보고 있는 동안 스스로 당사자에게 빠져들게 하는 생생한 현장감은?"

류지는 아사카와의 눈앞에서 크게 눈을 깜빡여 보였다. ……검은 막, 검은 막. ……어?

"설마, 이거, 눈을 깜빡이는 거야?"

아사카와가 작은 소리로 말했다.

"그래, 틀림없어. 그렇게 생각하면 조리에 맞아. 인간은 직접 눈으로 보는 것 말고, 마음속에 장면을 떠올릴 수도 있어. 그럴 경우, 망막을 통해 들어오는 것이 아니니까 눈 깜빡임이 나타나지 않지. 하지만 현실에서 눈으로 보는 풍경은 망막에 비치는 빛의 강약에 의해 상이 형성되어 있어. 그때 망막이 건조해지는 것을 막기 위해 우리는 무의식적으로 눈을 깜빡이지. 검은 막은 눈을 감은 순간인 거야."

다시 구역질이 났다. 맨 처음 **이것**을 다 봤을 때, 아사카와는 화장실로 달려갔는데, 오한은 지금이 더 심했다. 자신의 몸에 누군가가 들어와 버렸다! 그런 생각이 들어 견딜 수가 없었다. 기계가 녹화한 것이 아닌, 어떤 인간의 눈, 코, 귀, 혀 그리고 피부 감각, 다시 말해 인간의 오감이 전부 다 이런 영상을 녹화한 것이다. 그 오한, 참을 수 없을 정도로 떨리는 느낌, 그것은 누군가의 그림자가 스윽 자신의 감각기관 속으로 비집고 들어온 것으로 인한 반응……. 아사카와는 몸 전체에 느껴지는 이물(異物)과 같은 시점으로 이 영상을 보고 있었다.

아무리 닦아 내도 이마에서 계속 식은땀이 흘렀다.

"그거 알아? 야, 개인차는 있지만 눈 깜빡임의 평균 횟수는 남자가 1분에 20회이고, 여자가 1분에 15회야. 그러니까, 이 영상을 녹화한 사람은 여자일지도 몰라."

아사카와는 류지의 말이 들리지 않았다.

"헤헤헤, 왜 그래? 너, 얼굴이 죽은 사람 같다."

류지가 웃었다.

"야, 좀 낙관적으로 생각해라. 우리는 해결에 한 발 더 가까이 간 거야. 이 영상이 어떤 인물의 감각기관에 의해 기록된 것이라면 주문 내용은 그 인물의 의지와 관계가 있겠지. 즉, 그 인물이 우리에게 뭔가 바라는 게 있는 거야."

아사카와의 사고는 일시적으로 기능을 잃었다. 류지의 목소리가 귓가에 울리고는 있지만, 의미가 머릿속까지 전달이 되지 않는 것이다.

"아무튼, 이걸로 할 일이 확실해졌겠지. 이 인물이 누군지 탐색하는 것. 그리고 그 인물이 생전……, 뭐, 아마 이놈이 살아 있지 않겠지만……. 생전에 뭘 바라고 있었느냐 하는 것, 그것이 우리들이 살아남기 위한 주문이야."

류지는 별문제 있겠냐며 아사카와에게 윙크했다.

아사카와가 운전하는 차는 제3게이힌 도로를 빠져나가 요코하마 요코스카 도로를 따라 남쪽으로 계속 달려가고 있었다. 류지는 조수석 의자를 눕혀서 아무런 스트레스도 없다는 표정으로 잠들어 있었다. 이제 곧 오후 2시인데도 아사카와는 배고픔을 전혀 느끼지 않았다.

아사카와는 류지를 깨우려고 뻗은 손을 다시 잡아당겼다. 목적지는 아직 멀다. 그냥 막연하게 가마쿠라로 가 달라고 말하고서, 확실한 목적지는 듣지 못했다. 행선지도 정하지 않고, 가는 목적도 모르고 운전을 하자니 신경이 곤두섰다. 자세한 일은 차 안에서 이야기한다고 하면서 류지는 서둘러 가방에 짐을 챙겼는데, 그런 주제에 차에 앉자마자 "나 어제 전혀 못 잤으니까 가마쿠라에 도착할 때까지 깨우지 마."라는 말을 남기고 바로 잠들어 버렸다.

아사히나(오키나와 현에 있는 지역 — 옮긴이)에서 요코스카 도로를 빠져나와서 가나자와 도로로 5킬로미터 정도 달렸더니 가마쿠라 역 앞에 도착했다. 류지는 두 시간을 잔 셈이었다.

"어이, 도착했어."

아사카와가 어깨를 흔들었더니, 류지는 고양이처럼 몸을 쭉 펴며 손등으로 눈을 문지르고 고개를 옆으로 흔들었다.

"모처럼 좋은 꿈꾸고 있었는데, 후아아아아아암."

"여기서 어떻게 하는데?"

류지는 몸을 일으키고 자기가 있는 위치를 확인하기 위해 창밖을 내다보았다.

"이 길을 쭉 따라가. 이치노도리이('도리이'는 일본 신사 앞 기둥문을 말한다 — 옮긴이)가 있는 부분에서 왼쪽으로 꺾어서 멈춰."

류지는 그렇게 말하고서는 "헤헤헤, 나머지 꿈꾸러 가 보실까." 하고 다시 누우려 했다.

"야, 이제 5분도 안 걸려. 잘 시간 있으면, 나한테 설명 좀 제대로 해."

"가면 알아."

류지는 차 앞 계기판에 무릎을 대고 다시 잠에 빠져 들었다.

아사카와는 왼쪽으로 돌아가서 차를 세웠다. 바로 앞에 '미우라 데쓰조 기념관'이라고 작게 쓰인 2층짜리 낡은 민가가 있었다.

"그 주차장으로 내려가."

어느새 류지가 눈을 가늘게 뜨고 있었다. 그 얼굴은 만족한 표정이라, 방향제를 맡은 것처럼 콧구멍을 벌름거렸다.

"헤헤헤, 덕분에 겨우 나머지 꿈도 꿨다."

"무슨 꿈이었는데?"

아사카와는 핸들을 꺾으며 물었다.

"당연하잖아, 하늘을 나는 꿈이지. 나는 하늘을 나는 꿈이 제일 좋아."

류지는 자못 만족스러운 듯이 코를 울리며 두 입술을 쩝쩝 혀로 핥았다.

미우라 데쓰조 기념관 건물 안에 사람 그림자는 보이지 않았다. 33제곱미터 정도 되는 1층 공간에 사진이나 책들이 종류별로 유리 진열장에 있거나 장식되어 있었고, 중앙 벽에는 미우라 데쓰조로 보이는 인물의 약력이 붙어 있었다. 아사카와는 그것을 읽다가 겨우 이 사람이 누군지 알았다.

"실례합니다, 누구 계십니까?"

류지는 안쪽을 향해 말했다. 대답은 없었다.

미우라 데쓰조는 Y대학 교수를 퇴직하고 나서 2년 전에 72세를 일기로 생을 마감했다. 전문은 이론물리학, 특히 물성이론이나 통계역학에 해박한 지식을 가지고 있었다. 하지만 작아도 기념관 같은 것이 생겼다는 것은, 전문인 물리학 업적 때문이 아니었다. 초능력 현상의 과학적 해명. 약력에는 그의 이론이 세계적인 관심을 끌었다고 하지만, 주목한 것은 물론 일부 사람들뿐이었을 것이다. 그 증거로, 아사카와는 여태 그의 이름을 들어 본 적이 없었다. 그래서 그가 발견한 이론이 뭐지? 아사카와는 그 대답을 벽이나 진열장에서 찾았다. '……염(念)은 에너지를 가졌는데 그 에너지는…….' 거기까지만 읽었는데 계단을 뛰어내려오는 소리가 안쪽에서 울리더니, 40대 정도로 보이며 입 주변에 수염이 있는 남자가 문을 열고 얼굴을 내밀었다. 명함을 들고 그 남자에게 다가가는 류지를 본받아서 아사카와도 가슴 주머니에서 명함을 꺼내 들었다.

"처음 뵙습니다, K대학 다카야마입니다."

류지가 아사카와와 이야기할 때와는 전혀 다른 말투로, 빈틈없는 접대 모드를 취해서 왠지 우스웠다. 아사카와도 명함을 내밀었다. 대학 강사와 주간지 기자, 그 두 사람의 직함을 견주어 보고 남자는 약간 싫다는 표정을 지었다. 그가 얼굴을 찌푸린 것은 아사카와의 명함을 보고 나서였다.

"혹시 괜찮으시면, 약간 상담을 좀 해 주실 수 있을까요?"

"허어, 무슨 말씀이신지."

남자는 경계심으로 눈을 마주했다.

"사실 미우라 선생님을 생전에 한번 뵙고 싶었습니다."

그 말에 남자는 어째선지 안심했다는 듯이 고개를 숙이고 접이식 의자를 세 개 가져와서 마주 보도록 놓았다.

"그러십니까. 자, 앉으세요, 앉으세요."

"3년 정도 전……, 그래, 딱 선생님이 돌아가시기 바로 전년도였죠, 저, 모교에서 과학방법론 강의를 맡지 않겠냐는 제안을 받아서, 그래서 뭐, 이 기회에 선생님의 말씀도 들어 보려고……."

"이 집에서 말씀이신가요?"

"네. 다카쓰카 교수님 소개로……."

다카쓰카 교수의 이름을 듣더니 남자는 겨우 미소 지었다. 연결 고리가 확실해졌기 때문이다.

'이 두 사람은 우리 편 인간이다. 공격을 하려고 온 것은 아닌 것 같다.'

"아주 실례했습니다. 저는 미우라 데쓰아키라고 합니다. 죄송합니다, 공교롭게 명함을 안 가져와서……."

"그러시면, 선생님의……."

"네, 불초 외아들입니다."

"그러십니까, 이야아아아, 미우라 선생님께 이렇게 훌륭하신 자제분이 있으신 줄은……."

아사카와는 웃음이 터지려는 것을 겨우 참았다. 자기보다 열 살은 연상으로 보이는 사람한테 훌륭한 자제분이라니.

미우라 데쓰아키는 간단하게 기념관 소개를 했다. 제자들이 힘을 모아서 아버지가 남긴 집을 기념관으로 일반인에게 개방하고, 수집한 자료 정리를 해 주었던 일. 그리고 자기는 아버지의 희망을 따라 연구자의 길을 밟지 않고, 기념관과 같이 부지 내에 펜션을 세워 경영을 맡고 있다는 내용 등을 자조적으로 이야기했다.

"역시, 아버지의 명성과 남겨 주신 토지를 이용하고 있기 때문에 불초 아들이라는 말을 들을 수밖에 없지요."

데쓰아키는 그렇게 말하고서 부끄럽다는 듯이 웃었다. 그의 펜션은 자주 고등학교 합숙 등에 이용되었다. 이용자 대부분이 물리, 생물 클럽 등의 과학계 동아리였고, 개중에는 초심리 연구회 등의 이름도 있었다. 고등학생이 합숙을 하는 데는 보통 명목이 필요하다. 요컨대, 미우라 데쓰조 기념관은 고등학생 단체를 끌어 모으기 위한 번지르르한 미끼가 되어 주는 것이다.

"그런데……."

류지는 자세를 바로 고쳐 앉으면서 이야기를 핵심으로 유도하려 했다.

"아, 죄송합니다. 어느새 쓸데없이 이렇게 말을……. 그런데, 어쩐 일로 오셨습니까?"

이렇게 겉으로 보기에는 데쓰아키에게 과학자로서의 재능은 없는 것처럼 보였다. 상대가 나오는 대로 태도를 휙휙 바꾸는 걸 보니 장사꾼이 어울리겠다며, 류지가 옆얼굴에 경멸하는 기색을 떠올렸다.

"사실, 저희가 어떤 사람을 찾고 있습니다."

"누굽니까?"

"아니, 그 이름을 알기 위해 제가 여기까지 온 겁니다."

"허어, 무슨 일인지…… 잘 좀……."

데쓰아키는 곤란하다는 듯이 얼굴을 찌푸리고 순서대로 이야기를 해 달라고 넌지시 재촉했다.

"그 인물이 현재 살아 있는지 죽었는지는, 아직 뭐라고 말하기 어렵습니다. 하지만, 확실하게 범상치 않은 힘을 숨기고 있습니다."

거기서 류지는 잠시 뜸을 들이며 데쓰아키를 응시했다. 데쓰아키는 범상치 않은 힘이 무엇을 의미하는지 바로 알아챈 것 같았다.

"미우라 선생님은 아마 이 분야에서는 일본 제일의 수집가이실 겁니다. 이전에 선생님께 독자적으로 만드신 네트워크로 전 일본에 있는 초능력자 목록을 만들고 그 자료를 보관하고 있다는 말씀을 들었습니다."

데쓰아키는 얼굴을 흐렸다. 설마, 그 자료 안에 어떤 사람을 찾고 싶다고 말을 꺼내는 것은 아닌가 하고.

"허어, 물론 파일 보존은 하고 있습니다. 그런데 사이비 같은 것도 많고, 거기다 그 수가 어마어마한데요."

데쓰아키는 다시 한 번 그 파일을 조사한다고 생각하니 오싹했다. 십수 명의 제자들이 수개월에 걸쳐서 겨우 정리를 끝낸 물건이었다. 게다가 어디를 봐도 수상한 자료지만, 고인의 유지에 따라 보존하고는 있으나 양이 어마어마했다.

"아니, 그쪽 손을 빌리지는 않겠습니다. 허락해 주신다면 저희 둘이 찾도록 하겠습니다."

"여기 2층 창고에 있는데, 일단 보시겠습니까?"

데쓰아키는 일어섰다. 양을 모르니까 그렇게 말하는 것이다. 만약 한 번이라도 그것들이 들어찬 선반을 보면 조사고 나발이고 집어치울 게 틀림없으리라. 그렇게 생각하면서 데쓰아키는 두 사람을 2층으로 안내했다.

그 방의 천장은 높았고, 계단을 올라가면 정면 벽에 7단짜리 선반이 2열로 늘어서 있었다. 한 권의 파일에 보존된 자료는 40건, 그것이 슬쩍 훑어만 봐도 수천 권……. 류지는 그렇다 치고 아사카와의 얼굴에서 핏기가 빠졌다.

'이런 것에 시간을 들였다간, 이 어두운 창고에서 죽어 버리겠어.'

그러니 '다른 방법은 없는 거냐!' 하고 소리 내어 할 수 없는 말을 마음속으로 외쳤다.

"저희가 좀 봐도 괜찮겠습니까?"

류지가 태연자약하게 말했다.

"그러세요, 그러세요. 편하게 보세요."

데쓰아키는 반쯤 질린 표정으로 대답했다. 이들이 대체 뭘 찾아내려는지 궁금하기도 해서 잠시 두 사람이 하는 모습을 관찰했지만, 역시나 지긋지긋했는지 "저는 일이 있어서."라는 말을 남기고 그 자리를 떠났다.

두 사람만 남게 되자 아사카와가 류지에게 물었다.

"어이, 어찌된 일인지 설명해."

파일이 들어찬 책장을 올려다보고 있었기 때문에 아사카와 목소리는 다소 굵었다. 기념관에 들어온 이래 그가 입을 연 것은 이때가 처음이었다. 파일은 연대별로 정리되어 파일 옆 표지에서 연

월일이 1956년부터 시작해서 1988년에 끝났다. 1988년…… 미우라 박사가 사망한 해였다. 죽음으로 인해 32년에 걸친 컬렉션이 막을 내렸다.

"시간이 없어, 찾으면서 얘기하자. 나는 1956년부터 찾을 테니까 너는 1960년부터 시작해."

아사카와는 시험 삼아 한 권을 뽑아서 페이지를 넘겼다. 어느 페이지나 최소한 한 장의 사진과 간단한 설명, 그리고 주소, 이름이 쓰인 종이가 붙어 있었다.

"조사하라니, 뭘 조사하면 되는데?"

"주소랑 이름에 특별히 신경 써. 그중에서 이즈 오시마에 사는 여자를 골라내는 거야."

"여자?"

아사카와는 의아하다는 듯이 고개를 갸웃했다.

"할머니가 누구한테 '내년이믄 새끼를 낳을 텐디.' 하고 말했겠냐?"

확실히 남자가 아이를 낳을 일은 없다.

어쨌거나 조사가 시작되었다. 단순한 작업을 반복하면서 류지가 아사카와에게 질문을 들었던 대로 이런 파일이 왜 존재하는지, 그 이유를 설명했다.

초자연 현상에 흥미를 가진 미우라 박사는 1950년대로 접어들어 초능력을 사용한 실험을 시도했는데, 좀처럼 안정적인 결과를 얻을 수 없어서 과학적인 이론에는 미치지 못했다. 투시 능력만 해도, 바로 조금 전에는 가능했던 일이 공공장소에서 사람들 면전에서는 불가능하기도 해서 고르지가 못했다. 이러한 능력을 발휘하려면 상당한 집중력이 필요하다는 것은 알고 있었다. 하지만 미우라 박사가 추구하고 있던 것은 언제 어떤 경우에서라도 능력을 발휘할 수 있는 인물이었다. 제대로 된 입회인 앞에서 실패 따위를 했다간 미우라 자신이 사기꾼이라고 불리게 되는 것은 안 봐도 뻔했다. 거기서 미우라 박사는 아직 초야에 묻혀 있는 초능력자가 틀림없이 있으리라 확신하고서, 초능력자 발견에 온 힘을 쏟았다. 하지만 대체 무슨 방법으로 찾아야 할까. 일일이 만나 가면서 투시 능력, 예지 능력, 염동 능력 등을 조사할 수야 없지 않겠는가. 거기서 그가 고안한 방법은, 가능성이 있다고 생각되는 사람 앞으로 엄중하게 봉인된 파일을 우편으로 보낸 후 그 안에 들어 있는 내용을 염사하게 해서 밀봉된 상태 그대로 다시 보내도록 하는 방법이었다.

이거라면 상대가 먼 곳에 있더라도 능력을 시험해 볼 수 있다. 게다가 염사 능력이라는 것은 상당히 기본적인 능력이라 이 능력을 가진 사람은 동시에 예지 혹은 투시 능력을 지닌 경우가 많았다. 1956년, 미우라 박사는 출판사나 신문사에 있는 제자들의 힘을 빌려 전국적으로 능력자들을 모집하기 시작했다. 제자들은 네트워크를 형성해서 능력이 있는 것 같은 사람에 대한 소문을 모아 미우라 박사에게 보고했다. 하지만 되돌아오는 봉투를 조사해 보니 분명 능력이 있다고 생각되는 사람은 전체의 약 10퍼센트에 지나지 않았고, 진짜 파일은 봉투를 잘 잘라 바꿔친 것이었다. 명백하게 속임수라고 보이는 것은 그 자리에서 찢어 버리고, 어딘가 의심스러운 것은 되도록 보관하게 했는데, 그 결과 지금 보는 대로 수습이 불가능할 정도로 엄청난 컬렉션이 생겨나 버렸다. 그 뒤 매스미디어의 발달과 제자들의 수가 늘어남에 따라 이 네트워크가 전보다 잘 정비되어, 자료 수는 해를 거듭할수록 늘어나다가 박사가 사망하던 당시까지 계속되었던 것이다.

"과연……."

아사카와가 중얼거렸다.

"이 컬렉션의 의미는 알겠어. 근데, 이 중에 우리가 찾는 사람 이름이 있다는 건 어떻게 알아?"

"확실하게 이 중에 있다고는 말 안 했어. 그냥 가능성이 엄청나게 높은 것뿐이야. 들어 봐, 그 정도의 일을 한 놈이야. 너도 알겠지만, 염사가 가능한 놈은 실제로도 몇 명 정도 있을 거야. 하지만 봐, 어떤 장치도 쓰지 않고 브라운관에 영상을 보내 넣을 초능력자는 그렇게 흔하지 않아. 초특급 힘이야. 그런 능력자라면 평범하게 살고 있더라도 눈에 띄겠지. 그것을 미우라 씨의 네트워크가 뻔히 그냥 놓칠 거 같지는 않군."

가능한 얘기였다. 분명 아사카와도 인정할 수밖에 없었다. 파일을 뒤지는 손에 힘이 들어갔다.

"그런데, 나는 왜 1960년 파일부터 찾는데?"

아사카와는 문득 생각이 나서 고개를 들었다.

"비디오테이프 속에 TV가 한 대 나오지? 그것 꽤나 구형이야. 50년대부터 60년대 초, TV 초창기 때쯤 것이야."

"그렇다 해도, 아무것도……."

"시끄럽다, 가능성 문제라고 말했잖아."

'아까부터 왜 이렇게 짜증이 나지?'

아사카와는 스스로를 책망했다. 하지만 무리도 아니었다. 시간이 제한되어 있는 데다가, 이 방대한 파일. 침착한 게 오히려 부자연스러운 일이다.

그때, 아사카와는 파일 속에 이즈 오시마라는 글자를 봤다.

"어이! 있다!"

귀신의 목이라도 벤 것처럼 아사카와가 의기양양하게 외쳤다. 류지가 깜짝 놀라 뒤돌아서 들여다보았다.

이즈 오시마, 모토마치. 쓰치다 아키코. 37세. 1960년 2월 14일자 소인. 검은 바탕에 흰 번개 같은 것이 휘갈겨진 흑백 사진이 한 장. 해설 부분에는 "十이라는 글자를 염사하는 지령서를 보냈는데, 이 염사를 보냈다. 바뀌친 흔적 없음."이라고 적혀 있었다.

"어때!"

아사카와는 흥분으로 몸을 떨며 류지의 반응을 기다렸다.

"……가능성이 없지는 않아. 일단 주소와 이름을 적어 둬."

그것만 말하고, 류지는 자기가 맡은 파일로 돌아갔다. 아사카와는 이렇게나 빨리 '그럴싸한 것'을 발견할 수 있어서 기분이 좋아졌지만 류지의 냉담한 반응은 불만이었다.

두 시간이 지났다. 그 이후, 이즈 오시마 출신 여성은 한 명도 찾을 수 없었다. 찾아낸 사람 주소는 도쿄, 아니면 관서 근처가 많았다. 데쓰아키가 차를 가지고 나타나서 빈정거리는 것처럼 들리는 말을 두세 마디 남기고 떠났다. 파일을 뒤적이는 손의 속도가 둘 다 서서히 느려지고 있다. 두 시간 걸려도 1년 치 자료를 다 확인하지 못했다.

아사카와는 겨우 1960년을 다 조사하고 1961년으로 옮기려고 하며 흘끔 류지를 보았다. 류지는 책상다리를 하고 앉아 넓게 편

파일에 얼굴을 파묻고 움직이지 않았다. '잠들었나, 이 자식……?' 하고 손을 뻗으려던 순간, 류지가 억눌린 신음 소리를 냈다.

"배고파 죽겠다. 너, 도시락하고 우롱차 좀 사 와라. 그리고 '프티 펜션 소레이유'에 오늘 밤 예약도 부탁해."

"뭐, 뭔데, 그건."

"아까 그 아저씨가 경영하고 있다는 펜션이야."

"그거야 아는데, 그런 데에 왜 너랑……."

"싫어?"

"일단, 한가하게 펜션이나 놀러 갈 여유가 없잖아."

"만약 여자를 발견했다손 치더라도, 지금부터는 오시마에 갈 수단이 없어. 오늘은 이제 움직이지 말자. 푹 자고, 체력 보존을 하는 게 낫지 않냐?"

류지와 펜션에서 묵는다니 혐오감이 들었지만 별수 없으니 포기하고, 아사카와는 도시락을 사러 뛰어가서 미우라 데쓰아키에게 오늘 밤 묵고 갈 거라는 말을 전하고 돌아와 류지와 둘이 우롱차를 마셔 가며 도시락을 먹었다. 오후 7시……. 아주 잠깐의 휴식이었다.

팔이 나른하고, 어깨까지 결렸다. 눈이 뻐근해서 아사카와는 안경을 벗었다. 그 대신, 파일을 얼굴 바로 앞까지 바싹 갖다대고 샅샅이 조사했다. 신경을 집중시키지 않으면 깜빡 놓쳐 버릴 것 같아 의식적으로 노력하다 보니 더욱 피로가 쌓였다.

오전 9시……. 쥐 죽은 듯 조용한 가마쿠라에서 류지가 느닷없이 괴상한 소리를 질렀다.

"드디어 찾았다. 이런 데에 처박혀 있었다니."

아사카와는 그 파일에 마음이 끌려 류지 옆에 쪼그려 앉아 안경을 고쳐 썼다. 거기에는 이렇게 쓰여 있었다.

이즈 오시마 사시키지. 야마무라 사다코(山村貞子). 10세. 봉서의 소인은, 1958년 8월 29일. '자기 이름을 염사하라는 지령이 적힌 봉서를 보냈는데, 이것을 보냈다. 틀림없이 진짜로 보임.' 그리고 검은 종이에 흰색으로 '山'이라는 글자가 떠 있는 사진이 한 장. 그 '山'이라는 글자를 아사카와는 본 적이 있었다.

"어, 이봐, 이거다."

목소리가 떨리고 있었다. 비디오 속에 미하라 산 분화 바로 뒤에 나오는 게 바로 이것과 똑같은 '山'이라는 글자가 나오는 장면이었다. 게다가 열 번째 장면에 찍힌 오래된 TV에는 '貞'이라는 글자가 떠 있던 것이다. 그리고 이 여자의 이름은 야마무라 사다코.

"어떻게 생각해?"

류지가 물었다.

"틀림없어. 이놈이다."

겨우 아사카와의 마음에 희망이 솟았다. 어쩌면 데드라인 전에 맞출 수 있을지도 모른다. 그런 느낌이 문득 가슴을 스쳤다.

6

10월 16일 화요일

오전 10시 15분, 아사카와와 류지는 아타미 항을 막 출항하는 쾌속정에 타고 있었다. 오시마와 본토를 연결하는 페리가 없으니 차는 아타미 고라쿠엔 옆 주차장에 세워 둘 수밖에 없었다. 아사카와는 차 키를 아직 왼손에 그대로 쥐고 있었다.

오시마에는 한 시간 뒤 도착 예정이었다. 하늘은 비가 내릴 것 같고 바람도 꽤 셌다. 대부분의 승객은 갑판에는 나오지 않고 지정석에 앉아 있었다. 서둘러 표를 샀기 때문에 충분히 확인할 시간이 없었지만 아무래도 태풍이 가까운 것 같다. 파도가 거칠고 배도 심하게 요동쳤다.

아사카와는 뜨거운 캔 커피를 마시면서 경과를 다시 한 번 머릿속에서 반복해 봤다. 잘도 여기까지 왔다고 스스로를 칭찬할 법도 했지만, 똑같이 좀 더 빨리 '야마무라 사다코'의 이름을 알자마자 오시마로 출발해야 했었다며 게으름을 꾸짖고 싶기도 해서 어떤 기분이라고 하기 어려웠다. 열쇠는 애초부터, 일순 비디오 화면을 뒤덮은 검은 막이 '눈꺼풀'이었다는 것을 알아차리는 것이 관건이었다. 영상을 기록한 것이 비디오카메라가 아니라 인간의 감각기관이며, 게다가 그 사람이 빌라 로그캐빈 B-4호에서 녹화 상태로 방치한 비디오 플레이어로 강한 '염사'를 했다고 하면 분명 그 인물이 가진 초능력은 헤아릴 수 없을 것이다. 류지는 그렇게 일반인과 다른 '눈에 띄는' 특징에 주목해서 드디어 이름을 찾아내는 데 성공했다. 아니, 아직 확실하게 '야마무라 사다코'가 범인이라고 딱 잘라 말할 수는 없었다. 단순히 용의자에 지나지 않았다. 그 점을 확실하게 하기 위해 지금 두 사람이 오시마로 가고 있는 것이다.

파도가 거칠어서 배가 크게 흔들렸다. 아사카와는 기분 나쁜 예감에 휩싸였다. 역시 두 사람이 나란히 오시마에 와 버린 것이 잘한 일일까. 태풍 때문에 둘 다 오시마에 갇혀서 나오지 못하게 된다면, 아내와 딸은 누가 구하지? 마감 시각이 이제 임박했다. 모레 오후 10시 4분.

캔 커피로 두 손을 덥히면서 아사카와가 점점 몸을 작게 웅크렸다.

"믿을 수 없어, 나는 아직. 대체 인간이 그런 일을 할 수 있다니."

"믿고 안 믿고의 문제가 아니겠지."

오시마 지도를 보면서 류지가 대답했다.

"어떻게 생각하던, 너는 이 현실을 직시해야 해. 잘 봐, 우리들이 보는 것은 계속해서 변화하는 현상의 일부일 뿐이야."

류지는 지도를 무릎 위에 올려 두었다.

"빅뱅이 뭔지 알지? 우주는 200억 년 전에 전무후무한 폭발을 일으켜 탄생했다고 믿고들 있지. 탄생한 이후로 현재까지 우주의 모습을, 나는 수식(數式)으로 나타낼 수도 있어. 미분 방정식으로……. 그거 알아? 이 우주에서 일어나는 대부분의 현상을 미분 방정식으로 표현하는 것도 가능해. 그걸 써서 1억 년 전, 100억 년 전, 혹은 폭발 후 1초, 0.1초의 우주의 모습도 밝힐 수 있어. 하지만, 그래. 점점 시간을 거슬러 올라가서 제로의 순간, 요컨대 폭발을 하는 바로 그 순간의 일을 표현하려는 것은, 그것만은 도저히 알 수가 없어. 그것과 또 한 가지, 우리 우주가 마지막에 어떻게 될지……. 우주는 열려 있는지, 아니면 닫혀 있는지. 봐, 시작과 끝이 모르는 채로 우리들은 그냥 도중에 경과되는 것만 알 수 있어. 이게 말이야, 인간 인생이랑 비슷하지 않냐."

류지는 그렇게 말하고 아사카와의 팔을 쿡 찔렀다.

"그렇군. 앨범을 보면 내가 세 살 때, 갓 태어난 아기였던 때 모습만 조금 아는 정도지."

"그렇지? 태어나기 전에 일, 그리고 죽은 후의 일, 그것만은 인간이 알 수 없는 거야."

"죽은 후라니……. 죽으면 그걸로 끝, 아무것도 없게 되는, 그걸로 끝이 아닐까?"

"너, 죽어 본 적 있냐?"

"아니."

아사카와는 묘하게 진지하게 고개를 옆으로 저었다.

"그럼, 모르잖아. 사후 세계가 어떻게 되어 있는지."

"혼이 존재한다는 말이야?"

"그러니까, 우리는 모른다고 말하는 것 아니냐. 그래도 생명의 탄생을 생각해 보면, 혼이라는 존재를 가정하는 편이 훨씬 수월하게 넘어갈 것 같기도 해. 현대의 분자생물학자들이 웃기는 소릴 하나 했는데, 아무리 생각해도 현실이라는 맛이 안 나. 들어 봐, 뭐라고 하는지. 공 안에 스물 몇 종류 되는 아미노산을 수백 개 넣어서 전기 에너지를 쏘이면서 흔들흔들 섞어 놓고 '보세요, 이렇게 생명의 원천인 단백질이 생성되었습니다.' 그렇게 말하더라. 바보 같아서, 믿겠냐? 그런 걸. '신의 창조물입니다.'라고 하는 편이 아직 확 와 닿지. 그치? 나는 탄생의 순간에는 기원이 전혀 다른 종류의 에너지……라기보다는 어떤 종류의 의지가 작용하고 있다고 생각해."

류지는 아사카와에게 아주 살짝 얼굴을 가까이 하더니 금방 화제를 전환했다.

"아, 너 아까 미우라 기념관에서 열심히 그 선생 저서를 훑어보던데. 뭔가 재미있는 거라도 발견했냐?"

그러고 보니 읽었던 내용이 생각났다. ……박사의 이론. ……염(念)은 에너지를 가졌고, 그 에너지는…….

"염이 에너지라던가, 그렇게 씌어 있었던 것 같은데……."

"그 뒤에는?"

"아니, 읽을 틈이 없어서."

"헤헤, 아쉽군. 거기부터가 재미난데. 그 선생, 보통 사람이 들으면 깜짝 놀랄 만한 일을 태연하고 점잖게 열거해 놨으니 웃기지. 요컨대 그 아저씨가 말하려는 것은, 관념(觀念)은 에너지를 가진 생명체라는 말이야."

"뭐? 그럼 머릿속에 품고 있는 생각이 생명체로 변화한다는 말이야?"

"그렇게 되겠지."

"그런 극단적인 말이 어디 있어."

"극단적이라는 건 맞지만, 비슷한 생각 방식이 기원전부터 내려오고 있지. 생기론의 변형이라고 하면 받아들이지 못할 것도 없지."

류지는 거기까지 말하곤, 갑자기 대화에 흥미를 잃고 오시마 지도에 다시 눈을 돌렸다.

류지가 무슨 말을 하려 하는지 모르는 바는 아니다. 하지만 아사카와는 아무래도 석연치가 않았다. 지금 우리가 직면하고 있는 사실을 과학적으로 설명할 수는 없었다. 하지만 이것이 현실인 이상, 원인과 결과를 몰라도 그냥 현상만 가지고서 대처해 갈 수밖에 없으리라.

자신들이 우선 할 일은 주문의 수수께끼를 풀고 생명의 위기를 벗어나는 것이지, 초능력의 수수께끼를 해명하는 것은 아니었다. 듣고 보면 확실히 그렇다. 하지만 아사카와가 류지에게 기대한 것은 보다 명쾌한 대답이었다.

앞바다로 나오니 배는 더 심하게 흔들려서, 아사카와는 뱃멀미를 걱정하기 시작했다. 의식할수록 가슴 언저리가 스멀거리는 느낌이 들었다. 꾸벅꾸벅 졸던 류지가 확 고개를 들어 바깥을 보았다. 바다는 짙은 회색 파도가 넘실거리고 전방은 희뿌옇게 섬 그림자만 둥둥 떠 있었다.

"어이, 아사카와, 약간 신경 쓰이는 게 있는데."

"뭔데?"

"로그캐빈에 머물렀던 애들 넷이, 왜 주문을 실행하지 않았을까."

'뭐야, 그런 거냐.'

"당연하잖아. 비디오 내용을 안 믿어서 그렇지."

"당연히 나도 그렇게 생각했지. 그래서 주문을 지우는 따위의 장난도 했다고. 그런데 갑자기 생각났는데, 고등학교 때 육상부가 합숙하는 데 한밤에 사이토가 방으로 뛰어들어 온 적이 있어. 기억하지? 사이토…… 그 멍청한 놈. 부원이 전부 열두 명, 다들 같은 방에서 자고 있었지. 그 자식, 방으로 뛰어 들더니 턱을 덜덜 떨면서 '유령을 봤다!' 하고 큰 소리로 법석을 떨더라. 화장실 문을 열라는데 세면대 옆 쓰레기통 그림자에 작은 여자애가 우는 얼굴을 봤다는 거야. 그곳에 있던 우리 말고 열 명은 어떤 반응을 했을 것 같아?"

"반은 믿고 반은 웃고. 그렇지 않나?"

류지가 고개를 저었다.

"괴기영화라던가 TV 속에서는 그렇게 되잖아? 맨 처음엔 다들 안 믿더니, 괴물이 그중에 한 명씩 덮치는…… 그런 패턴이잖아. 그런데 현실은 달라. 누구 하나 예외 없이 그 자식이 하는 말을 믿었어. 열 명 다. 열 명이 특별히 겁이 많은 것도 아닌데. 어떤 집단으로 실험을 해 봐도, 꼭 같은 결과가 나와. 근원적인 공포심. 그건 인간 본능에 있는 거야."

"그 네 사람이 비디오를 믿지 않았다는 사실이 수상하다, 그런 뜻이야?"

류지의 이야기를 듣는 동안, 아사카와는 문득 귀신의 얼굴을 보고 울기 시작한 딸애가 생각났다. 그리고 그때의 당혹스러움. 어떻게 귀신 가면이 무섭다는 것을 이 애가 '알고' 있는 걸까?

"흐으으음, 아니, 그 영상은 스토리도 없고, 보는 것만은 그 정도로 무서운 내용은 아니지. 그래서 믿지 않을 수도 있어. 그런데 그 네 사람은 마음에 걸리는 게 전혀 없었을까? 어때, 너라면. 주문을 실행하면 죽을 운명에서 벗어날 수 있다, 그러면 설령 믿지 않아도 실행해 봐야겠다는 마음이 들지 않아? 우선 한 사람 정도는 벗어나게 된 사람이 있어도 이상하진 않잖아. 그 자리에서는 다른 세 사람 앞이라 강한 척하다가도, 도쿄로 돌아와서 슬쩍 실행해 볼 수도 있고."

기분 나쁜 예감이 강해졌다. 사실 아사카와 자신도 이에 대해 생각해 본 적이 있었다. '혹시 그 주문이 실현 불가능한 일이라면

어떡하지.'

"실현 불가능하니까, 믿지 않는다고 스스로를 납득시켜 버렸다는 말인가……."

아사카와가 그때 이런 경우가 있을지 모른다고 생각했었다. 누군가에게 살해당한 여자가 현세에 메시지를 남기고, 남의 손을 빌려 자기 원한을 풀려고 한다…….

"네가 뭘 생각하는지 알아, 나는. 어떡할래? 혹시 그렇다면."

혹시 누군가를 죽이라는 명령이 들어 있기라도 하면, 자기 목숨을 구하기 위해 알든 모르든 어떤 사람을 죽일 수가 있을까……? 스스로에게 물어봤다. 그보다도 문제인 것은 만약 그렇게 될 경우, 주문을 실행하는 것이 누구냐는 부분. 아사카와는 머리를 격하게 내저었다. 이런 바보 같은 생각은 그만두자. 지금은 그냥 '야마무라 사다코'라는 사람의 소망이, 누구에게나 실현 가능한 일이길 바라는 수밖에.

섬의 윤곽이 뚜렷해지고, 모토마치 항의 부두에 있는 판자가 서서히 올라가고 있었다.

"어이, 류지. 부탁이 있다."

아사카와가 힘주어 말했다.

"뭔데?"

"만약 내가 시간을 못 맞춰서, 그러니까……."

아사카와는 죽는다는 말을 차마 입에 담을 수 없었다.

"내일 네가 주문의 정체를 풀게 될 경우에, 내 아내와 딸에게도……."

류지는 그다음 나올 말을 막았다.

"당연하지. 맡겨 둬. 내가 책임지고, 네 마누라랑 아기를 구해 줄게."

아사카와는 명함을 한 장 꺼내서 그 뒤에 전화번호를 적었다.

"이 사건이 해결될 때까지 아내와 아이를 아시카가에 있는 고향에 있게 할 생각이야. 봐, 이게 고향집 전화번호. 까먹기 전에 전해 두려고."

류지는 명함을 보지도 않고 주머니에 집어넣었다.

선내 방송에서 배가 지금 오시마 모토마치 항에 도착했다고 했다. 아사카와는 부두 근처에서 집에 전화를 걸어 잠시 시골에 있으라고 아내를 설득할 생각이었다. 언제 자신이 도쿄로 돌아갈 수 있을지 모른다. 만에 하나, 이대로 오시마에서 마지막을 맞이할지도 모른다. 좁은 아파트 안에서 공포에 질려 있을 아내와 아이의 모습을 상상하자니 견딜 수가 없었다.

승강용 사다리를 내려가면서 류지가 물었다.

"야, 아사카와. 처자식이 그렇게 좋으냐?"

너무나 류지답지 않는 질문이어서 아사카와는 웃으며 대답했다.

"나중에 가져 보면 알아. 너라도 말이야."

하지만 아사카와는 류지가 제대로 된 가정을 꾸릴 거라고는 상상도 되지 않았다.

7

아타미에 있는 부두보다 여기 오시마의 부두가 더 바람이 거셌다. 하늘을 올려다보니 서쪽에서 동쪽으로 구름이 빠르게 이동하고 있었고, 부두 콘크리트에 부딪히는 파도가 발밑을 흔들고 있었다. 폭우는 아니었지만 바람에 흩날리는 빗방울이 정면에서 아사카와의 얼굴을 때리고 있었다. 두 사람은 우산도 없이 두 손을 주머니에 쑤셔 넣은 채 고양이처럼 등을 굽히고 바다 위로 난 다리 위를 빠르게 걸어 지나갔다.

렌터카라고 쓰인 현수막이나, 민박, 여관 깃발 같은 것을 들고 있는 섬사람들이 관광객을 맞이하고 있었다. 아사카와는 고개를 들어 마중 나온 사람을 찾았다. 아타미 항에서 고속정을 타기 전에 본사에 문의해서 오시마 통신부의 전화번호를 알아내 하야쓰라는 통신부원에게 조사 협력을 부탁했던 것이다. 어느 신문사나 오시마에 지국을 설치하지는 않았지만, 그 대신 그 지방 사람을 통신원으로 고용했다. 통신원은 섬에서 일어나는 일에 항상 눈을 빛내며 무언가 이상한 사건이나 에피소드를 발견했을 때 본사에 연락할 의무가 있으며, 회사 사람이 섬에서 취재하러 오면 당연히 협력도 해야 한다. M신문사를 퇴직하고 오시마에 정착한 하야쓰의 경우, 오시마 이남 이즈 시치시마 전체가 정보 수집 영역이라, 사건이 일어나면 본사 기자를 데려갈 것도 없이 스스로 기사를 써서 보낼 수도 있었다. 하야쓰 자신도 섬에 독자적인 네트워크를 구축했을 테니 그의 협력을 얻을 수 있다면 조사도 빠르게 진행될 것이다.

하야쓰는 아사카와의 요청에 흔쾌히 대답하여 부두로 마중하러 나오겠다고 전화로 약속해 주었다. 일면식도 없는지라 아사카와는 방문자가 두 사람이라는 사실과 자신의 신체적 특징 등을 간단하게 일러 주었다.

"실례합니다. 혹시 아사카와 씨……."

뒤에서 누가 말을 걸었다.

"네, 그렇습니다……."

"오시마 통신부 하야쓰입니다."

하야쓰는 우산을 들고 사람 좋은 웃음으로 둘을 맞이했다.

"갑작스레 죄송합니다. 잘 부탁드립니다."

아사카와는 걸어가면서 류지를 소개하고 서둘러 하야쓰의 차에 탔다. 바람 소리가 요란해서, 차 안에 들어오지 않으면 대화도 나누기 어려웠다. 경차였지만 내부가 넓었다. 아사카와가 조수석, 류지가 뒷자리에 앉았다.

"곧바로 야마무라 다카시 댁으로 갈까요?"

하야쓰가 두 손을 핸들에 얹고 물었다. 예순을 넘은 나이지만 머리숱이 풍성했고 그만큼 흰머리도 많았다.

"야마무라 사다코의 집을 벌써 알아내셨습니까?"

전화로 야마무라 사다코라는 인물에 대해 조사하고 싶다고 먼저 이야기해 두었다.

"손바닥만 한 마을인데, 사시키지에서 야마무라라고 하면 한 집밖에 없으니까, 바로 알죠. 야마무라 씨 댁이 평소에는 어업 일을 하고 사시지만 여름 동안은 민박도 하고 계신데, 어떠세요? 괜찮으시면 오늘 밤 거기서 머무르시는 게 어떤지……. 저희 집도 괜찮은데 너무 좁고 지저분해서요……. 오히려 제가 죄송해서……."

하야쓰는 그렇게 말하며 웃었다. 그는 아내와 둘이 살고 있는

데, 그 말이 거짓이 아닌 것이, 실제로 그 집에는 손님 둘이 머무를 공간이 없었다. 아사카와는 류지를 돌아보았다.

"나는 그래도 괜찮아."

하야쓰는 섬 남단, 사시키지를 향해 빠르게 경차를 몰았다. 빠르게 몬다 해도 섬을 일주하는 오시마 순환도로는 도로 폭도 좁고 커브도 많아서 별로 속도가 나지 않았다. 스쳐 지나가는 차를 보니 압도적으로 경차가 많았다. 오른쪽으로 탁 트인 바다가 시야에 들어오더니 바람 소리가 변했다. 바다는 하늘색을 비추어 검게 가라앉았고 크게 요동치며 파도 끝을 희게 번득이고 있었다. 그것이 없었다면 하늘과 바다를 구분하는 선, 그리고 바다와 육지를 나누는 선까지도 불명확했을 것이다. 물끄러미 보고 있자니 기분이 우울해질 것 같았다. 라디오에서는 태풍 상륙에 관한 정보가 흘러나왔다. 주변도 금세 어두워졌다. Y자 도로에서 오른쪽으로 들어갔더니 바로 동백나무가 터널처럼 우거져 있는데 차가 그 안으로 비집고 들어갔다. 오랜 시간 비바람에 깎여 나가며 흙을 빼앗겨서 그런지, 동백나무 가지 아래는 굽이치며 뻗은 맨 뿌리가 모습을 드러내며 서로 얽혀 있었다. 그리고 그 표면은 비에 젖어 꿈틀거리는 것 같아서 문득 거대한 괴물의 내장 속을 빠져나가는 것 같은 감각에 휩싸였다.

"바로 앞이 사시키지입니다."

하야쓰가 말했다.

"그런데, 야마무라 사다코라는 여성은 지금은 살고 있지 않던 것 같던데요. 뭐, 자세한 이야기는 야마무라 다카시 씨에게 들어보세요. 야마무라 씨는 확실히, 야마무라 사다코의 생모와 사촌

지간이라고 들었습니다."

"야마무라 사다코라는 여성은 지금 몇 살인가요?"

아사카와가 물었다. 류지는 아까부터 뒷자리에 그냥 웅크리고 앉아서 아무 말도 하려 하지 않았다.

"글쎄요, 저는 직접 본 적이 없는데…… 혹시 살아 있다면 지금쯤 마흔두세 살쯤 되지 않았을까 싶네요."

'혹시 살아 있다면.' 왜 이런 표현을 쓰는 걸까 하고 아사카와는 미심쩍었다. 혹시라도 현재 소식 불명이기라도 한 거 아닌가? 겨우 오시마까지 왔는데 소식조차 찾지 못하고 죽음으로 끝맺는 게 아닐까? 그런 기구한 일이 퍼뜩 머릿속을 스쳤다.

이러쿵저러쿵 떠드는 동안 차는 '야마무라 장'이라는 간판이 있는 2층집 앞에서 멈추었다. 바다가 보이는 완만한 경사면에 있으니 맑았다면 멋진 풍경을 즐겼을 것임에 틀림없다. 앞바다에는 삼각형으로 된 섬 그림자가 흐릿하게 떠올라 있었다. 도시마 섬이었다.

"날씨가 좋았으면요, 저 건너에 니지마 섬, 시키네지마 섬, 그리고 고즈지마 섬까지 다 보여요."

하야쓰는 먼 남쪽 앞바다를 가리키며 자랑스럽게 이야기했다.

8

"조사를 하라니, 대체 그 여자의 무엇을 조사해야 되는데?"

'1965년에 입단? 장난하나, 25년이나 지난 옛날이야기잖아.'

요시노는 마음속으로 독설을 퍼부었다.

'1년 전 범인의 발자취를 쫓는 것조차 될까 말까 한 판국에, 25년 전이라니.'

"아무거나 좋아요, 알려진 것 전부. 우리는 그 여자가 어떤 인생을 보냈고 지금 현재, 무엇을 하고 무엇을 바라는지 그런 것을 알고 싶습니다."

요시노는 한숨을 푹 내쉴 수밖에 없었다. 수화기를 귀와 어깨로 누르면서 책상 끝에 있는 메모지를 끌어왔다.

"……그래서 그 여자 당시 나이가 몇 살이었는데?"

"18세, 오시마에서 고등학교를 졸업하고 동시에 상경해서 그대로 히쇼 극단에 입단했습니다."

"오시마?"

요시노는 펜을 휘갈기던 것을 멈추고 표정을 찌푸렸다.

"너 지금, 어디서 전화 거는 거냐?"

"이즈 오시마, 사시키지입니다."

"……언제 돌아올 예정인데?"

"가능한 한 빨리요."

"알고 있는 거냐? 태풍이 접근한다던데……."

물론 현지에 있으니 모를 리가 없겠지만, 요시노에게는 이 절박한 상황이 거짓말 같아서 우습기까지 했다. '데드라인'은 모레 밤, 하지만 본인은 오시마에 갇혀서 그대로 나오지 못하게 될 수도 있었다.

"배편과 비행기, 어떤 상황입니까?"

아사카와는 아직 자세히 몰랐다.

"글쎄, 확실하다고 말하진 않았지만, 이대로라면 우선 틀림없이……."

"결항……."

"……이 아닐까."

야마무라 사다코의 조사 때문에 서두르느라 아사카와는 아직 태풍에 관한 정확한 정보를 듣지 못했었다. 오시마 부두에 도착하고 나서 어떤 기분 나쁜 예감이야 있었지만, '결항'이라는 말을 입에 담고 나니 위기감이 바싹 가깝게 닥쳐왔다. 아사카와는 수화기를 손에 든 그대로 입을 다물어 버렸다.

"어이어이, 걱정하지 마. 아직 확실하게 정해진 것도 아니니까."

요시노는 되도록 밝게 말하고 화제를 옮겼다.

"그럼, 그 여자의…… 야마무라 사다코의 18세까지의 약력은, 이미 네 쪽에서 조사가 끝났군."

"대략적인 부분은……."

그렇게 대답하면서 아사카와는 공중전화박스 안에서 바람과 파도 소리에 귀를 기울였다.

"그런데, 다른 단서는 없나? 설마 히쇼 극단이 끝인 건 아니겠지?"

"그게, 그렇습니다. 야마무라 사다코는 1947년에 이즈 오시마의 사시키지에서 태어나, 어머니인 시즈코…… 아, 이 이름도 메모해 주세요. 야마무라 시즈코, 47년 당시 22세. 시즈코는 갓 태어난 사다코를 할머니에게 맡기고 도쿄로 가출을……."

"왜 아기를 섬에 남겨 뒀지?"

"남자 때문에요. 이 이름도 메모해 주십시오. 이구마 헤이하치로, 당시 T대학 정신과 부교수, 야마무라 시즈코의 애인……."

"그렇다면 야마무라 사다코는 시즈코와 이구마 헤이하치로 사이에 태어난 아이인가?"

"확증은 없지만, 일단 그렇게 봐도 틀림은 없을 겁니다."

"두 사람은 결혼 안 했고?"

"네, 이구마 헤이하치로는 처자식이 있었으니까요."

'과연, 불륜이었군…….'

요시노는 연필 끝을 혀로 핥았다.

"알았어. 계속해."

"1950년이 되자마자 시즈코는 3년 만에 고향을 찾아와서 딸인 사다코를 만나 잠시 여기서 살았습니다. 그런데 그해가 끝날 무렵에 또다시 가출, 그때는 사다코도 함께였습니다. 그 5년 동안만 시즈코와 사다코 모녀가 어디서 무엇을 했는지 불명입니다. 그런데 50년대 중반에 이 섬에 사는 야마무라 시즈코의 사촌이, 시즈코가 유명해져서 활약하고 있다는 소문을 들었습니다."

"사건이라도 일어났나 보지?"

"잘 모르겠어요. 그냥 그 사촌이 풍문으로 시즈코 소문을 들었다는 것뿐이고……. 그런데 제가 신문사 명함을 내밀었더니 당신들이 더 잘 알지 않느냐고, 그렇게 말하더군요. 말투로는 시즈코와 사다코 모녀가 1950년부터 1955년까지 5년간 매스컴을 떠들썩하게 한 어떤 일을 하고 있었나 봅니다. 그런데 여기가 섬이라서 본사 정보는 들어오지도 않고……."

"그게, 뭔지 나한테 조사해 달라는 거구먼."

"눈치가 빠르시네요."

"멍청아, 그 정도는 누구라도 알겠다."

"더 있습니다. 1956년에 시즈코가 사다코를 데리고 고향으로 돌아왔는데, 마치 다른 사람처럼 변해서 사촌이 뭘 물어도 대답도 하지 않고, 우울해하면서 의미 불명의 말들을 중얼중얼 읊다가 결국 미하라 산 화구에 몸을 던져서 자살했다고 합니다. 31세였습니다."

"시즈코가 왜 자살했는지 그것도 나더러 알아보라고?"

"부탁합니다."

아사카와는 수화기를 들고 고개를 숙였다. 혹시 이대로 섬에 갇혀 버리기라도 한다면 의지할 사람은 요시노밖에 없었다. 이런 곳까지 둘이 태평하게 오는 게 아니었다고, 아사카와는 후회했다. 사시키지같이 작은 마을이라면 류지 혼자서도 충분히 조사할 수 있었을 텐데. 자기는 도쿄에 남아 류지의 연락을 기다리며 요시노와 둘이 취재를 다니는 편이 훨씬 효율적이었을 것이다.

"하는 데까지 해 볼게. 근데, 손이 좀 부족하진 않냐?"

"오구리 편집장에게 전화해서 몇 명 이쪽으로 돌려 달라고 부탁해 보겠습니다."

"아, 그렇게 해 줘."

말로는 뭘 못 하나. 아사카와는 자신이 없었다. 항상 편집부 인원이 부족하다고 투덜대는 편집장이 이런 일에 귀중한 일손을 차출해 줄 것 같지는 않았다.

"근데, 모친이 자살하고 사다코는 그대로 사시키지에 남아서 엄마의 사촌 집에 얹혀살게 됐습니다. 그 사촌 집이 현재 민박집을 하고 있고……."

아사카와는 류지와 함께 이제 그 민박에 머무르게 되었다는 말을 하려다가 말았다. 쓸데없는 생각을 불러일으킬 것 같았다.

"초등학교 4학년생이었던 사다코는 이듬해에 바로 미하라 산의 분화를 예언하고 교내에서 유명인사가 되었습니다. 아시겠어요? 1957년 미하라 산은 사다코가 예언한 일시에 분화했습니다."

"그거 굉장하군. 그런 여자가 있으면 지진예지 연락회(일본에서 1969년 창설된, 지진 정보를 교환하는 연구회 — 옮긴이) 따위는 있을 필요가 없겠어."

예언이 적중했다는 소문이 섬 전체에 퍼지고, 그것이 미우라 박사의 네트워크에 걸려들었다는 이야기도, 역시 여기서는 말할 필요는 없겠다. 여기서 중요한 부분…….

"그 일이 있고 난 뒤에 사다코는 예언을 해 달라는 부탁을 섬 사람들에게 자주 듣게 됐습니다. 그래도 그녀는 결코 대응한 적은 없었습니다. 자기에게 그런 능력이 없다고만 하고……."

"겸손해서 그런가?"

"아니요, 모르겠습니다. 그리고 고등학교를 졸업하고서 사다코는 기다렸다는 듯이 상경. 신세 지던 친척집에는 엽서만 한 장 보냈습니다. 히쇼 극단 입단 시험에 합격했다는 내용만 쓰여 있었습니다. 그 이후 오늘까지 사다코에게서 일절 연락은 안 왔으며, 그녀가 어디서 무엇을 하고 사는지 아는 사람은 이 섬에 한 명도 없다고 합니다."

"요컨대, 그 후 발자취를 찾는 단서가 되는 것이 히쇼 극단 말고 아무것도 없다는 말이군."

"안타깝게도……."

"자, 다시 한 번 확인할게. 내가 이제부터 조사할 내용은 야마무라 시즈코가 매스컴을 떠들썩하게 한 이유와, 화구에 뛰어내린 이유, 그리고 딸 사다코가 18세까지 극단에 들어가서 어디서 무엇을 했는지야. 즉, 어머니에 대해서와 딸에 대해서. 그 두 가지 맞지?"

"그렇습니다."

"어디부터 먼저 할까?"

"네?"

"어머니 쪽을 먼저 할까? 딸부터? 어느 쪽을 우선으로 하면 되냐고. 너, 시간이 없잖아."

직접 문제가 되는 것은 물론 야마무라 사다코의 반생이었다.

"딸부터 부탁합니다."

"알았어. 그럼 내일 바로 히쇼 극단 사무실에라도 찾아가 봐야겠군."

아사카와는 손목시계를 봤다. 아직 오후 6시를 약간 지난 참이다. 극단 연습실이라면 충분히 열려 있을 시각일 텐데.

"요시노 씨, 내일 말고 오늘 밤 안에 부탁합니다."

요시노는 크게 한숨을 쉬고 고개를 가볍게 내저었다.

"어이, 아사카와. 생각해 봐. 나도 일이 있다고. 오늘 밤 안에 끝내야 하는 원고가 산더미만큼 있어. 사실은 내일도……."

요시노는 거기서 말을 끊었다. 이 이상 말을 하면 지나치게 생색내는 꼴이리라. 그는 항상 남자다운 자신을 연출하는 데 신경을 써 왔다.

"그렇게 좀 부탁드립니다. 괜찮으시죠? 제 데드라인 날짜는 모레까집니다."

이 업계의 생리를 알고 있는 아사카와로서는 이 이상 강하게 말할 수 없었다. 그냥 무언으로 요시노의 대답을 기다릴 수밖에.

"……그렇게 말하면 어쩔 수 없지, 알았어. 되도록 오늘 밤 안에 어떻게든 해 보지. 근데, 약속은 못 해."

"죄송합니다. 은혜는 꼭 갚겠습니다."

아사카와는 고개를 숙이며 수화기를 끊으려 했다.

"야, 잠깐 기다려. 나는 아직 중요한 얘기는 못 들었어."

"뭔데요?"

"네가 봐 버렸다는 비디오 영상과 그 야마무라 사다코는 대체 어떤 관계가 있는데?"

아사카와는 한 호흡 쉬고 말했다.

"말씀드려도 분명 믿지 않으실 겁니다."

"됐으니까 빨리 말해."

"그 영상은 비디오카메라로 녹화한 게 아닙니다."

아사카와는 충분히 간격을 두고서 그 의미가 요시노의 머리에 침투되기를 기다렸다.

"그것은 야마무라 사다코라는 여성의 눈을 통해 기록된 영상과 그녀의 마음에 떠오른 영상 등을 아무 맥락도 없이 단편적으로 늘어놓은 것이었습니다."

"허?"

요시노가 일순 말을 잃었다.

"봐요, 믿지 않을 거라 했죠?"

"염사…… 같은 거냐?"

"염사라는 표현과는 좀 다릅니다. 염에 의해 브라운관으로 영상을 띄워 올린 거니까 '염상(念象)'이라고 하는 게 맞겠네요."

'염상'이라는 말을 들으니 어째 사기꾼 같다는 생각이 들어 요시노는 자못 우습다는 듯이 웃었다. 아사카와는 굳이 화를 내지는 않았지만, 웃음을 억누를 수 없어 웃고 있는 요시노의 기분을 생각하며 태평한 웃음소리를 잠자코 듣고 있었다.

오후 9시 40분. 전철 마루노우치 선을 타고 요쓰야 3초메 역에서 내려서 홈에서 지상으로 가는 계단을 오르는 도중, 요시노는 강한 바람에 모자가 날아갈 것 같아서 양손으로 머리를 붙잡고 주변을 둘러보았다. 목표한 소방서는 찾을 필요도 없이 바로 앞 모퉁이에 있어서 1분도 채 걸리지 않고 목적 장소에 도착했다.

'히쇼 극단'이라는 입간판 옆으로 지하로 내려가는 길이 있는데, 그 안쪽에서 젊은 남녀가 소리 높여 대사를 외는 소리와 노래를 부르는 소리가 간간히 섞여서 들려왔다. 공연이 임박해서 막차가 끊길 때까지 연습을 계속하고 있는 것이리라. 문예부 기자가 아니라도 그 정도는 알 수 있었다. 항상 범죄 사건만 쫓아다녔던 요시노는 중형 극단의 연습장을 방문하기에 앞서 어딘지 모르게 위화감을 느꼈다.

지하로 내려가는 계단은 쇠로 만들어져 있었다. 발을 내려놓을 때마다 탕탕 가벼운 소리가 났다. 혹시 이 극단 창립 멤버가 야마무라 사다코를 기억하고 있지 않다면 거기서 끈이 뚝 끊겨 희대의 초능력자의 나머지 반생은 암흑 속에 묻혀 버리게 되리라. 히쇼 극단이 창립된 것은 1957년, 야마무라 사다코가 입단한 것이

1965년. 창립 멤버이면서 현재까지 남아 있는 사람은 작가이자 연출가인 극단 대표 우치무라를 포함하여 네 사람에 불과했다.

요시노는 연습장 입구에 있던 스무 살 남짓으로 보이는 견습생에게 명함을 건네고 우치무라를 불러 달라고 부탁했다.

"선생님, M신문사에서 찾아오셨습니다."

견습생은 야쿠자처럼 울림이 깊은 낮은 목소리로 벽 쪽에 앉아서 모든 사람의 연기를 지켜보는 연출가 우치무라를 불렀다. 우치무라는 놀랐다는 듯이 돌아보고서 상대가 언론에서 나왔다는 것을 알고 표정을 누그러뜨리더니 요시노에게 다가왔다. 어느 극단이든 언론사에서 나온 사람이라면 정중하게 모셨다. 신문 문예란에 약간이라도 실렸다 하면 티켓 매상이 크게 늘어나기 때문이다. 일주일 뒤로 임박한 공연 연습 풍경이라도 취재하러 왔겠지……. M신문사에는 여태 별로 크게 실린 적이 없었기 때문에 우치무라는 이 기회에 잠시 붙임성 좋게 굴었다. 하지만 요시노가 온 진짜 이유를 알자마자 갑자기 흥미를 잃고서 지금 바쁘다는 태도를 취했다. 그러고는 두리번거리며 연습장을 보더니 의자에 앉은 50세를 약간 넘은 작은 체구의 남자 배우에게 눈을 고정하며 "신 짱!" 하고 큰 소리로 가까이 오라고 불렀다. 쉰 넘은 남자에게 '짱'이라고 애칭을 붙이다니……. 아니, 그보다 근육질인 요시노에게는 우치무라의 여성스러운 목소리나 언밸런스하게 나긋나긋한 긴 손발이 불쾌하게 느껴졌다. 자신과 달라도 너무 다른 존재가 여기 있다는 느낌이 들었다.

"신 짱, 2막까지 출연 없죠? 그럼, 그래요, 이 사람에게 야마무라 사다코 이야기 좀 해 줄래요? 기억하죠? 그 메스껍던 여자."

요시노는 신 짱이라고 불린 남자 배우의 목소리를 TV에서 방영하던 서양 영화에서 들어 본 적이 있었다. 아리마 신은 무대에서보다 성우로서의 활약이 더 두드러졌었다. 그도 현존하는 창립 멤버 중에 한 사람이었다.

"야마무라 사다코?"

아리마는 반쯤 벗어진 이마에 손을 얹고 25년 전의 기억을 떠올리고 있었다.

"아아아, 그 야마무라 사다코?"

아리마가 약간 얼빠진 소리로 말했다. '그'라는 관형사가 붙은 걸 보면 꽤나 인상 깊은 여성임에 틀림없다.

"생각났어요? 그럼, 난 연습을 보고 있을 테니까 2층 내 사무실로 가서 이야기하세요."

우치무라는 가볍게 머리를 숙인 후 배우들에게로 걸어가면서 절대 권력자다운 연출가의 얼굴을 회복하고 아까까지 있던 자리에 다시 앉았다.

사장실이라 쓰인 문을 연 아리마가 가죽 소파세트를 가리키고 "여기 앉으세요."하며 요시노에게 의자를 권했다. 사장실이 있는 이상 사장도 존재할 것이고, 사장이 있으면 이 극단은 회사처럼 조직이 짜여 있을 것이라는 점은 분명했다. 아마 아까 연출가가 사장을 겸임하고 있으리라.

"태풍인데 오시느라 힘드셨겠네요."

아리마는 연습 때문에 흘러내리는 땀을 닦고 얼굴을 붉히며 눈가에 사람 좋아 보이는 웃음을 띠고 있었다. 아까 연출가는 상대의 마음을 샅샅이 살펴 가며 대화를 진행하는 사람으로 보였는데, 아리마는 속내 이야기까지 숨김없이 정직하게 터놓는 사람으로 보였다. 상대 인품에 따라 편한 취재가 될지 힘든 취재가 될지 정해지는 법이다.

"실례합니다. 바쁘신데……."

요시노는 앉으며 수첩을 꺼내서 오른손에 펜을 쥐는 평소와 같은 포즈를 취했다.

"야마무라 사다코의 이름을 이제 와서 듣게 되다니 생각도 못 했습니다. 벌써 먼 옛날 일이 됐으니까요."

아리마는 자기가 청년이었을 적의 모습을 떠올렸다. 그때까지 있었던 상업 극단을 뛰쳐나와 친구들과 함께 새로운 극단을 창립하려 할 무렵의 젊은 에너지가 그리워졌다.

"아까 아리마 씨, 그녀의 이름이 생각나셨을 때 '그' 야마무라 사다코라고 하셨는데, '그'를 붙이신 이유가 있습니까?"

"그 애가 들어왔을 때는, 에, 그러니까 언제였지? 극단이 생기고 몇 년 지났을 때 맞나? 극단이 좀 성장했을 때였는데요, 해마다 입단 희망자가 늘어나고 있긴 했는데……. 어쨌든 이상한 애였습니다. 야마무라 사다코는요."

"이상하다시면 어떤 점이?"

"그게 말이죠."

아리마는 턱에 손을 괴고 생각에 잠겼다. 그러고 보면 왜 자기는 그 애가 이상하다는 인상을 받았을까?

"특별히 눈에 띄는 특징이라도?"

"아니, 외견은 극히 평범한 여자애였어요. 약간 키가 컸는데, 얌전하고……. 그리고 항상 고립되어 있었어요."

"고립?"

"네에, 봐요, 보통은 견습생끼리는 사이가 좋잖아요? 근데, 그 애는 절대로 자기가 먼저 동료들에게 다가가는 법이 없었어요."

어느 집단이나 그런 사람이 있는 법이다. 그것이 야마무라 사다코의 인격을 특이하다고 말하기는 어렵다.

"그녀의 인상을 한마디로 말한다면?"

"한마디? 글쎄요, 기분 나쁘다…… 정돈가."

아리마는 편하게 '기분 나쁘다'는 표현을 썼다. 그러고 보니 우치무라도 '그 메스꺼운 여자'라고 표현했었다. 18세 안팎의 젊은 처녀가 메스껍다는 말을 듣다니 요시노는 동정을 금할 수 없었다. 그는 그로테스크한 용모를 상상했다.

"그 기분 나쁜 부분이, 어디서 느껴졌습니까?"

생각해 보니 신기했다. 25년 전에 딱 1년 있었던 견습생의 인상이 왜 그렇게 선명하게 남아 있을까? 아리마는 마음에 걸리는 게 있었다. 어떤 일이 있었을 것이다. 야마무라 사다코의 이름을 기억에 남게 할 이야기.

"맞아, 생각났어. 이 방이었어요."

아리마는 사장실을 둘러보았다. 그리고 그 사건을 떠올린 순간 아직 여기가 사무소로서 사용되던 때의 가구 배치까지 선명하게 떠올랐다.

"아니, 창립 당시부터 극단 연습실이 여기 있었는데요, 그 당시엔 더 좁았고 지금 우리가 있는 이 방이 사무소로 쓰였어요. 저기에 로커가 있고 여기 유리가 세워져 있었고…… 그리고, 맞다, 딱 지금 TV가 있는 그 자리에 똑같이 TV가 있었고요."

아리마는 말하면서 손으로 그 장소를 가리켰다.

"TV?"

요시노는 퍼뜩 눈을 가늘게 뜨며 펜을 꽉 다시 움켜쥐었다.

"네, 구형 흑백 TV요."

"그래서요?"

요시노가 재촉했다.

"연습이 끝나고 대부분의 극단 사람들이 되돌아갔을 때, 제가 대사가 아무래도 납득이 되지 않는 부분이 있어서 다시 읽어 보려고 이 방으로 들어왔었는데, 저기에……."

아리마는 입구 문을 손으로 가리켰다.

"저기에 서서 방 안을 들여다보니 유리 칸막이를 통해 TV 화면이 지직거리며 흔들리고 있었어요. 저는 '아, 누가 TV를 보고 있구나.' 하고 생각했습니다. 아시겠어요? 결코 잘못 보지 않았습니다. 유리 칸막이 너머로 브라운관 영상이 똑바로 보이진 않았지만 분명 흑백으로 빛이 붕 떠서 흔들리고 있었습니다. 소리는 나오지 않았는데……. 방 안은 살짝 어둡고, 저는 칸막이를 둘러보면서 TV 앞에 누가 있나 하고 보니, 얼굴이 보였습니다. 야마무라 사다코였습니다. 근데, 칸막이를 돌아가서 그녀의 옆에 섰을 때에는 화면에 아무것도 나오지 않고 있었어요. 저는 물론 그녀가 재빨리 스위치를 껐다고만 생각했습니다. 그때까지는 아무 의심도 하지 않았으니까요. 근데……."

아리마는 그다음 말을 꺼내는 것을 주저했다.

"계속 말씀해 주세요."

"저는 야마무라 사다코에게 빨리 들어가지 않으면 전철 끊긴다고, 그런 말을 하면서 책상 위의 스탠드 스위치를 켜려고 했는데 이게 듣질 않더군요. 잘 보니 콘센트가 꽂혀 있지 않았습니다. 그래서 콘센트에 플러그를 꽂으려고 했지요. 그런데 그때 깨달았습니다. TV 플러그도 콘센트에 꽂혀 있지 않다는 사실을요."

TV에서 뻗어 나온 코드 끝이 바닥에 뒹굴고 있는 것을 보고 등줄기에 소름이 쭉 돋으며 오한이 슥 지나갔던 때를 아리마는 생생하게 기억했다.

"전원이 들어가 있지 않은데도, 확실하게 TV가 켜져 있었다?"

요시노가 확인했다.

"맞습니다, 소름 돋았어요. 무심코 고개를 들고 사다코를 봤습니다. 전원도 들어가지 않은 TV를 앞에 두고 이 애가 무얼 보고 있었나 싶어서. 그녀는 저와 시선을 맞추지 않고 그냥 TV 화면만 물끄러미 보고 있었는데, 입가에 옅게 미소를 띠고 있더군요."

어지간히 인상이 깊었던 것인지, 아리마는 이야기를 세세하게 잘 기억하고 있었다.

"그래서, 그 사실을 당신은 누군가에게 이야기했습니까?"

"네에, 당연하죠. 웃 짱…… 아까 보셨던 우치무라 연출가랑 시게모리 씨한테……."

"시게모리 씨?"

"이 극단의 실제 창립자요. 우치무라는 2대째 극단 대표고요."

"호오, 그래서, 시게모리 씨는 당신의 이야기를 듣고 어떤 반응을 보였습니까?"

"마작을 하고 있던 시게모리 씨가 상당히 흥미를 보였어요. 원체 여자를 워낙 밝혀서……. 아마 전부터 노리고 있었던 것 같았습니다. 전에 야마무라 사다코를 가져 버릴 거라던가. 그래서 그 날 밤, 취기도 거든 바람에 시게모리 씨가 '지금 야마무라 사다코네 아파트를 덮칠 거야!'라며 마구 지껄이더니……. 곤란했죠, 저희는……. 술에 취해 지껄이는 농지거리에 맞장구를 쳐 줄 수도 없고. 결국 그곳에 그 사람만 남겨 두고 다들 집에 갔는데, 시게모리 씨가 그날 밤에 진짜로 야마무라 사다코의 아파트에 갔는지 어쨌는지는 끝내 다들 모르고 자리를 파했어요. 근데 말이죠, 그 다음 날에 시게모리 씨가 연습장에 얼굴을 비치긴 했는데, 완전히 사람이 변한 것처럼 입을 꽉 다물고 시퍼런 얼굴로 멍하니 의자에 앉아서, 움직이지도 않고 잠든 듯이 죽어 있던 거 있죠."

요시노는 깜짝 놀라서 고개를 들었다.

"그래서, 사인은요?"

"심장마비, 요새 말로는 급성 심부전이라고 하던데요. 공연이 임박해서 너무 무리했나, 피로가 쌓여서 그렇다고들 생각하던데."

"야마무라 사다코와 시게모리 사이에 무슨 일이 있었는지 결국 아무도 모르겠네요."

요시노가 확인을 위해 묻자, 아리마는 크게 끄덕였다. 과연, 이런 원인이 있으면 야마무라 사다코의 인상이 강렬하게 남는 것도 무리가 아니리라.

"그 후에 그녀는 어떻게 되었나요?"

"그만뒀어요. 우리 극단에는 1년인가 2년 있었나?"

"여기를 관두고서 어떻게 되었습니까?"

"글쎄, 거기까지는 모르겠는데요."

"보통 사람은 어떻게 합니까? 극단을 그만두게 되면……."

"할 마음이 있는 사람이라면, 다른 극단으로 다시 들어가려 하죠."

"야마무라 사다코의 경우엔 어떻게 됐을까요?"

"상당히 머리도 좋은 애였고, 연기하는 감도 나쁘지 않았어요. 근데 성격적으로 결함이 있어서 말이죠. 봐요, 이 바닥이 사람과 사람의 관계로 이루어지는 거거든요? 그 애 같은 성격이라면 약간 맞지 않았을 수도 있어요."

"다시 말해, 연극계에서 발을 뺐을 가능성도 있다?"

"뭐, 딱히 단정하긴 그렇지만."

"그녀의 그 후 소식을 아는 사람은 누구 없을까요?"

"글쎄요. 동기생이라면 어쩌면요."

"아십니까? 동기분들의 이름이나 주소요."

"잠깐 기다리세요."

아리마는 일어서서 붙박이장으로 다가갔다. 그리고 쭉 늘어선 파일 중에서 한 권을 뽑았다. 그것은 입단 시험을 볼 때 제출하는 이력서를 보관한 것이었다.

"여덟 명이네요, 그녀를 포함해서 1965년에 입단한 견습생은 전부 여덟 명 있습니다."

아리마는 여덟 장의 이력서를 한 손으로 팔락팔락 넘겼다.

"보여 주실 수 있습니까?"

"그럼요."

이력서에는 사진이 두 장 붙어 있었다. 가슴 윗부분의 얼굴 사진과 전신사진. 요시노는 들뜨는 마음을 억누르며 야마무라 사다코의 이력서를 뽑았다. 그리고 그 사진을 바라보았다.

"아까, 야마무라 사다코가 기분 나쁜 여자였다고 하시지 않았습니까?"

요시노는 혼란스러웠다. 아리마의 이야기를 들으며 상상했던 야마무라 사다코의 얼굴과 현실에서 보는 사진 얼굴이 너무나 격차가 컸기 때문이다.

"기분 나쁘다니? 장난 아닌데요? 저는 여태 이렇게 예쁜 얼굴을 본 적이 없어요."

요시노는 문득, 어째서 자신은 예쁜 여자라고 표현하지 않고 예쁜 얼굴이라고 말했는가 하는 의문이 들었다. 확실히 완벽하게 단정한 얼굴이었지만, 여자로서 갖추었을 법한 동글동글한 맛이 결여되어 있었다. 하지만 전신사진을 보니 허리와 발목이 잘록해서 실로 눈에 띄게 여성스러웠다. 이 정도로 아름다웠는데도, 25년이라는 시간의 흐름에 침식되어 남아 있는 인상이 '기분 나쁨' 아니면 '메스꺼운 여자'라니.

이 얼굴이면 '멋지고 아름다운 여자였다'고 말하는 게 보통일 것이다. 요시노는 확실한 특징을 찾을 때까지 그 얼굴에 깃든 '기분 나쁨'의 정체에 강하게 흥미를 느꼈다.

9

10월 17일 수요일

요시노는 오모테산도와 아오야마도리 대로의 교차점에 서서 다시 한 번 수첩을 꺼냈다.

미나미 아오야마 산 6-1, 스기야마쇼 장. 그것이 25년 전의 야마무라 사다코가 살던 주소였다. 번지와 아파트 이름이 어울리지 않아서, 요시노는 절망적인 기분을 맛보았다(아오야마가 도쿄의 롯본기에 인접한 고급 빌딩 중심지인데 반해, 아파트 이름에 여관이나 오래된 연립에 붙이는 별장 장(莊) 자를 사용했다—옮긴이). 큰길을 꺾어서 네즈 미술관 바로 옆 블록이 6-1인 건 맞지만, 요시노가 걱정했던 대로 스기야마쇼 장이라는 싸구려 아파트가 있어야 할 장소에는 붉은 벽돌로 지어진 호화로운 고급 아파트가 줄줄이 들어차 있었다.

'애초부터 말도 안 되는 이야기였어. 25년 전 여자 발자취를 찾다니 알 리가 있나.'

이제 남은 단서는 야마무라 사다코와 입단 동기였던 네 사람의 견습생. 사다코와 같은 기수로 들어온 일곱 명 중에 연락처를 겨우 알게 된 사람은 네 명뿐이었다. 그들이 사다코의 소식을 전혀 모른다면 단서는 완전히 끊겨 버린다. 요시노는 그렇게 될 것 같은 느낌이 들어 견딜 수가 없었다. 시계를 보니 오전 11시를 지나고 있었다. 요시노는 가까운 문구점에 뛰어 들어가 여태까지 알게 된 사실만이라도 아사카와에게 알리기 위해 이즈 오시마 통신부에 팩스를 보내기 시작했다.

그때, 아사카와와 류지는 통신부에 있는 하야쓰의 자택에 있었다.

"어이, 아사카와! 진정해."

조급하게 돌아다니는 아사카와의 등에 대고, 류지가 호통쳤다.

"초조해서 견디기 어렵기야 하겠지만."

……최대 풍속, 중심지 부근의 기압, ……밀리바(millibar), 풍향은 북북동, ……폭풍우 영향권 속, ……거친 파도. 아사카와의 감정을 일부러 거스르기라도 하듯이 라디오에서 태풍 정보가 흘러나오고 있다.

오마에사키의 남해 약 150킬로미터 지점에 위치한 태풍 21호는 풍속 40미터를 유지하면서 북북동 방향으로 매 시간마다 20킬로미터의 속도로 진행 중이며, 이대로라면 오늘 저녁에는 오시마 남쪽 앞바다에 도착할 예정이었다. 하늘과 바다 두 경로 다 평소처럼 회복되는 것은 아마 내일인 목요일부터 아닐까. 그것이 하야쓰의 예상이었다.

"목요일이라니!"

아사카와의 머릿속이 부글부글 끓어올랐다.

'내 데드라인은 내일 밤 10시라고, 태풍 자식아, 빨랑 비껴 지나가던가, 열대저기압으로 변해서 사라져 버려!'

"이 섬의 배와 비행기는 전부 언제쯤에나 움직이는 겁니까?"

아사카와는 어디다 대고 화를 내야 될지 알 수가 없었다.

'이딴 곳에 오는 게 아니었어. 아무리 후회를 해도 끝이 없다. 근데, 어디서부터 후회를 하면 되는 건가. 그딴 비디오 보는 게 아니었어, 오이시 도모코와 이와타 슈이치의 죽음에 의심을 갖고 끼어드는 게 아니었어. 그런 곳에서 택시를 잡는 게 아니었어. 에잇, 제기랄!'

"어이, 진정하라고 하잖아. 안 들려? 하야쓰 씨에게 투덜대 봤자 어쩔 수 없잖아."

류지가 묘하게 상냥한 동작으로 아사카와의 팔을 잡았다.

"생각하기 나름이야. 주문을 이 섬에서 실행해야만 할지도 모르지. 어이, 그럴 가능성도 있어. 그 네 꼬맹이들이 왜 주문을 실행할 수 없었는지……. 오시마까지 올 방법이 없어서 그랬다면……. 보라고, 있을 법하잖아. 이 태풍을 은혜의 바람이라고 생각해 보자고. 그럼, 기분도 괜찮아질 거야."

"그럼 주문부터 발견을 해야지!"

아사카와는 류지의 손을 뿌리쳤다. 나잇살 지긋한 남자 둘이 주문, 주문하고 읊어 대는 것을 보고 하야쓰와 그의 아내 후미코는 서로 눈을 마주했지만, 아사카와에게는 두 사람이 웃는 것처럼 보였다.

"뭐가 그렇게 우습습니까!"

두 사람을 질책하려는 아사카와의 손을, 류지는 이전보다 강하게 잡아끌었다.

"그만 둬. 버둥거려 봤자 아무 소용없어."

아사카와가 버럭 화를 내는 바람에 사람 좋은 하야쓰는 태풍 때문에 결항한 데 책임을 느끼기 시작했다. 그보다는 태풍의 영향에 고통 받는 사람을 가까이서 보고 동정심을 더욱 느끼게 되었다고 하는 편이 맞았다. 그는 아사카와의 일이 잘 풀리기를 바라마지 않았다. 이제 곧 도쿄에서 팩스가 도착하기로 되어 있는데, 기다린다는 행위 자체가 쓸데없이 더 초조감에 박차를 가하고 있는 것 같아서 그 상황을 어떻게든 바꾸려 하고 있었다.

"조사하시던 일은 잘 진행되십니까?"

하야쓰는 아사카와를 침착하게 가라앉히려고 부드럽게 물었다.

"예에, 그냥."

"바로 저기 야마무라 시즈코의 소꿉친구가 살고 있는데, 혹시 괜찮으시면 불러서 이야기라도 들어 보시는 게 어떻습니까? 겐지 씨도 이 태풍에 고기 잡으러 나가지도 못하고 심심하실 테니, 분명 반가워할 겁니다."

취재 대상을 주면 충분히 기분도 나아지지 않을까? 하야쓰는 그렇게 생각했다.

"이제 일흔 가까운 노인이라, 충분하게 이야기를 나눌 수 있을지는 모르겠지만, 그냥 기다리는 것보다는 훨씬 낫겠죠."

"네에……."

하야쓰는 아사카와의 대답도 기다리지 않고 바로 돌아서서 "여보, 겐지 씨네 전화 좀 해서 바로 이쪽으로 오시라고 좀 해 줘요." 하고 부엌에 있는 아내에게 말을 건넸다.

하야쓰가 말한 대로 겐지는 기쁘게 대화에 임했다. 야마무라 시즈코에 대해 이야기하는 것이 너무나 즐거운 모양이었다. 겐지는 시즈코보다 세 살 많아 현재 68세. 시즈코가 소꿉친구이자 첫사랑이기도 했다. 남에게 이야기를 하다 기억이 점차 선명해졌을까, 아니면 들어주는 사람이 있다는 상태가 자극이 되어서 추억이 쉽게 되살아난 것일까. 겐지에게 시즈코 이야기를 꺼낸다는 말은, 자신의 청춘 이야기를 꺼낸다는 말과 같은 의미였다.

말릴 틈도 없이, 때때로 겐지가 눈물까지 보이며 이야기하는 시즈코와의 추억 이야기들로, 아사카와와 류지는 그녀의 일면을 알 수 있었다. 하지만 완전히 믿을 만한 이야기가 아니라는 점은 알고 있었다. 추억은 항상 미화되기 마련이고, 어찌 되었건 벌써 40년이나 넘은 옛날이야기였다. 다른 여자의 이야기와 섞였을 가능성도 없지 않았다. 아니, 그렇지 않을 수도 있다. 첫사랑이란 남자에게 특별한 존재이므로 다른 여자와 헷갈릴 일이 없을지도 몰랐다.

겐지는 달변은 아닌 데다 표현을 빙 둘러서 하는 일이 많아서 아사카와는 정말 지겨워졌다. 그런데 "시즈 짱이 변해 버린 건 그 탓이려나? 행자 석상을 바다 속에서 주워 와서……. 보름달 밤이었지." 하는 내용을 말하기 시작했을 즈음부터, 아사카와와 류지의 흥미를 확 끌었다. 그의 이야기에 의하면 야마무라 사다코의 어머니인 시즈코에게 신기한 힘이 생기게 된 사건은 보름달 바다와 깊이 연관되어 있었다. 그리고 그 일이 일어났던 밤에 겐지는 바로 그녀의 곁에서 노를 젓고 있었다고 했다. 그것은 1946년, 여름도 끝날 무렵의 어느 날 밤이었는데 시즈코는 21세, 겐지가 24세였다.

늦더위가 극심해서 밤이 되어도 전혀 시원해지지 않았었다고, 겐지는 44년 전의 사건을 마치 어젯밤 일을 말하듯이 이야기했다.

그런 더운 밤, 겐지는 길가에 앉아 부채를 파닥거리며 파도도 잠잠하고 달빛 속에서 평온한 바다가 밤하늘을 비춰내는 것을 보고 있다가 고요함을 깨부수듯이 시즈코가 집 앞 언덕길을 달려 올라와서 눈앞에 서서 "겐 짱, 낚시하러 갈 거니까 배 좀 내와!" 하고 느닷없이 소매를 잡아끌었다. 이유를 물어도 "이런 달밤은 다시 안 온다고." 하고 말할 뿐 겐지는 멍하니 오시마에서 가장 아름다운 처녀를 바라볼 수밖에 없었다. "바보 같은 표정 짓고 있지만 말고. 자, 빨리……." 하고 시즈코가 겐지의 목덜미를 잡아 억지로 세웠다. 평소 시즈코가 하자는 대로 끌려 다니던 겐지는 "낚시라니, 도대체 뭘?" 하고 되물었지만 시즈코는 앞바다를 바라보며 "행자님 석상 말이야." 하고 아무렇지 않게 말했다.

"행자님……?"

그날 점심 즈음, 미군 병사가 행자님 석상을 바다에 던져 버렸다고 시즈코가 눈썹을 사납게 올리며 분하다는 듯이 말했다.

동쪽 해안 한가운데에 있는 '행자언덕'에는 '행자굴'이라고 불리는 작은 동굴이 있는데, 거기에 699년에 여기 흘러들어 온 엔노 오즈누라는 행자를 본 딴 석상이 안치되어 있었다. 오즈누는 날 때부터 박식했고, 수행을 통해 주술과 선술을 체득하여 귀신을 자유자재로 다룰 수 있었다고 했다.

그런데 오즈누가 가졌던 예지 능력은 문무 정권의 세상을 통치하는 권력자들의 두려움을 사서, 그는 사회를 미혹하는 죄인으로서 이 이즈 오시마로 귀양을 오게 되었다. 지금부터 1300여 년 전의 이야기이다. 오즈누는 바닷가의 동굴에 틀어박혀서 계속 수행을 쌓으며 섬사람들에게 농업이나 어업을 가르쳐서 인덕을 칭송받았지만 그 후 용서를 받고 본토로 돌아가서 슈켄도(옛날 일본의 산악신앙을 불교에서 받아들인 혼합 종교—옮긴이)를 창시하였다. 그가 오시마에 살던 기간은 3년 정도였는데 쇠로 된 나막신을 신고 후지산까지 날아갔다는 전설도 남아 있었다. 섬사람이 그를 그리는 마음은 강해서 행자굴이 섬에서 가장 영험한 장소가 되었고, '행자제'라고 불리는 축제가 매년 6월 15일 열렸다.

그런데 제2차 세계대전이 끝난 후, 신불에 대한 정책의 일환으로, 미 점령군이 행자굴에서 열리는 엔노 오즈누의 석상을 바다 속에 투척해 버렸다. 이 순간을 시즈코는 멀리서 지켜본 모양이었다. 오즈누에 대한 신앙심이 깊던 시즈코는 '미미즈하나'라는 바위 그늘에 숨어서 미 해군의 순시정이 던지는 석상 위치를 확실히 머릿속에 새겨 넣었던 것이다.

행자님의 석상을 낚아 올리라는 얘기를 듣고, 겐지는 귀를 의심했다. 어부로서의 솜씨야 확실했지만, 석상을 건져 본 경험은 여태 한 번도 없었다. 하지만 몰래 짝사랑하던 시즈코의 부탁을 딱 잘라 거절할 수도 없는 노릇이니, 이번에야말로 무슨 일이 있어도 그녀에게 은혜를 베풀고 빚을 지울 요량으로 밤바다에 배를 띄웠다. 무엇보다도 이렇게 아름다운 달밤에 둘이서만 바다에 나가는 것 자체가 멋진 일이라고 생각했다.

행자언덕과 미미즈하나 바위 두 곳에 불을 피우고 그것을 등대 삼아 앞바다로 노를 저어 점점 나아갔다. 두 사람 다 이 근처 바다는 잘 알고 있었다. 해저가 어떻게 되어 있고, 깊이가 어느 정도인지……. 그리고 여기 헤엄치는 고기 떼들까지.

하지만 지금은 밤인 데다 아무리 달이 밝다 해도 바다 속은 빛이 전혀 들지 않았다. 겐지는 시즈코가 어떻게 석상을 발견하려는지 짐작도 되지 않았다. 노를 움직이며 겐지가 그걸 물었지만, 시즈코는 대답하지 않고 근처에서 불타오르는 장작불을 보며 자기가 있는 위치를 확인할 뿐이었다. 만에서 보면 절벽에서 타오르는 두 장작불의 거리를 눈대중하여 지금 위치를 대략적으로 알 수 있을지도 몰랐다. 수백 미터 정도 저어 왔을 때, 시즈코가 "지금 배 세워 줘!" 하고 소리쳤다.

그리고 선미에서 바싹 바다에 얼굴을 대고 어두운 바다 속을 보더니 "뒤쪽으로 가." 하고 겐지에게 명령했다. 겐지는 이제부터 시즈코가 뭘 하려 하는지 알아채고 가슴이 크게 두근거렸다. 시즈코는 일어서서 소박한 기모노를 벗고 있었다. 맨살에 미끄러지는 옷 소리에, 겐지는 상상력이 점점 고조되고 숨 쉬기가 괴로워질 정도였다. 시즈코는 작은 헝겊으로 긴 흑발을 묶고 가느다란 밧줄을 입에 물어 얼굴만 수면 위로 나오게 한 채 헤엄쳤다. 그리고 가슴 윗부분을 물 위로 내밀고 크게 두 번 숨을 쉬고서 바다 속으로 잠수해 들어갔다.

몇 번 해수면에 얼굴을 내밀고 심호흡을 했던가……. 마지막에 고개를 내밀었을 때 그녀의 입에는 밧줄이 없었다. "행자님에 꽉 묶어 놨으니까 어서 당겨 봐." 하고 시즈코가 떨리는 목소리로 말했다.

겐지는 뱃머리로 옮겨 앉아서 밧줄을 당겼다. 시즈코는 어느새 배에 올라서 기모노를 걸치고 겐지 옆에서 석상을 끌어올리는 것을 도왔다. 다 끌어올린 석상을 배 중앙에 싣고서 두 사람은 해안으로 돌아왔지만 그동안 겐지와 시즈코는 입을 열지 않았다.

어째선지 질문을 할 분위기가 전혀 아니었기 때문이다. 시커먼 밤바다 속에서 어떻게 석상이 있는 장소를 알았는지 겐지로서는 불가사의할 뿐이었다. 그 일이 있고 나서 3일 뒤, 시즈코에게 들은 바에 의하면 행자님의 석상이 바다 밑바닥에서 부르고 있었다고 했다. 귀신도 복종시키는 석상의 녹색 눈이 어두운 바다 바닥에서 번쩍거리고 있었다고……. 시즈코가 그렇게 말했다.

그러고 나서 시즈코는 몸 상태가 나쁘다고 호소하기 시작했다. 여태 머리도 한 번 아파 본 적이 없었는데, 꽉 조이는 통증과 함께 본 적 없는 광경이 재빠르게 뇌리에 전개되는 경우가 많아졌다. 그리고 그렇게 슬쩍 봤던 풍경이 가까운 미래에 반드시 현실이 되었다. 겐지가 자세히 물어본 바에 의하면 미래의 모습이 슥 하고 뇌리에 내리꽂힐 때에는 반드시 시큼한 냄새가 코를 자극한다고도 했다. 오다하라에 시집 간 겐지의 누나가 죽는 장면도, 그 직전에 시즈코가 예지했다. 그렇다고는 해도 미래에 일어나는 일을 의식적으로 예지할 수 있는 것은 아닌 것 같았다. 아무런 전조도 없이 그 모습이 반짝 떠오르는 순간 뇌리에 번뜩일 뿐 그 사람의 미래를 맞힐 수는 없었다.

이듬해, 시즈코는 겐지가 만류했는데도 상경하여 이구마 헤이하치로와 만나 그의 아이를 가졌다. 그리고 그해 말에 야마무라 시즈코는 고향으로 돌아와 딸아이를 낳았다. 그 아이가 사다코라는 이야기였다.

겐지의 이야기는 그칠 줄을 몰랐다. 말투를 보아하니 그 10년 뒤에 야마무라 시즈코가 미하라 산 분화구에 몸을 던진 것은 연인이었던 이구마 헤이하치로 탓이 당연하다는 말투였다. 연적에 대해 그런 마음을 품는 것이 당연했지만 증오 섞인 이야기는 역시 듣기 괴로웠다. 단 하나 수확이 있었는데, 야마무라 사다코의 어머니인 시즈코에게도 예지 능력이 있었으며, 그 힘은 엔노 오즈누의 석상에서 비롯된 것일지도 모른다는 이야기였다.

바로 그때, 팩스가 움직이기 시작했다. 출력되어 나온 것은 확

대된 야마무라 사다코의 얼굴 사진으로, 요시노가 히쇼 극단에서 입수한 것이었다.

아사카와는 신비로운 감동에 젖어들었다. 드디어 처음으로 야마무라 사다코라는 여성의 용모를 눈으로 직접 보게 되었다. 아주 잠깐이긴 해도 자신은 그 여자의 감각을 공유했고 같은 시점으로 광경을 바라보았던 것이다. 어두운 침대 속에서 여자의 얼굴도 보지 않고 몸만 더듬다가 동시에 오르가즘을 맛본 사랑스러운 상대의 얼굴에 아침 햇살이 비추어 겨우 그 용모를 알게 된 것처럼……. 무시무시하다는 생각이 들지 않는다는 점이 신기했다. 그도 그럴 것이, 팩스로 받아 본 사진은 다소 윤곽이 흐릿하긴 하지만 야마무라 사다코의 아름답고 단정한 얼굴과 매력을 남김없이 전하고 있었다.

"예쁜데!"

류지가 말했다. 아사카와가 문득 다카노 마이를 떠올렸다. 순수하게 얼굴만 비교하면 야마무라 사다코 쪽이 다카노 마이보다 몇 단계 더 예쁘다고 할 수 있었다. 하지만 다카노 마이에게는 가만있어도 풍겨 나올 정도로 여인의 향기가 있었다. 그런데 야마무라 사다코를 표현하는 데 '으스스'하다니. 사진으로는 그 '으스스함'이 전해지지 않았다. 야마무라 사다코가 가진 보통 사람을 뛰어넘는 힘이 주변 사람들에게 영향을 끼쳤던 게 틀림없다.

두 장째로 받은 팩스에는 야마무라 사다코의 어머니 시즈코에 대한 정보가 정리되어 있었다. 그 내용은 바로 조금 전에 겐지가 이야기한 내용의 뒤를 이었다.

1947년, 고향 사시키지를 뒤로 하고 상경한 야마무라 시즈코는 돌연 두통으로 쓰러져 병원으로 옮겨졌고, 그곳 의사 소개로 T대학 정신과 부교수인 이구마 헤이하치로와 알게 되었다. 이구마 헤이하치로는 최면 현상의 과학적 해명에 몰두하고 있었는데, 시즈코에게 놀랄 만한 투시력이 있다는 것을 발견하고 큰 흥미를 가졌다. 그것은 그의 연구 테마 그 자체를 바꿔 버릴 정도의 사건이었다. 이후, 이구마 헤이하치로는 시즈코를 피험자로 삼아 초능력에 관한 연구에 빠져들었다. 하지만 두 사람이 단순하게 연구자와 피험자라는 관계를 넘어서서 처자식이 있는데도 이구마는 시즈코에게 연심을 갖게 되었다. 그해가 끝날 무렵 이구마의 아이를 가진 시즈코는 세간의 눈을 피하기 위해 고향인 이즈 오시마 사시키지로 돌아와 거기서 야마무라 사다코를 낳았다. 시즈코는 딸을 사시키지에 남겨 두고 바로 상경했지만 3년 뒤 사다코를 데리러 오기 위해 다시 사시키지를 찾았다. 그 이후 미하라 산의 화구에 몸을 던져 자살하기까지 시즈코는 딸을 곁에 두고 한시도 떨어지지 않았던 것 같다.

한데, 1950년대에 들어가니 이구마 헤이하치로와 야마무라 시즈코 콤비는 주간지나 신문에 크게 다루어졌다. 초능력의 과학적 근거를 갑작스레 조명을 받았기 때문이다. 세간에서는 T대학 부교수라는 이구마 헤이하치로의 지위에 현혹되었는지, 처음에는 빠짐없이 시즈코의 초능력을 믿는 쪽으로 쏠렸다. 매스컴도 말하자면 약간 호의적으로 썼다.

하지만 뻔한 속임수라는 비판은 의외로 뿌리 깊게 인식되어 있었고, 보다 권위 있는 학자 집단이 '의심스럽다'고 한마디 했더니 대세는 시즈코와 이구마 헤이하치로에게 불리한 방향으로 흘러가기 시작했다.

시즈코가 발휘한 초능력이란 주로 염사, 투시, 예지의 ESP라 불리는 것이며, 실제로 물건을 건드리지 않고 움직이는 염동을 발휘하지는 못했다. 어느 잡지에 의하면 그녀는 엄중하게 봉인된 필름을 이마에 슬쩍 닿기만 해도 지정된 그대로 그림을 염사할 수 있었으며 똑같이 엄중하게 봉인된 봉투 내용물을 백발백중으로 말하는 것도 가능했다. 하지만 다른 잡지에서는 시즈코가 그냥 사기꾼에 불과하며, 다소 수행은 쌓은 마술사라면 개나 소나 다 할 수 있다고 주장했다. 이렇게 세간의 반응은 차츰 시즈코와 이구마 헤이하치로에게 싸늘해졌다.

그런 시기에 시즈코는 불행에 빠지게 되었다. 1954년, 시즈코는 둘째 아이를 낳았지만 4개월 만에 병으로 죽었다. 남자아이였다. 이때 일곱 살이었던 사다코는 갓 태어난 자기 남동생에게 특별하게 애정을 품었던 것 같다.

이듬해인 1955년, 이구마 헤이하치로는 공개적으로 여러 사람 앞에서 시즈코의 능력을 선보이려 매스컴을 도발했다. 시즈코는 처음으로 난색을 표했다. 공개적인 환경에서는 생각만큼 의식을 집중할 수 없어서 실패할 위험이 크다면서. 하지만 그는 뜻을 굽히지 않았다. 매스컴으로부터 사기꾼이라고 불리기까지 하니 참을 수가 없어 명백한 증거를 제시하여 앞으로 세간을 들썩거리게 놀라게 하는 것 말고 방법이 없다고 판단했기 때문이다.

그날 100명에 가까운 보도진과 학자 들이 지켜보는 가운데, 시즈코가 질색하며 실험대에 올랐다. 아들을 잃은 이후 정신적으로 많이 약해지기도 했고, 아무리 봐도 상태가 최고라고는 할 수 없는 상황이었다. 실험은 극히 간단한 방법으로 실시되었다. 납으로 된 용기에 들어 있는 두 주사위의 눈을 맞히면 되는 것이었다. 하지만 시즈코는 그녀를 둘러싼 100명의 사람들이 전부 그녀의 실패를 바라고 있는 것을 '알아' 버렸다. 시즈코는 몸을 떨며 바닥에 몸을 굽히고 "이런 일, 이제 싫어!"라고 비통하게 외쳤다. 시즈코의 해명은 이랬다. 인간은 누구나 조금씩 '염(念)'의 힘을 가지고 있다. 자신은 그저 그 힘이 남들보다 조금 강할 뿐이라고. 100명이나 되는 사람이 실패하라는 '염'을 가지고 있는 상황에서 자신 따위의 힘은 발휘되지도 않는다고. 뒤이어 이구마 헤이하치로가 말했다. "아니, 100명이 아니야. 지금은 일본 국민 전체가 내 연구의 성과를 짓밟으려 하고 있어. 매스컴이 부채질해서 여론이 일방적으로 흘러가기 시작하면, 매스컴은 많은 국민이 바라는 것 말고는 발표하지 않겠지. 부끄러운 줄 알아라!" 결국 투시력의 공개 실험은 이구마 헤이하치로의 매스컴 비판으로 막을 내렸다.

매스컴 관계자들은 이구마 헤이하치로가 실험 실패의 원인을 적인 매스컴에게 전가했다고 여기고 다음 날 지면을 일제히 이렇게 도배했다. '역시 사기꾼', '괴물의 가면이 벗겨지다', '사기꾼 T대 부교수', '5년의 연구 끝에 종지부', '현대 과학의 승리'. 시즈코와 이구마 헤이하치로를 옹호해 주는 기사는 하나도 보이지 않았다.

그해 말, 이구마 헤이하치로는 아내와 이혼하고 T대학을 사직했다. 이즈음 시즈코의 피해망상이 심해졌다. 그 후, 이구마 헤이하치로는 스스로가 초능력을 얻기 위해 산에 틀어박혀 폭포 수행까지 한 결과, 폐결핵에 걸려 하코네의 요양소에 입원하게 되었다. 시즈코의 정신 상태는 점점 지독해졌다. 여덟 살 사다코는 매스컴의 눈과 세간의 조롱에서 피하기 위해 시즈코를 설득하여 고향 사시키지로 돌아왔지만 잠깐 놓친 틈에 어머니가 미하라 산의 화구에 몸을 던져 버렸다. 이렇게 세 사람의 생활은 맥없이 무너져 내렸다.

아사카와와 류지는 동시에 두 장의 프린트를 다 읽었다.

"원념이로군."

류지가 작게 말했다.

"원념?"

"어. 어머니가 미하라 산에 뛰어들었을 때, 딸인 사다코가 무슨 생각을 했겠냐?"

"매스컴에 대한 원한인가?"

"매스컴뿐만이 아냐. 처음엔 주변에 얼쩡거리며 비위를 맞추더니 추세가 변하니까 비웃음을 퍼부으며 가족을 파멸로 몰아간 일반 대중들에 대한 원망. 야마무라 사다코는 세 살 때부터 열 살 때까지 아버지와 어머니의 곁에 붙어 있었겠지. 그런 세간의 반응을 살갗으로 직접 느꼈을 거야."

"아무리 그래도 무차별적으로 공격을 하지 않아도 될……."

아사카와가 변명을 하려다 만 이유는 물론 자신이 매스컴의 일원이라는 점도 의식되어서였다.

그는 마음속으로 변명, 아니, 애원하고 있었다. 나도 당신과 똑같이 매스컴의 본질을 비판적으로 바라보고 있다고.

"뭘 중얼거리고 있어?"

"뭐?"

어느새 목소리를 내어 염불처럼 읊어 대고 있었다.

"그럼, 이걸로 그 비디오 영상이 어느 정도 해석된 거지? 미하라 산은 어머니가 몸을 던진 장소이자 사다코가 분화를 예지한 화산이니까 거기에 상당히 강한 염이 작용했겠지. 다음 장면에 둥둥 떠 있는 '산(山)' 글자, 그건 아마 야마무라 사다코가 어렸을 적에 처음으로 성공시킨 염사 아닐까?"

"어렸을 적?"

왜 어렸을 적에 했다는 말이 나오는지 아사카와는 납득되지 않았다.

"그럼. 네 살인가 다섯 살 적에. 그리고 다음에 주사위가 나오는 장면. 사다코는 어머니의 공개 실험장에 있었는데 주사위 눈을 맞히는 어머니를 걱정스레 바라보고 있었잖아."

"야, 잠깐 기다려 봐. 야마무라 사다코에게는 납 그릇 속에 구르고 있는 주사위 눈이 명확하게 **보이고** 있었다고."

아사카와나 류지 둘 다 그 장면을 '자기 눈'으로 보았던 것이다. 틀릴 리가 없다.

"그건 어떻게 된 거지?"

"어머니인 시즈코가 투시할 수 없었잖아."

"엄마는 못 하고, 딸은 가능한 것이 그렇게 이상해? 잘 들어, 사다코는 그 당시 겨우 일곱 살이었지만 어머니를 훨씬 능가하는 능력을 갖고 있었어. 100명이나 되는 사람들의 무의식적인 염의 힘 따위는 거칠 것 없을 정도지. 생각해 봐, TV에 영상을 보냈다고. 필름에 빛을 비추는 것하고 완전히 다른 방식으로 TV가 영상을 내보냈어. 525개의 주파수 선을 통해 전기신호를 영상으로 보내는 방법이겠지. 사다코는 그런 게 가능했어. 범주 밖의 힘이지."

아사카와는 아무래도 석연치 않았다.

"그 정도 능력이 있다면 미우라 박사 곁으로 보내진 필름에 보다 수준 높은 염사가 되어 있지 않았을까?"

"너도 참 둔하구나. 봐, 어머니인 시즈코는 초능력을 남에게 알렸다가 불행한 생애를 보낼 수밖에 없었어. 딸에게 같은 전철을 밟게 하고 싶지 않았겠지. 능력을 숨기고 지극히 평범하게 살도록, 어머니는 딸에게 그렇게 계속 말했지 않겠나? 사다코는 힘을 꽉 억누르고 극히 일반적인 염사가 되도록 조정했을 거야."

야마무라 사다코는 극단 사람들이 돌아온 뒤에도 혼자서 연습장에 남아 당시엔 아직 귀중품이었던 TV를 보면서 자기 힘을 시험해 보고 있던 거야. 결코 자기 능력을 남에게 들키지 않도록 주의하면서.

"다음 장면에 등장하는 노파는 누구지?"

아사카와가 물었다.

"누군지 모르지. 아마 그 할머니는 사다코의 꿈 같은 데에 나와서 예언이라도 속삭여 준 거 아닐까? 옛날 방언을 쓰고 있었으니까. 너도 알았겠지만, 이 섬에서 쓰는 말은 거의 표준어라고 해도 될 정도야. 그 할머닌, 상당히 늙었었지? 가마쿠라 시대에 태어났을 것 같은데. 그리고 어쩌면 오즈누 선사와 뭔가 연관이 있을지도 모르지."

'니는, 내년이믄 새끼를 낳을 텐디.'

"그 예언, 진짤까?"

"아아, 그거? 다음에 바로 갓난아이 장면이 있잖아? 그러니까

난 처음에 야마무라 사다코가 남자아이를 출산했을 거라고 생각했는데, 그 팩스를 보니까 아무래도 아닌 것 같기도 하고."

"생후 4개월 만에 죽은 남동생……."

"그래, 그거 아닐까?"

"그럼, 어떻게 되지? 예언 말이야. 노파는 아무리 봐도 야마무라 사다코에게 '너'라고 부르고 있었어. 사다코는 아이를 낳았을까?"

"몰라. 할머니가 하는 말을 믿으면, 아마 낳지 않았을까?"

"누구 애?"

"내가 아냐? 어이, 너 인마, 내가 뭐든 아는 줄 아냐? 나는 그냥 추측으로 말하는 거밖에 없다고."

만약 야마무라 사다코의 아이가 존재한다면, 그 애는 누구의 자식이고 지금 무얼 하고 있을까?

류지가 갑자기 벌떡 일어섰는데, 그 때문에 무릎을 탁자 뒷면에 콱 박았다.

"엄청 배가 고파졌으니까 이제 점심 먹으러 갈 땐가 보다. 어이, 아사카와. 밥 먹으러 가자."

그렇게 말하더니 무릎을 손으로 문지르면서 잽싸게 현관으로 향했다. 아사카와는 식욕이 없었지만, 신경 쓰이는 일이 있어서 같이 식사하러 가기로 했다. 류지가 조사하라고 시키긴 했지만 어디부터 손을 써야 할지 모르는 채로 그대로 있던 일이 생각났다. 그것은 비디오테이프 마지막에 나타난 남자가 누구냐는 의문. 아버지인 이구마 헤이하치로일지도 몰랐다. 하지만 그렇다 하기에는 야마무라 사다코가 그 남자를 보는 눈 속에 적의가 가득했다. 그 남자의 얼굴을 브라운관에서 볼 때 아사카와는 몸속 깊은 곳에서 둔하고 무거운 통증을 느꼈고 강한 혐오감을 동시에 품었다. 멀쩡해 보이는 이목구비의 남잔데, 딱히 눈초리가 나쁘지도 않았는데도 어째서 혐오감까지 드는지 이상했다. 아무리 봐도 육친을 바라보는 눈이 아니었다. 요시노가 조사해서 보낸 보고서에 사다코가 아버지와 대립했다는 말은 어디에도 없었다. 오히려 부모가 바라는 대로 처신하는 딸이라는 느낌을 받았다. 이 남자의 신원을 찾아내는 일은 일단 불가능하다는 생각이 들었다. 30년이나 되는 세월은 남자의 얼굴을 상당히 바꿨겠지. 그래도 만에 하나 요시노에게 이구마 헤이하치로의 얼굴 사진을 찾아 달라고 할까, 그리고 류지는 이에 대해 어떻게 생각하고 있을까? 그런 것들을 물어보기 위해서 아사카와는 류지의 뒤를 따라 밖으로 나왔다.

거센 바람 소리가 들렸다. 우산을 쓰는 의미도 없이 아사카와와 류지는 모토마치 항구 바로 앞에 있는 백반집에 등을 굽히며 뛰어 들어갔다.

"맥주 마실까?"

류지는 아사카와의 대답도 듣지 않고 여점원에게 "맥주 두 병." 하고 외치고 있다.

"류지, 아까 하던 이야기 말인데, 네 생각에는 그 TV 영상이 뭐일 거 같으냐?"

"몰라."

류지는 불고기 정식을 먹는데 바빠서 무뚝뚝하게 대답해 놓고 고개조차 들지 않았다. 아사카와는 안주로 나온 소시지를 포크로 찍어 가면서 맥주를 입으로 가져갔다. 창밖에 항구 옆에 있는 다리가 보였다. 동쪽 바다를 향한 증기선 매표소에 사람 그림자라고는 코빼기도 비치지 않고 어딜 봐도 쥐 죽은 듯 고요했다. 섬에 갇힌 여행객들은 여관이나 민박집 창문으로 이 어두운 하늘과 바다를 걱정스레 바라보고 있겠지.

류지가 고개를 들었다.

"너는 말이야, 인간이 죽는 순간, 머리에 무슨 생각을 하는지 들어 본 적 있지?"

아사카와는 창밖을 향하던 시선을 정면으로 되돌렸다.

"그럼, 마음에 남았던 인상적인 장면이 플래시백처럼 전개되면서……."

아사카와는 어느 작가의 체험담을 책에서 읽었던 적이 있다. 그 작가는 산길에서 차를 운전하다가 핸들 조작을 잘못해서 깊은 계곡 바닥으로 자동차 채로 굴러 떨어졌던 경험이 있었다. 차가 도로에서 붕 떠올랐을 때 작가는 '아, 나는 이제 여기서 죽는구나.' 하고 깨닫고 그것을 깨닫는 순간 여태까지 겪은 인생의 이런저런 일들이 파라락 눈앞에 자세하고 명료하게 머릿속에 번뜩였다고 말했다. 결국 작가는 기적적인 구사일생으로 살아났지만 그때의 경험은 굉장히 선명하게 의식에 남아 있다고 했다.

"설마, 그게 그거라고?"

아사카와가 물었다. 류지는 점원에게 손을 들어 맥주를 한 병 더 주문했다.

"그냥 그게 연상되었을 뿐이야. 비디오에 나온 장면들은 모두 야마무라 사다코의 염력이나 생각이 장하게 작용했을 순간을 담고 있으니까. 인생 동안 인상적이었던 장면, 이라고 말하지 못할 것도 없지."

"그렇군. 어, 그렇다면 혹시?"

"그래, 그럴 가능성이 높지."

'야마무라 사다코는 이제 이승에 존재하는 사람이 아니다?'

그리고 죽는 순간에 그녀의 머릿속에서 뒤죽박죽으로 튀어나온 이런저런 장면들이 이런 형태로 현세에 남겨졌다?

"왜 죽었을까? 그리고 또, 비디오 마지막 장면에 나온 남자와 사다코는 무슨 관계지?"

"그렇게 아무거나 나한테 물어보지 마. 나라고 알겠냐?"

아사카와는 부루퉁한 얼굴을 했다.

"야, 조금은 자기 머리로 생각해 보라고. 너, 좀 남한테 너무 의지하는데. 나한테 혹시라도 무슨 일이 생겨서 너 혼자 주문의 수수께끼를 풀어야 할 처지가 되면 어쩌려고 그래?"

그런 일은 있을 수 없다. 아사카와가 죽으면 류지 혼자 주문을 푸는 일은 있을 수 있어도 거꾸로는 불가능하다. 그 부분만큼은 확신하고 있었다.

통신부에 돌아오니 하야쓰가 말했다.

"요시노라는 분에게서 전화가 왔었네요. 밖에서 전화하는 건데, 10분 뒤에 다시 전화한다고 했습니다."

아사카와는 전화 앞에 자리 잡고 앉아서 좋은 소식이길 기도했다. 벨이 울렸다. 요시노였다.

"아까부터 몇 번이나 전화했었는데……."

요시노의 목소리에는 어렴풋이 비난하는 어조가 섞여 있었다.

"죄송합니다. 밥 먹고 오느라."

"그럼…… 팩스는 도착했어?"

어조가 약간 변했다. 비난하는 기색은 사라지고 그 대신 상냥하게 변했다. 아사카와는 기분 나쁜 예감이 들었다.

"네, 덕분에 굉장히 도움이 되었습니다."

아사카와는 수화기를 쥔 손을 왼손에서 오른손으로 바꿨다.

"근데, 어떻습니까, 밝혀졌나요? 야마무라 사다코의 그 후 행적이."

아사카와는 다급하게 물었다. 하지만 요시노의 대답은 부정적이었다.

"틀렸어. 단서가 끊겼어."

요시노의 말을 듣자마자, 아사카와의 얼굴은 막 울음을 터뜨릴 듯이 구겨졌다. 류지는 기대에 부푼 인간의 얼굴이 점점 절망에 빠지는 표정을, 자못 우스운 듯이 관찰하며 다다미 위에 털썩 주저앉아서 뜰 쪽으로 양다리를 쭉 폈다.

"끊겼다니, 무슨 말씀입니까!"

아사카와의 목소리가 고양되었다.

"야마무라 사다코와 동기였던 극단 연수생들 중에 현재 소식이 들리는 사람은 네 명. 그 네 사람에게 전화로 물어 봤는데, 아무도 모른다더라. 그 사람들이, 그래 봤자 다 쉰 살 먹은 아저씨들이긴 했는데, 네 사람 다 극단 대표 시게모리가 죽은 직후부터 야마무라 사다코를 본 적이 없다고 입을 모았어. 그 밖에는 전혀 야마무라 사다코에 대한 정보를 얻을 수 없었어."

"설마, 이걸로 끝은 아니겠죠?"

"그렇게 이야기한대도, 자네, 무슨 단서가……."

"저는 내일 밤 10시에 죽을 운명입니다. 저뿐만이 아니라 아내와 딸은 일요일 오전 11시."

류지가 뒤에서 "야, 난 잊었냐? 섭섭하네." 하고 찬물을 끼얹었지만, 아사카와는 상대하지 않고 계속 말했다.

"아직 다른 방법이 있을 겁니다. 연수생 말고 야마무라 사다코 소식을 알 만한 사람이 있을지도 모르고요. 그쵸, 우리 가족 목숨이 걸린 일입니다."

"그렇다고 할 수도 없지."

"네? 무슨 말인가요?"

"데드라인이 지나서도 자네가 살아 있을 수도 있잖아."

"확신할 수 없습니다."

아사카와는 눈앞이 새까매지는 것 같았다.

"100퍼센트 믿는 쪽이 더 무리인 이야기야."

"괜찮으세요? 요시노 씨."

'어떻게 말하면 좋지. 어떻게 하면 이 사람을 설득할 수 있지?'

"저도 말이죠, 역시 반 정도밖에 믿지 않습니다. 바보같이, 뭐가 주문이란 말입니까. 그래도 괜찮을까요? 반대로 6분의 1의 확률로 이게 진실이라고 해도 요시노 씨는 여섯 발 중에 한 발의 확률로 총알이 발사될 권총을 관자놀이에 대고 방아쇠를 당기실 건가요? 요시노 씨는 자신의 가족을 그런 위험한 러시안 룰렛에 목숨을 걸 수 있습니까? 안 되시죠? 총구를 치우고, 가능하면 바다에 권총 통째로 집어던져 버리고 싶은 게 당연합니다."

아사카와는 단숨에 지껄였다. 뒤편에서 류지가 "우리는 바보야, 바보." 하고 떠들고 있었다.

"시끄러! 조용히 해!"

아사카와가 수화기를 손바닥으로 누르고 뒤돌아서 류지에게 노성을 질렀다.

"무슨 일인데?"

요시노가 낮은 목소리로 물었다.

"아니, 아무것도 아닙니다. 요시노 씨, 제발, 제가 부탁할 사람은……."

계속 이야기하는 아사카와의 팔을, 류지가 잡아당겼다. 아사카와는 화를 억누르지 못하고 거세게 뒤로 돌았지만, 거기에 보이는 것은 생각 외로 진지한 표정의 류지였다.

"우리가 멍청했어. 나도 너도 냉정을 잃고 있어."

류지가 작은 소리로 말했다.

"잠깐 기다려 주십시오."

아사카와는 수화기를 내렸다.

"무슨 말이야?"

"왜 이런 간단한 생각이 안 났을까. 야마무라 사다코의 발자취를 연대순으로 좇을 필요가 전혀 없었어. 거꾸로 찾아봐도 상관없잖아. 왜 B-4호에서만 그랬는지, 왜 빌라 로그캐빈에서만 그런 일이 있었는지, 왜 미나미 하코네 퍼시픽랜드에서 그런 일이 생겼는지."

아사카와는 퍼뜩 생각난 표정으로 그 일들을 떠올렸다. 그리고 어느 정도 마음을 가라앉히고 수화기를 고쳐 쥐었다.

"요시노 씨."

요시노는 끊지 않고 기다리고 있었다.

"요시노 씨, 극단 쪽 연줄은 일단 놔두십시오. 그보다 시급하게 조사해 주셨으면 하는 곳이 생겼습니다. 미나미하코네 퍼시픽랜드 이야기를 전에 했었는데요……."

"아, 들었지. 리조트 클럽이지?"

"네. 제 기억으로 분명히 10년 정도 전에 골프장이 생겼고 거기 부설 건물이 생기다가 현재 시설로 구비되었다고 생각하는데……. 부탁드리고 싶은 건 미나미하코네 퍼시픽랜드가 생기기 전에 거기 뭐가 있었는지 하는 점입니다."

요시노가 펜을 휘갈기는 소리가 들렸다.

"뭐가 있었냐니. 야, 그냥 산이었잖아."

"그럴지도 모르고, 근데 아닐 수도 있어요."

류지가 또 아사카와의 소매를 당겼다.

"그거랑, 배치도도. 봐 봐, 퍼시픽랜드가 생기기 전에 그 땅에 다른 건물이 있었다면, 그 건물 배치도도 입수해 달라고, 꼭 이야기해 줘."

아사카와는 그대로 요시노에게 전하고서 수화기를 내려놓았다. 절대로 단서가 잡히도록 강하게 염원하면서. 그래, 누구나 염원하는 힘이 있을 거야.

10

10월 18일 목요일

바람도 꽤 강하고, 맑게 갠 하늘에 흰 구름이 낮게 흐르고 있다. 태풍 21호는 어젯밤 보소 반도를 스치듯이 지나가서 북동 해상으로 사라지고 그 뒤를 쫓아온 것은 눈이 아플 정도로 시리게 푸르른 바다색이었다. 상쾌하게 갠 가을 날씨, 이렇게 날씨가 뒤바뀌다니. 아사카와는 마치 사형 집행을 눈앞에 둔 사형수의 심경으로 배의 갑판에 서서 파도를 바라보고 있었다. 시선을 위로 향하면 이즈 고원의 능선이 낙낙하게 하늘을 가로지르고 있다. 드디어 '데드라인'의 날을 맞이했다. 지금, 오전 10시, 이제 12시간만 지나면 그때가 틀림없이 온다. 빌라 로그캐빈에서 비디오를 본 지 일주일이 지나려 하고 있었다. 길었다……. 그게 실제 그랬다. 보통 사람이 평생 걸려서도 경험하지 못할 만한 공포를, 단 일주일 만에 전부 경험해 버렸다니, 길다고 느끼는 것도 당연할 것이다.

수요일 꼬박 하루 동안 오시마 섬에 갇혀서 어떻게 영향을 받았는지, 아사카와로서는 모를 일이었다. 전화기로는 결국 흥분해서 조사가 늦어졌다고 따졌지만, 지금 냉정하게 생각하면 요시노 선배가 정말 잘해 주어서 감사하는 마음이 컸다. 만약 아사카와 혼자 조사하러 돌아다녔다면 초조한 나머지 핀트가 어긋난 방향으로 빠져서 헤매게 되었을지도 몰랐다.

'이걸로 잘된 거야. 태풍은 내 편을 들어줬어.'

그렇게 생각하지 않으면 견딜 수가 없었다. 죽는 순간에 '그렇게 했으면 좋았을걸', '이렇게 했어야 하는 것을' 하고 후회하지 않도록 아사카와는 마음의 준비를 하고 있었다.

마지막으로 남겨진 단서는 손에 쥐고 있는 프린트 세 장, 어제 요시노가 반나절에 걸쳐 조사해서 팩스로 보내 준 것이다.

미나미하코네 퍼시픽랜드가 생기기 전에, 역시 그 땅에는 꽤

희귀한 시설이 존재했다. 희귀하다고는 했지만 당시 사정으로 보면 당연히 있을 법한 건물이었다. 이전에 거기 있던 것은 결핵 요양소였다.

결핵. 현재 이 병을 두려워하는 사람은 별로 없지만, 2차 세계 대전 전에 나온 소설을 읽어 보면 반드시 언급이 될 정도로 유명했다. 토머스 만이 『마의 산』을 쓰게 된 계기를 준 것도 결핵균이었다면, 가지이 모토지로(결핵으로 사망한 일본의 근대 소설가—옮긴이)가 퇴폐를 그토록 해맑게 노래하게 한 것도 결핵균이었다. 하지만 1944년 발견된 스트렙토마이신, 1950년에 발견된 하이드라지드는 결핵이 더 이상 문학사에 향수를 더하는 것을 막고 일개 전염병의 위치로 전락시켰다. 다이쇼 시대에서 쇼와 시대에 걸쳐 이 병으로 죽은 사람은 매년 20만 명이나 되었지만 그 수치는 2차 세계 대전 후 급격하게 줄어들었다. 하지만 결핵균은 사멸하지 않았다. 현재도 이 균에 감염되어 죽는 사람은 매년 5000명이나 있다.

한데, 결핵이 맹위를 떨치던 시절에 그 병을 치료하기 위해 필요했던 것은 깨끗한 공기와 조용하고 안정된 환경이었다. 그래서 결핵 요양소를 모두 고원 지대 같은 곳에 세웠지만, 과학의 진보와 함께 환자 수가 줄어드니 요양소로서의 기능을 바꿀 수밖에 없었다. 즉 내과, 위장, 외과 등을 겸비하지 않으면 경영이 어려워지기 때문이다. 1960년대 중반, 미나미하코네에 있던 요양소에도 이러한 변혁기가 찾아왔다. 그러나 상황은 최악이었다. 너무나 교통편이 나쁜 장소에 위치해 있었기 때문이다. 결핵에 걸릴 경우, 일단 입원하면 거의 퇴원이 불가능했기 때문에 교통편이 불편하다는 점은 문제가 되지 않았다. 하지만 종합병원으로 바꿀 계획이라면 그 사실은 치명적이었다. 그렇게 미나미하코네 요양소는 1972년 폐쇄된 것이다.

그리고 그 자리에 눈독 들인 것이 진작부터 골프장이나 리조트 건설지를 물색하고 있던 퍼시픽리조트 클럽이었다. 1975년, 퍼시픽리조트는 미나미하코네 요양소 부지를 포함한 고원 지대를 매입해서 바로 골프장 건설에 착수, 그 후 임대 별장, 호텔, 수영장, 피트니스 클럽, 테니스 코트와 리조트 설비를 차례로 정비해 갔다. 그리고 빌라 로그캐빈이 완성된 것이 지금으로부터 반년 전인 4월.

"거긴 어때?"

갑판에 있을 터인 류지가 어느새 아사카와의 옆자리에 와 있었다.

"뭐?"

"미나미하코네 퍼시픽랜드 말이야."

'그렇군. 류지는 아직 거기 가 본 적이 없었지.'

"야경이 멋지더군."

생기가 희박한 분위기, 오렌지색 조명 아래에서 팡, 팡, 하고 울리던 테니스 공 소리가 아사카와의 귓가에 되살아났다.

'어떻게 그런 분위기가 났을까? 요양소가 있던 장소라, 여러 사람이 죽은 탓일까?'

아사카와는 그런 생각을 하며 눈 아래로 아름답게 펼쳐진 누마즈와 미시마의 야경을 떠올리고 있었다.

아사카와는 맨 첫 번째 프린트를 아래로 돌리고, 두 번째와 세 번째 것을 무릎 위에 펴 놨다. 두 번째 프린드는 요양소 건물의 간단한 배치도, 그리고 세 번째 프린트는 요양소의 현재 모습인 미나미하코네 퍼시픽랜드의 인포메이션 센터와 레스토랑이 있던 3층짜리 거창한 건물 사진이었다. 아사카와가 찾아갔을 때, 차를 세우고 성큼성큼 들어가서 종업원에게 빌라 로그캐빈의 위치를 물어봤던 건물이었다. 아사카와는 두 장의 프린트를 번갈아 바라보았다. 3년이나 되는 시간의 흐름이 지도로 표시되어 있었다. 산을 따라 가는 커브길을 기준으로 하지 않으면 어디와 어디가 일치하는지 전혀 알 수 없다. 아사카와는 실제 풍경을 머릿속에 떠올리며 빌라 로그캐빈이 세워진 장소에는 이전에 뭐가 있었는지, 두 번째 프린트에 그려진 지도를 더듬어 보았다. 명확하게 위치를 지정할 수는 없지만, 그 두 번째 프린트를 겹쳐 봐도 빌라 로그캐빈이 있는 장소에는 아무것도 존재하지 않았다는 것을 알았다. 계곡 쪽 경사면을 뒤덮은 무성한 나무들만 있었을 뿐이다.

아사카와는 다시 한 번 첫 번째 프린트로 돌아왔다. 미나미하코네 요양소에서 미나미하코네 퍼시픽랜드로의 변천, 그 밖에 또 다른 중요한 정보가 쓰여 있었다. 나가오 조타로(長尾城太郎) 57세. 아타미 시에서 내과, 소아과 의원을 경영하는 개업의였다. 나가오는 1962년부터 1967년까지 5년간, 미나미하코네 요양소의 의사로 근무했다.

그땐 갓 인턴을 끝낸 햇병아리였다. 당시 미나미하코네 요양소의 의사를 역임하고서 현재까지 살아 있는 사람은 나가사키에서 딸 부부에게 의지하여 은거하는 다나카 요조와 나가오 조타로 두 사람밖에 없었다. 원장을 비롯한 다른 의사들은 다들 이제 이 세상 사람이 아니었다. 따라서 미나미하코네 요양소에 대한 정보를 알아내려면 나가오 조타로 말고는 없었다. 다나카 요조는 이제 곧 80세의 고령인 데다 나가사키에 거주 중인 것을 감안하면 도저히 취재하러 갈 시간이 없었다.

누구라도 좋으니 살아 있는 증인을 발견할 수 있도록 아사카와는 필사적으로 요시노에게 부탁을 했고, 요시노는 화를 내려다 꾹 참고 애써 나가오에 대해 조사해 주었다. 그가 써서 보내준 내용은 이름과 주소가 전부는 아니었다. 나가오에 관한 흥미로운 경력도 첨부되어 있었다. 왜 요시노가 이 부분에 흥미를 가졌나 했지만, 아마 조사하다가 어렴풋이 알게 되어 별 의미 없이 써 준 것이 아닐까 싶었다. 나가오는 1962년부터 1967년까지 5년간 요양소에서 하루도 쉬지 않고 의사로서 사명을 다한 것은 아니었다. 2주 동안이라는 짧은 기간이기야 하지만, 진료를 해 주는 입장에서 받는 입장으로 돌아가 격리병동에 수용된 적이 있었다. 1966년 여름, 산간 지방 격리시설을 방문했을 때 부주의하게도 환자에게서 천연두 바이러스를 옮아 버린 것이다. 다행히 몇 년 전에 종두(천연두의 예방접종—옮긴이)를 받았기 때문에 큰일까지는 아니어서, 반점 증상도 적었고 2차 발열도 없이 아주 가벼운 증상으로 끝났다. 하지만 감염을 막기 위한 격리 치료를 피할 수는 없었다. 재미있는 점은 그 덕분에 나가오의 이름이 의학적인 자료로 남을 수 있었다는 점이다. 다시 말해, 그는 일본에 마지막으로 남은 천연두 환자이다. 기네스북처럼 다양한 기록이 남는 요즘 세상에 이런 기록에 무슨 가치가 있을지 모르지만, 요시노는 재미있게 느꼈음에 틀림없다. 천연두, 아사카와나 류지 세대에서 이 병명은 이제 거의 사어(死語)나 다름없다.

"류지, 너 천연두 걸려 본 적 있어?"

아사카와가 물었다.

"멍청아, 있을 리 없지. 사멸했어. 그런 것은."

"사멸?"

"그럼, 인류의 지혜로 말미암아 근절되었지. 이제 이 세상에 천연두는 존재하지 않아."

류지가 말한 대로 세계보건기구(WHO)의 백신에 의해 철저하게 소탕 작전이 있었고, 천연두 바이러스는 1975년 거의 지구상에서 모습을 감추어 버렸다. 세계 마지막 천연두 환자, 이 이름도 물론 기록되어 있을 정도였다. 1977년 10월 26일에 발진 증상이 생긴 소말리아의 청년이었다.

"바이러스가 사멸해? ……어이, 그런 일이 가능한 건가?"

바이러스에 대한 지식은 아사카와로서는 전혀 가지고 있지 않다. 하지만 아무리 죽여도 모습을 바꾸어 강인하게 살아 있을 거라는 인상을 떨칠 수가 없다.

"바이러스란 건 말이지, 생명과 비생명의 경계선을 떠도는 것이야. 애초부터 말해 보면 인간의 세포 내에 있는 유전자라는 설도 있을 정도야. 어디서 어떻게 생겨났는지 몰라. 그냥 생명의 탄생과 그 진화에 크게 관여하고 있다는 점만은 확실해."

류지는 머리 뒤로 깍지 낀 손을 풀고 크게 기지개를 폈다. 그 눈이 생생하게 빛나고 있다.

"야, 아사카와. 재미있지 않냐? 세포 속의 유전자가 튀어나와서 별개의 생물이 된다는 말이. 상반하는 존재가 모두 그 근원이 동일할지도 모르는 거야. 빛과 어둠이라도, 빅뱅이 일어나기 전에는 사이좋게, 모순되지도 않게 동거하고 있었어. 신과 악마도 그렇지. 간단하게 말해 타락한 신이 악마라고 불리는 것뿐이고, 원래는 같은 거야. 남자와 여자도 그렇지? 원래는 양성을 둘 다 보유하고 있고, 지렁이나 민달팽이도 여성 성기와 남성 성기를 동시에 갖추고 있지. 그거야말로 완벽한 힘과 아름다움의 상징이라고 생각하지 않아?"

류지는 그렇게 말하며 웃었다.

"헤헤헤, 섹스할 수고가 줄어드니 편하겠네."

어디가 우스운지, 아사카와는 그 표정을 들여다보았다.

여성 성기와 남성 성기를 동시에 갖춘 생물이 완전한 아름다움을 상징한다니 말도 안 되는 소리.

"사멸한 바이러스가 또 있을까?"

"글쎄, 그렇게 흥미가 있으면 도쿄에 돌아가서 샅샅이 조사해보면 되잖아."

"돌아갈 수 있으면."

"헤헤, 걱정 마. 돌아갈 수 있어."

그때, 아사카와와 류지를 태우고 가는 고속선이 오시마와 이토를 잇는 선의 딱 중간이었다. 비행기를 타면 더 빨리 도쿄로 돌아갈 수 있지만, 두 사람은 아타미에 사는 나가오 조타로를 만나 보기 위해 일부러 배편을 이용했다.

전방에 아타미 고라쿠엔 관람차가 보였다. 시간에 딱 맞게 10시

50분 도착했다. 아사카와는 배의 승강용 사다리를 타고 내려와 렌터카를 세워 둔 주차장으로 뛰어갔다.

"어이, 그렇게 서두르지 말라고."

류지가 뒤에서 태평하게 말했다. 나가오가 운영하는 병원은 이토 선 기노미야 역 바로 앞에 있었다. 류지가 차에 타는 것을 초조하게 쳐다보는 아사카와는 언덕과 일방통행이 많은 아타미 시가지를 향해 차를 내달렸다.

"야, 이 사건 뒤에서 손대고 있는 존재는, 어쩌면 악마일지도 모르겠다."

차에 타자마자 류지가 진지하게 말했다.

"악마란 건, 항상 다른 모습으로 이 세상에 나타나는 존재야. 14세기 후반에 유럽 전 국토를 뒤덮었던 페스트를 알아? 전 인구의 반 가까이 죽었어. 믿어지냐? 반, 일본 인구가 6000만이나 사라지는 거랑 똑같아. 물론 당시 예술가는 페스트를 악마에 견주었어. 지금도 그렇잖아? 에이즈를 현대의 악마라고 멋대로 부르지. 그런데, 악마는 결코 인간을 사멸시키려고 하지 않아. 왜냐면…… 인간이 없으면, 그놈들도 존재할 수 없으니까. 바이러스는 말이지, 바이러스도 숙주인 세포가 죽어 버리면 더 이상 살 수가 없잖아. 그런데 인간은 천연두 바이러스를 사멸하게 하다니. 진짜, 그런 것이 가능할까?"

과거 전 세계에 맹위를 떨치고, 높은 사망률을 이룩한 천연두에 대한 공포는 현대에 와서 상상도 되지 않았다. 병으로 그토록 고통 받은 나머지, 이 병을 둘러싼 신앙이나 미신이 일본에도 수도 없이 많았다. 그 옛날, 이 병을 일으키는 존재는 포창신이라는 역신(疫神)이라고 믿었다. 신이라기보다는 악마라고 부르는 편이 낫겠지만, 인간이 신을 사멸로 몰아갈 수 있을까, 류지의 의문에는 그러한 질문이 함축되어 있었다.

아사카와는 류지의 이야기를 듣고 있지 않았다. 마음 한구석에서 왜 이 녀석은 하필이면 이때 이런 이야기를 하는 걸까 하는 의문만 계속 품으며, 그저 단순하게 길을 잘못 들면 안 되는 점, 되도록 빨리 나가오 의원에 도착해야 하는 점에만 온 신경을 집중하고 있었다.

11

기노미야 역 앞에 있는 도로를 들어가자 작은 한 층짜리 가옥이 있었는데, 현관 입구에는 '나가오 의원, 내과, 소아과'라는 간판이 걸려 있었다. 아사카와와 류지는 문 앞에서 잠시 멈춰 섰다. 만약 나가오에게서 아무 정보를 얻어내지 못한다면, 그때야말로 타임아웃이었다. 달리 새로운 연결점을 찾아낼 시간이 이제는 없었다. 하지만 도대체 무엇을 물어야 되는 건지. 30년이나 이전의 야마무라 사다코와 관계가 있을 법한 일을 그렇게 상황이 이쪽 입맛대로 나가오가 기억하고 있을 리가 없을 텐데. 그것뿐만 아니라, 미나미하코네 요양소에 야마무라 사다코가 관계되었다는 확증조차 없었다. 미나미하코네 요양소의 동료였던 의사 몇 명은 다나카 요조를 빼고 다들 천수를 다했다. 당시 간호사 이름도 색출해 낼 방법이 없는 건 아니지만 이제부터 한다고 해도 이미 늦었다.

아사카와는 손목시계를 확인했다. 11시 30분, 데드라인까지 이제 정확히 10시간, 여기까지 와서 문을 열려는 손을 망설였다.

"뭐하냐? 빨리 들어가."

류지는 아사카와의 등을 밀었다. 그렇게나 서둘러서 차를 달려왔던 아사카와가 왜 여기까지 와서 주저하는지 모르는 바는 아니었다. 무서운 것이다. 마지막 바람이 끊어지고 살아갈 희망을 잃는 것이 무섭겠지. 류지는 앞으로 나와서 문을 열었다.

좁은 대합실에는 세 사람이 앉을 만한 긴 의자가 벽 쪽에 놓여 있었다. 다행스럽게도 진찰을 기다리는 사람은 아무도 없었다. 류지는 몸을 굽혀서 자그마한 접수창에 대고 뚱뚱한 중년 간호사에게 말을 걸었다.

"실례합니다. 잠깐 선생님 좀 뵙고 싶은데요."

간호사는 들고 있던 주간지에서 고개를 들고 천천히 물었다.

"진찰이세요?"

"아니, 아닙니다. 선생님께 여쭤 보고 싶은 게 있어서."

간호사는 주간지를 덮더니 고개를 들어 안경을 썼다.

"무슨 용건이세요?"

"그러니까, 이야기를 좀 듣고 싶어서요."

류지 등 뒤에서 아사카와가 초조하게 얼굴을 내밀었다.

"선생님은 계십니까?"

간호사는 안경테를 양손으로 잡으며 두 남자의 얼굴을 번갈아 보았다.

"무슨 용건이신지 말씀해 주세요."

고압적인 말투였다. 류지와 아사카와는 일단 몸을 일으켰다.

"이런 간호사가 접수를 하니까 손님이 없는 거야……."

류지가 들리도록 말했다.

"뭐라고요!"

'화나게 하면 안 돼!'

아사카와가 그렇게 생각하고 머리를 숙인 순간, 안쪽 진찰실 문이 열리고 흰 가운을 입은 나가오가 모습을 드러냈다.

"무슨 일입니까?"

나가오의 머리는 완전히 벗어졌지만, 57세라는 연령이라기엔 좀 젊어 보였다. 그는 수상쩍다는 듯이 표정을 찌푸리고 현관에 서 있는 두 남자를 바라보고 있었다.

아사카와와 류지는 나가오의 목소리에 동시에 뒤로 돌아 거기 있는 나가오의 얼굴을 본 순간, 또다시 동시에 "아!" 하고 외쳤다.

나가오가 야마무라 사다코의 정보를 알고 있을지도 모른다는 말이, 허황된 말이 아니었다는 것을 한눈에 딱 알았다.

머리에 전류가 흐르고 아사카와의 뇌리에 각인되어 있는 비디오 마지막 장면이 재빨리 떠올랐다. 하악하악 거친 숨을 토해 내는 남자의 얼굴, 땀투성이 얼굴이 바로 코앞에 바싹 붙어 있고 눈은 붉게 충혈되어 있었다. 옷을 입지 않은 어깨, 거기 푹 하고 찢어진 상처, 상처에서 흐르는 피는 '눈'으로 세차게 쏟아져 내려서 망막을 흐리게 했다.

가슴을 억누르는 강렬한 압박감, 살의를 머금고 있는 남자의 얼굴, 그 얼굴이 바로 지금 현실에서 보는 나가오의 얼굴이었다. 나이는 먹었지만 절대 잘못 알아볼 수 없는 얼굴이다.

아사카와와 류지는 서로 눈을 마주쳤다. 류지는 나가오를 가리키더니 웃기 시작했다.

"하하하. 게임이 지금부터 재밌어졌는데? 이야, 이게 무슨, 이런 데에서 뵙게 되다니……."

나가오는 전혀 모르는 두 남자가 자기를 보고 나타내는 반응에 노골적으로 혐오감을 품고서 "뭡니까, 당신들은!" 하고 크게 소리쳤지만 류지는 개의치 않고 냉큼 나가오에게 다가가더니 멱살을 확 잡았다. 나가오는 류지보다 10센티미터나 키가 컸다. 류지는 엄청난 완력으로 나가오의 귀를 자기 입 가까이 끌어당기더니, 완력과는 정반대로 상냥하고 천천히 주변을 노려보는 것 같은 목소리로 이렇게 물었다.

"당신, 30년쯤 전에 미나미하코네 요양소에서 야마무라 사다코에게 무슨 짓을 했어?"

'말'이 머리 속으로 전달되는 데 몇 초 정도 걸렸다. 나가오는 눈을 황망히 뒤룩거리며 과거의 기억을 되살렸다. 그리고 결코 잊을 수 없는 그때의 기억이 되살아나자마자 허리 힘이 쭉 빠졌다. 류지는 의식을 잃으려 하는 나가오의 몸을 잡아서 벽에 기대어 세웠다. 나가오는 과거 기억을 떠올려서 충격 받은 것이 아니다. 기껏 서른 살 남짓한 이 남자가 어떻게 그 일을 알고 있는지, 그 의문이 번뜩인 순간, 말로 표현할 수 없는 공포가 전신을 꿰뚫었던 것이다.

"선생님!"

후지무라 간호사가 걱정스레 외쳤다.

"자, 이제 그만 점심시간에 좀 쉴까?"

류지는 눈빛으로 아사카와를 재촉했다. 아사카와는 환자가 들어오지 않도록 현관 커튼을 쳤다.

"선생님!"

후지무라는 어떻게 대처해야 하는지 몰라 허둥대며 나가오의 지시만 기다렸다. 나가오는 간신히 진정하고 이제 어떻게 해야 할지 궁리했다.

이 대책 없이 수다스런 여자에게 그 일을 알게 해선 안 된다는 생각이 들어서, 평정을 가장해서 말했다.

"후지무라 씨, 이제 점심시간 좀 가질까요? 식사라도 들고 오시죠."

"……선생님."

"괜찮으니까 다녀와요. 내 걱정은 안 해도 괜찮으니까."

'모르는 남자 둘이 들어와서 선생님에게 뭔가 귓속말을 한 것 같은데, 갑자기 선생님이 현기증을 일으키고 쓰러질 듯이…….'

무슨 일인지 짐작조차 되지 않아 후지무라는 조금 더 지켜보고 싶었지만 "빨리 나가!" 하고 나가오가 화를 내며 소리쳐서 튀어나가듯이 밖으로 나설 수밖에 없었다.

"자, 그럼 말씀 좀 나눠 볼까요?"

류지가 진찰실에 들어가니 나가오는 암을 선고받은 환자처럼 그 뒤를 따라갔다.

"먼저 주의하실 점은, 거짓말을 하지 마시라는 겁니다. 저와 이 남자는 이 '눈'으로 직접 봐서 전부 다 알고 왔으니까."

류지가 우선 아사카와를 가리키다가 그 손가락을 자기 눈 쪽으로 가져오며 말했다.

"그런 말도 안 되는 소릴."

목격했다니, 그런 일은 있을 수 없었다. 그 풀숲에는 아무도 없었다. 일단 이 두 남자 나이만 봐도…… 당시와…….

"믿을 수 없다니 무리는 아니지. 그런데, 우리 둘 다, 당신 얼굴 아주 자알 알고 있다고."

갑자기 류지의 말투가 변했다.

"뭣하면 알려 줄까? 당신 신체적인 특징을……. 그 오른쪽 어깨에는 아직 상처 자국이 남아 있지 않나? 어엉?"

나가오의 두 눈이 크게 벌어지고 턱 언저리가 부들부들 떨렸다. 류지가 충분히 뜸을 들이며 말했다.

"당신 어깨 상처가, 왜 거기 있는지도 말해 줄까?"

류지가 나가오의 어깨 끝에 머리를 쓰윽 내밀어 읊조렸다.

"야마무라 사다코에게 물어뜯겼지? 이렇게 말이야."

류지가 입을 벌리고 흰 가운 위를 무는 시늉을 했다. 나가오의 턱이 한층 더 심하게 떨리며 필사적으로 뭔가 말하려 했지만 윗니와 아랫니가 잘 맞지 않아 말이 되어 나오지는 않는 모양이었다.

"자, 잘 알았겠지. 잘 들어, 우린 당신에게 들은 이야기를 절대 누구에게도 이야기하지 않을 거야. 약속하지. 단, 알고 싶은 내용은 야마무라 사다코의 몸에 일어난 일 전부야."

결코 사고력이 작동할 상태가 아니었지만 나가오는 겨우 이야기가 이치에 맞지 않는다는 것을 깨달았다.

'그 일을 보고 있었다면, 구태여 지금에 와서 내 입으로 밝힐 필요가 없지 않을까? 아니, 잠깐. 그 광경을 보고 있었다는 전제 자체가 수상해, 보였을 리가 없다. 그때 태어났을까 말까 한 수상

한 놈들에게. 그럼, 뭐냐. 이놈들은 대체 뭘 본 거지?'

아무리 생각해도 모순이 커져만 갈 뿐이라 나가오는 머릿속이 파열될 것처럼 아팠다.

"헤헤헤헤……."

류지가 웃으면서 아사카와를 쳐다보았다. 그 눈이 말하고 있다.

'헤헤, 이만큼 겁을 줬으면 정직하게 무슨 이야기든 하겠지.'

그대로 나가오는 이야기를 시작했다. 어떻게 그리 자세하게 기억하고 있는지 스스로도 신기했다. 그리고 이야기와 함께 몸속 감각기관까지 그때의 흥분을 떠올리기 시작했다. 그 풍경, 열기, 감촉, 매끄러운 피부, 매미 소리, 땀과 풀냄새, 그리고 낡은 우물…….

"대체 뭐가 원인이었는지, 아마 열과 두통에 시달려서 정상적인 판단력을 잃어버린 것이겠지. 그 증상이야말로 잠복기를 경과하여 천연두의 초기 증상이었지만 설마 내가 그런 병에 걸려 있을 줄은 생각도 못 했으니까. 괴롭고, 요양소에서는 감염자가 단 한 명도 나오지 않았지만 만약 결핵 환자들이 천연두의 공격을 고스란히 받았다고 하면 지금도 몸이 움츠러들 정도야. 더운 여름날이었지. 새로운 입원 환자의 흉부 단층사진에 1엔짜리 동전 크기의 공동(空洞)이 발견되어서 '뭐, 1년이라고 각오하시는 편이 좋겠군요.'라고 말하곤 그 환자가 회사에 제출할 진단서를 다 쓰고 나서 도저히 참을 수가 없어서 밖으로 나왔지. 하지만 바깥에서 고원의 공기를 쐬어도 두통이 조금도 나아지지 않았어. 그래도 겨우 병동 옆에 돌계단에 앉아서 정원 앞의 그늘을 바라보고 있었더니 한 젊은 여성이 나무줄기에 기대어 서서 아래를 내려다보고 있다는 것을 깨달았지. 그녀는 이곳 환자가 아니었어. 내가 여기에 오기 훨씬 전부터 입원해 있는 이구마 헤이하치로라는 T대학 부교수였던 사람의 딸이었고, 이름은 야마무라 사다코라고 했지. 친자식인데도 이름이 달랐기 때문에 그 이름을 잘 기억하고 있어. 요 1개월 동안 야마무라 사다코는 빈번하게 미나미하코네 요양소에 병문안을 왔지만, 별로 아버지 곁에 있진 않았고 아버지의 증상을 의사에게 물어보지도 않았어. 그저 맑고 아름다운 고원 경치를 즐기러 왔나 생각할 정도로 말이야. 나는 그녀의 옆에 앉아서 슬쩍 웃어 보이며 아버지 용태는 어떠시냐고 말을 걸었지만 그녀는 아버지의 증상에 대해서는 별로 알고 싶지도 않다는 기색을 내비쳤어. 그 주제에 아버지의 목숨이 이제 얼마 안 남았다는 사실을 확실하게 알고 있더라고. 말투로 보아 알 수 있었어. 어느 의사의 예상보다도 정확하게, 그녀는 아버지가 돌아가실 날을 예지하고 있던 거야.

그렇게 야마무라 사다코 옆에 앉아서 그녀의 인생이나 가족 이야기 같은 것을 묻는 동안, 그렇게 격한 두통이 어느새 사라졌다는 사실을 알았어. 그 대신에 나타난 것은, 열을 동반한 묘한 고양감이었지. 어디선지도 모르게 활력이 솟아오르고 몸속에 피의 온도가 높아지는 것 같은 감각. 나는 야마무라 사다코의 얼굴을 슬며시 관찰했어. 언제나 느끼는 것이지만, 이렇게나 단정한 여자의 얼굴이 이 세상에 어떻게 존재하는지 이상하게 느껴졌어. 아름다움의 기준이 어디에 있는지는 모르겠지만, 나보다 스물이나 연상인 다나카 선생도 똑같은 말을 했었거든. 야마무라 사다코 이상의 미인은 본 적이 없다고. 나는 열 때문에 숨이 콱 막혀

오는 호흡을 겨우 누르며 슬쩍 그녀의 어깨에 손을 얹고 말했어.

'더 시원한 나무그늘로 가서 이야기 합시다.'

야마무라 사다코는 아무런 의심도 없이, 꾸벅 고개를 끄덕이고 일어서려 했지. 그리고 일어서려고 등을 구부렸을 때, 나는 그녀의 흰 블라우스 안쪽에 모양새 고른 자그마한 젖가슴을 보고 말았어. 너무나 하얀 그 색, 동시에 내 머릿속 전체가 유방의 색으로 물들어 정상적인 사고력을 빼앗겨 버린 듯한 쾅 하는 충격을 받았지.

그녀는 내가 얼마나 설렜는지 아무런 주의도 하지 않고 긴 치마에 붙은 먼지를 탁탁 손으로 털어내고 있었는데, 그 모습이 너무나 순수해서 사랑스럽게 느껴졌지.

빗발치듯 들려오는 매미 소리 속에서 우리는 나무들이 무성하게 우거진 숲을 끝없이 걸어갔어. 명확하게 목적지를 정한 것은 아니었지만 내 다리는 어느새 어떤 방향으로 향하고 있었지. 땀이 등줄기를 흘러내려 나는 셔츠를 벗어서 러닝 하나만 입고 있었지. 그런데 짐승들이 다니는 길, 그 끝에 빼끔히 열린 계곡 경사면에 오래된 민가가 있었거든. 사람이 살지 않은 지 10년은 족히 지났을, 판자벽이 전부 썩어서 언제 지붕이 무너져도 이상하지 않은 상태인 곳이야. 그 민가 건너에는 우물이 있었는데, 그녀는 그것이 눈에 들어오자마자 '아아, 목마르네요.' 하고 달려가서 안을 들여다보기 위해 몸을 굽혔어. 밖에서 봐도 그 우물이 지금 쓰이고 있지 않는 것은 명백했지만, 나도 같이 우물로 달려갔어. 우물 안을 보려 한 것이 아니야. 보고 싶었던 것은, 몸을 굽히고 있는 야마무라 사다코의 앞가슴뿐이었어. 나는 우물 가장자리에 두 손을 짚고 그것을 바로 앞에서 보았지. 어두운 땅속에서는 습한 냉기가 솟아올라서 내 얼굴을 어루만졌지만, 불볕 같은 충동을 없애기에는 너무나 부족했어. 어디서 충동이 솟아났는지는 몰라. 천연두 열에 제어 기능을 빼앗긴 것일지도……. 그런 기분이 들었어. 결단코 말하지만, 지금까지 그렇게 관능적인 유혹에 휩싸여 본 적이 없었거든.

나는 무의식중에 손을 뻗어 부드럽게 부풀어 있는 곳을 만지고 있었어. 그녀는 놀라서 고개를 들었는데, 내 머릿속에 무언가가 튀어 올랐어. 그다음 기억은 너무 애매해서 생각나는 부분은 단편적인 장면밖에 없군. 정신이 들었더니, 나는 야마무라 사다코를 땅바닥에 내리누르고 있었어. 블라우스를 가슴 위까지 걷어 올리고 그러고서……. 격한 저항에 오른쪽 어깨를 물어뜯기기 전까지의 기억은 날아가 버렸어. 강렬한 아픔에 정신이 들었지. 내 어깨에서 흐르는 피가 그녀의 얼굴 위에 뚝뚝 떨어지는 것을 보고 있었어. 그녀는 피가 눈에 들어가서 질색하며 고개를 내젓고 있었지. 그 리드미컬한 움직임에 나는 몸을 합쳤어. '대체, 지금 내가 무슨 표정을 짓고 있을까. 야마무라 사다코는 무슨 눈으로 내 얼굴을 바라보고 있을까. 분명 괴물의 얼굴이 그녀의 눈에 비치고 있겠지…….' 하고 그런 생각을 하며 일을 마쳤어.

행위가 끝나니 사다코는 강렬한 시선을 나에게 고정시킨 채 누운 자세 그대로 양 무릎을 세워 팔꿈치를 능숙하게 움직여 서서히 뒤로 물러났어. 나는 다시 한 번 그 몸을 바라보았는데, 그건 잘못 보았다는 생각이 들어서였어. 꾸깃꾸깃하게 구겨진 회색 치마가 허리까지 올라가 있었고, 그대로 드러낸 가슴께를 감추려고도 하지 않고서 뒤로 물러서려는 그녀의 허벅지 안쪽에 햇빛이 확 비치니 작고 검은 덩어리가 확실히 드러났거든. 눈을 들어 가슴께를 보았어……. 거기에는 예쁜 유방이 있었어. 다시 한 번 시선을 내렸어……. 거기, 음모로 뒤덮인 음부 안쪽에는 완전히 발육되어 분화된 고환이 붙어 있었던 거야.

만약 내가 의사가 아니었다면 분명 너무 놀라 주저앉아 버렸을지도 몰라. 하지만 나는 이 병을 교과서에서 사진으로 보아 알고 있었어. 고환성여성화증후군. 극히 보기 드문 증후군이며 교과서 밖에서, 게다가 이런 상황에서 눈으로 직접 보리라고는 생각지도 못했어. 남성가성반음양(男性假性半陰陽, 남성 염색체와 정상적 고환을 가졌지만 선천적으로 남성 호르몬 수용체가 결여된 상태 등을 표현하는 의학 용어 — 옮긴이)의 하나인 고환성여성화증후군은 외견적으로는 완전하게 여성의 몸, 유방, 외음부, 질은 가지고 있어도 자궁은 없는 경우가 많아. 성 염색체는 XY인 남성형. 그리고 왠지 이 증후군인 사람은 모두 미인이야.

야마무라 사다코는 아직도 나를 바라보고 있었어. 자기 육체의 비밀을, 가족 이외의 사람이 아마도 처음으로 알게 된 걸 거야. 물론 바로 전까지 그녀는 처녀였어. 이제 앞으로 여자로서 살아가는 데 반드시 필요한 시련이 아닌가. 나는 내 행위를 정당화하려고 하고 있었어. 그런 나의 뇌리에 돌연, 어떤 말이 파고들었어.

'죽여 버릴 거야!'

강한 의지가 깃든 울림에, 나는 그녀가 보내는 텔레파시가 거짓말이 아니라는 것을 순간적으로 직감했어. '의심'을 일절 허락할 틈도 없이 내 육체가 그것을 사실로 받아들였지. 먼저 죽이지 않으면 이쪽이 먼저 살해될 거라고. 육체의 방어 본능은 나에게 명령을 내렸지.

나는 다시 그녀의 위에 타고 올라 양손을 가느다란 목에 갖다 대고 체중을 가했어. 놀랍게도 이번이 오히려 저항이 적어서 마치 죽는 것을 바라고 있는 것처럼 기분 좋게 눈을 가늘게 뜨고서, 그 몸에서 힘이 스르륵 하고 빠져나갔어.

숨이 끊어졌는지 확인도 하지 않고 나는 그녀의 몸을 안아 올려 우물로 갔어. 이때도 아직 행동이 의식보다 우위에 있었던 것 같았어. 다시 말하면, 우물 속에 떨어뜨릴 생각으로 시체를 안아 올린 것이 아니라 문득 안아 올렸을 때 마침 빼끔히 둥글게 입을 연 검은 입구가 눈에 들어와 그래야 할 기분이 들어 버렸다고 하는 게 맞아. 뭔가, 사물이 내 상황에 좋게 배치되어 있구나 하는 감각. 아니, 그것보다는 자기 이외의 의사(意思)가 자기를 움직이고 있다는 감각. 이제부터 앞에 무슨 일이 일어날지 막연하게 알고 있으며 귓속에는 이 현실을 꿈이라고 하는 목소리가 들리고 있었어.

위에서 들여다봐도, 바닥이 어두워서 잘 보이지 않았어. 솟아 올라오는 흙냄새로 인해 바닥에 물이 얕게 고여 있다는 건 알았지. 나는 사다코를 붙들고 있던 손을 놓았어. 야마무라 사다코는 우물 벽면에 그 몸이 미끄러지며 땅속으로 꺼져 들어가서 첨벙 하는 물소리와 함께 바닥에 부딪혔어. 어둠에 익숙해질 때까지 눈에 힘을 주어도 우물 바닥에 웅크려 있는 여자 모습은 보이지 않았어. 하지만 불안을 떨칠 수 없었기에 나는 돌이나 흙을 던져 넣어 그녀의 몸을 영원히 은폐하려 했지. 양손 한가득 흙과 함께 주먹만 한 돌을 대여섯 개 던져 넣고 나서야 같은 일을 반복하는 것을 멈췄어. 왜냐하면 돌이 야마무라 사다코의 몸에 부딪히고 땅바닥에서 둔한 소리를 내면서 내 상상력을 자극했는데, 그 병적으로 아름다운 육체가 이런 돌멩이에 망가져 간다고 생각하니 도저히 견뎌 낼 수가 없었거든. 모순이라는 것은 잘 알고 있어. 한편으로는 그 육체의 소멸을 바라며, 다른 한편으로는 육체가 상처 입는 것을 괴로워했던 거야."

말을 마친 나가오 앞에, 아사카와는 프린트 한 장을 내밀었다. 미나미하코네 퍼시픽랜드의 배치도였다.

"그 우물은, 이 지도 어디에 있지?"

아사카와는 힘 있게 물었다. 나가오가 그 지도의 의미를 이해하는 데 약간 힘이 들었지만, 이윽고 요양소가 있던 장소에 레스토랑이 있다는 것을 알려 줬더니 그곳을 시작으로 위치 감각을 되찾았다.

"이 근처 같군."

나가오는 그 부분을 대략적으로 가리켰다.

"틀림없어. 빌라 로그캐빈이 있는 장소야."

아사카와는 벌떡 일어섰다.

"자, 가자!"

하지만 류지는 잠자코 있었다.

"뭐, 그렇게 서두르지 말라고. 우리는 아직 이 아저씨에게 물어볼 게 있어. 그렇지? 당신, 그 뭐라는 증후군……."

"고환성여성화증후군."

"그런 여자는 아이를 낳을 수가 있나?"

나가오가 고개를 저었다.

"아니, 불가능하네."

"그리고 또 하나 확인하고 싶어. 야마무라 사다코를 범할 때, 당신은 그때 이미 천연두에 걸린 상태였지?"

나가오가 끄덕였다.

"그렇다는 건, 일본에서 마지막으로 천연두에 감염된 사람이 야마무라 사다코라는 말인가?"

죽는 순간, 야마무라 사다코의 몸에 천연두 바이러스가 침입한 것이 틀림없었다. 하지만 그녀는 그 직후 바로 죽었다. 숙주인 육체가 죽으면 바이러스도 살아 있을 수 없으니 감염되었다고 할 수도 없는 상태일 것이다. 나가오는 어떻게 대답해야 할지 몰라 눈을 내리깐 채 류지의 시선을 피하기에 여념이 없어 확실한 대답은 하지 않았다.

"이봐! 뭐해! 빨리 가자."

아사카와는 현관 입구에 서서 류지를 재촉했다.

"쳇, 좋은 추억이나 계속 뜯어먹고 있으라고."

류지는 검지로 나가오의 콧등을 탁 치고 아사카와의 뒤를 쫓았다.

12

논리를 붙여 가며 설명할 수는 없지만 소설을 읽거나 잡스러운 드라마를 본 경험으로 이야기 전개가 이렇게 되는 경우에는 상투적인 수단처럼 느껴졌다. 게다가 박자 감각 있게 전개되었다.

야마무라 사다코가 숨어 있는 장소를 찾아있던 것도 아닌데 이리저리 다니던 동안 그녀의 몸에 닥쳐 온 재난과 매장된 장소까지 밝혀졌다. 그래서 류지에게서 "큰 철물점 앞에서 차 세워."라는 말을 들었을 때 아사카와는 '아아, 이 녀석도 나와 같은 생각을 하고 있군.' 하고 안심했다. 그것이 어느 정도 힘든 작업이 될지는 아직 상상도 되지 않았다. 만약 완전하게 파묻혀 있지 않다면 빌라 로그캐빈의 주변에서 낡은 우물을 발견하는 일이 그리 어렵지는 않으리라. 그리고 우물이 있는 장소만 알면 그 안에서 야마무라 사다코의 유골을 꺼내는 일도 손쉬울 것이다. 모두 간단한 일처럼 생각이 들었고 그렇게 생각하고 싶었다. 오후 1시의 햇빛이 온천마을 언덕길에 반사되어 눈부셨다. 평일이라 태평스러운 마을 분위기도, 그 눈부신 빛이 아사카와의 상상력을 탁하게 만들고 있었다. 단 4~5미터 깊이라고는 해도 좁은 우물 바닥은 빛이 가득한 지상과 전혀 다른 세상을 형성하고 있다는 사실을 아직 아사카와는 알아채지 못했다.

니시자키 철물점이라는 간판이 눈에 띄어서 아사카와는 브레이크를 밟았다. 가게 앞에 늘어선 접이식 사다리라든가 제초기를 보고 필요한 것은 전부 이 가게에 있을 거라고 확신할 수 있었다.

"살 물건은 너에게 맡길게."

그 말을 남기고, 아사카와는 가까운 공중전화박스로 달려갔다. 문손잡이를 잡고 멈춰 서서 카드지갑에서 전화카드를 한 장 꺼냈다.

"어이, 태평하게 전화나 걸 상황이 아닐 텐데?"

류지가 투덜대도 아사카와의 귀에는 들리지 않았다. 류지는 툴툴대며 가게로 들어가서 로프, 양동이, 스코프, 도르래, 서치라이트 등에 차례로 손을 뻗었다.

이것이 목소리를 들을 마지막 기회일지도 모른다고, 그런 초조한 기분이 아사카와를 서두르게 했다. 시간 여유가 없다는 것 정도는 너무나 잘 알고 있었다. 데드라인 시각까지 남은 시간은 아홉 시간도 안 됐으니까. 아사카와는 전화카드를 집어넣고 아타미에 있는 아내의 친정 전화번호를 눌렀다. 전화를 받은 사람은 장인이었다.

"아, 아사카와입니다. 시즈카와 요코를 불러 주실 수 있으십니까?"

인사도 다 생략하고 갑자기 아내와 딸을 전화로 바꿔 달라는 것도 상당한 실례이긴 했다. 하지만 장인의 기분 따위 생각하고 있을 때가 아니었다. 장인은 뭔가 말을 하려 했지만 아사카와가 처한 상황을 아는지 바로 딸과 손녀를 불러 주었다. 장모가 전화를 먼저 받지 않아서 다행이었다고 곰곰이 생각했다. 장모에게 수화기를 건네기라도 했다간 길고긴 인사말을 줄줄이 한도 끝도 없이 늘어놓다가 잠깐 끼어들 기회조차 허락하지 않을 것이 불 보듯 뻔했다.

"네, 여보세요."

"시즈카, 당신이야?"

아내의 목소리가 그리웠다.

"여보, 지금 어디 있어?"

"아타미야. 그쪽은 어때?"

"응, 별일 없어. 요코는 완전히 할아버지 할머니한테 찰싹 달라 붙어 있고."

"옆에 있어?"

목소리가 들려왔다. 아직 옹알거리는 파열음. 아빠를 찾아 필사적으로 엄마 무릎에 오르는 소리.

"요코야, 아빠야."

시즈카는 요코의 귀에 수화기를 대 주었다.

"빱빠빠……."

그렇게 들렸다. 아빠라고 말할 생각이었겠지. 단어가 제대로 전달되지는 않았을 텐데, 숨결과 입술에서 새어 나오는 공기의 소리, 아니면 입술이나 뺨에 수화기를 부딪치는 소리가 크게 귓가에 울렸다. 그 덕에 오히려 딸의 존재를 가깝게 느낄 수 있었다. 이런 일에서 빠져나와서 지금 바로라도 요코를 꽉 안아 주고 싶은 충동이 가슴을 가득 채웠다.

"요코, 기다리고 있어. 아빠가 금방 바로 붕붕 하고 데리러 갈 테니까."

"응? 그럴래? 언제 올 건데?"

어느샌가 시즈카가 바꿔 받았다.

"일요일. 그래, 일요일에 렌터카 빌려서 데리러 갈 테니까, 다 같이 닛코에라도 드라이브하고 돌아가자."

"와, 진짜? ……요코야, 좋겠지? 아빠가 이번 일요일에 드라이브하러 가자고 하셔."

귀 안쪽이 뜨거워졌다. 과연 이런 약속을 해도 되는 걸까? 의

사는 환자를 필요 이상으로 기쁘게 하는 말을 결코 하지 않는다. 나중에 받을 충격을 최소화하기 위해 기대를 미연에 갖지 않게 하는 게 낫기 때문이다.

"맡은 사건은 이제 정리 다 된 거야?"

"거의 다 되어 가."

"약속이야. 다 끝나면 처음부터 끝까지 다 이야기해 주기."

아내와 한 약속. "일절 이 건에 대해 질문하지 마, 그 대신 일단락되면 전부 이야기해 줄게."라고 했었다. 아내는 충실하게 약속을 지키고 있었다.

"어이, 언제까지 전화할 거야?"

뒤에서 류지 목소리가 들렸다. 뒤돌아보니 트렁크를 열고 구입한 도구들을 쑤셔 넣고 있었다.

"또 전화할게. 오늘은 이게 마지막일 거야."

아사카와는 전화 후크에 손을 얹었다. 누르면 전화는 끊어졌다. 무엇을 위해 전화를 걸었는지는 모르겠다. 그냥 목소리를 듣기 위해선지, 아니면 더 중요한 이야기를 전하기 위해서였는지. 하지만 지금 가령 계속해서 한 시간 동안 대화를 하더라도 전화를 끊을 때가 되면, 말하고 싶은 것의 반도 제대로 전하지 못했다고 생각할지도 모른다고 강하게 안타까움을 느낄 게 틀림없었다. 결국은 똑같았다. 아사카와는 후크에 손가락을 걸고 힘을 주었다. 아무튼 오늘 밤 10시에는 모든 결말이 났다. 오늘 밤, 10시까지는…….

이렇게 해서 한낮에 올라와 보니 이전에 왔었던 밤의 수상한 분위기는 햇빛에 숨고 미나미하코네 퍼시픽랜드는 극히 평범한 고원 분위기가 감돌았다.

테니스 공 소리도 기분 탓인지 신나는 것 같았다. 파앙파앙 길게 여운을 끄는 것이 아니라 통통 마른 소리를 내며 공이 네트 너머로 날아다녔다. 바로 눈앞에는 후지산이 아스라이 하얗게 보이고 하계에 점점이 비닐하우스 지붕이 은색으로 빛나고 있었다.

평일 오후, 빌라 로그캐빈에 손님 모습은 보이지 않았다. 이 임대 별장들이 만실이 되는 때는 주말과 휴가철 정도일 것이다. B-4호는 오늘도 비어 있었다. 류지에게 수속을 맡기고서 아사카와는 짐을 옮기고 가벼운 옷차림으로 갈아입었다.

찬찬히 방 안을 살펴보았다. 일주일 전날 밤, 아사카와는 가까스로 이 귀신 집구석에서 몸만 빠져나왔다. 토하려는 것을 참으며 화장실로 달려갔을 때, 오줌까지 약간 지렸던 것까지……. 그리고 화장실에서 몸을 굽혔을 때 바로 옆에 보였던 낙서 내용까지 아사카와는 선명하게 기억하고 있었다. 아사카와는 화장실 문을 열었다. 그 장소에 그 낙서가 그대로 있었다.

2시를 조금 넘었다. 두 사람이 발코니로 나와 주변에 풀숲을 내다보면서 오다가 산 도시락을 먹었다. 나가오 의원에서 여기 도착할 때까지 초조함 때문에 계속 신경이 긴장 상태였다. 아무리 초조해졌을 때라도 상황에 어울리지 않게 느긋한 휴식 시간이 끼어드는 일이 있다. 원고 마감에 쫓기면서도 하릴없이 사이폰(기압차에 의해 끓인 물이 이동하여 커피를 추출하는 장치 — 옮긴이)에서 커피가 떨어지는 모습을 바라보다가 나중에 귀중한 시간을 우아하고도 허무하게 써 버렸다는 것을 깨닫게 되는 일이 아사카와는 자주 있었다.

"배를 든든하게 채워 놔야지."

류지가 말했다.

그는 2인분의 도시락을 사 놨다. 아사카와는 식욕이 너무 없어서 때때로 젓가락을 멈추고 실내 모습을 물끄러미 바라보고 있었지만 문득 생각났다는 듯이 류지에게 물었다.

"야, 확실히 해 두자. 우리가 지금부터 무슨 일을 해야 하지?"

"당연하지. 야마무라 사다코를 찾아내야지."

"찾아내서 어떻게 해?"

"사시키지로 옮겨서 공양하자."

"그러니까, 주문이란 건…… 야마무라 사다코가 바라고 있는 것이 그거라는 소리군."

류지는 입안 가득 밥을 와구와구 집어넣고 천천히 씹으면서 초점이 안 맞는 눈으로 줄곧 한 점을 응시했다. 스스로조차 납득하고 있지 않다는 느낌을 그의 표정에서 읽어 낼 수 있었다. 아사카와는 무서워졌다. 마지막 기회를 확신할 만한 근거가 필요했다. 다시 시도할 기회가 없었다.

"우리가 지금 할 수 있는 일은, 그거 말고 없어."

류지가 그렇게 말하고 텅 빈 도시락 그릇을 집어던졌다.

"이렇게 될 가능성은 어때? 자기를 죽인 사람에 대한 원한을 풀어 주길 바란다……."

"나가오 조타로 말인가……. 그놈을 쳐부수면 야마무라 사다코가 진정되기라도 한다던?"

아사카와는 류지의 눈을 들여다보며 본심을 알아내려 했다.

유골을 꺼내 공양해도 아사카와가 목숨을 잃을 경우에는 류지가 나가오를 죽일 생각 아닐까? 아사카와를 시금석으로 삼아 자기만 살려고 하는 게 아닐까 하고…….

"야, 쓸데없는 생각하지 마."

류지가 웃었다.

"일단 말이야, 만약 진짜 야마무라 사다코의 원한이 깊었다면 나가오 같은 놈은 애초에 죽었어."

확실히 그럴 만한 힘을 그녀는 가지고 있다.

"그럼, 왜 야마무라 사다코는 호락호락 나가오한테 살해당한 거지?"

"뭐라 할 수 있겠냐. 그냥, 그녀 주변 가까운 인물들의 죽음과 좌절 때문에 삐걱댔겠지. 극단에서 휙 사라졌던 그때처럼. 그냥 좌절한 것 아닐까? 고원에 있는 결핵 요양소에서 아버지 병문안을 했을 때, 거기서 아버지의 죽음이 가깝다는 것을 알아 버렸겠지."

"현세를 비관하는 인간은 자길 죽인 인간에게 원한을 품지 않는다……는 말인가?"

"아니, 그렇다기보다는 야마무라 사다코 자신이 나가오 아저씨를 그렇게 만들어서……. 그런 것도 생각해 볼 수 있잖아. 즉, 나가오의 손을 빌린 자살일지도 모르는 거지."

미하라 산의 분화구에 뛰어든 엄마, 폐결핵으로 목숨이 얼마 남지 않은 아버지, 여배우의 꿈도 좌절되었고, 앞으로 살아가면서 겪을 육체적 문제……. 자살 동기가 수도 없이 많았다. 실제로 자살이라고 생각하지 않으면 말이 되지 않는 부분이 있었다. 요시노가 보내 온 보고서에 등장하는 히쇼 극단의 창립자인 시게모리는 술기운에 야마무라 사다코의 아파트에 쳐들어갔다가 그다음 날 심장마비로 죽어 버렸다. 야마무라 사다코가 어떤 특수한 능력을 써서 시게모리를 죽인 게 거의 틀림없을 것이다. 사다코에게는 그만한 힘이 있었다. 남자 한둘쯤, 아무 증거도 남기지 않고 간단하게 죽여 버리는 힘. 그러면 왜 나가오는 살아 있지? 나가오의 의사(意思)에 작용하여 자살을 선택하지 않았다면, 이 모순은 결코 풀리지 않는다.

"좋아, 그럼 가령 자살이라고 하고, 사다코가 왜 죽기 전에 강간을 당해야만 했을까? 야, 처녀귀신이 되기 싫었을 거라는 둥 바보 같은 대답은 하지 마."

아사카와가 못 박아 두었다. 그 덕분에 류지는 대답이 궁해졌다. 그렇게 대답하려 하고 있었기 때문이다.

"바보 같은 대답일까?"

"응?"

"처녀인 채로 죽고 싶지는 않다는 마음이 그렇게 바보 같냐고."

류지가 꽤나 심각한 얼굴로 다그쳤다.

"나였다면, 만약에 나였다면. 역시 그렇게 생각할 거야. 동정인 채로 죽는 것은 싫다고."

평소의 류지답지 않다고 아사카와는 느꼈다. 이론으로 잘 설명할 수 없지만, 말하는 것도 표정도 류지답지 않았다.

"너, 진짜 그렇게 말하려 했던 거야? 남자와 여자는 다르다고. 특히 야마무라 사다코 경우에는 말이지."

"헤헤. 농담이야. 다시 말하면, 야마무라 사다코는 강간 따위 당하고 싶지 않았을 거야. 당연하지. 누가 스스로 좋아서 강간당

하고 싶겠어. 실제로도 뼈가 보일 정도로 나가오의 어깨를 물어뜯었기도 하고. 당해 버린 직후 죽고 싶다는 생각이 문득 머리를 스치고, 알게 모르게 나가오 조타로에게 작용해 버렸다는……. 뭐, 그런 거지."

"글쎄, 어떨까? 그래도 나가오에 대한 원한은 남지 않나?"

아사카와는 한 가지가 납득되지 않았다.

"야, 잊고 끝내지 않았을까? 원한 부분을 말이야. 야마무라 사다코의 분노의 화살촉이 특정 개인이 아니라 모든 일반 대중들에게 향하고 있다고 보는 게 맞지. 거기에 비하면 나가오를 증오하는 기분 정도는 하찮지."

대중에 대한 원한. 만약 그런 것이 그 비디오에 담겨 있다고 한다면 과연 주문 내용은 대체…… 어떻게 되지? 무차별 공격, 무차별 공격, 류지의 탁한 목소리가 아사카와의 생각을 가로막았다.

"그만둬. 그런 생각까지 시시콜콜하고 있을 시간이 있으면 한시라도 빨리 야마무라 사다코를 찾아내자. 모든 수수께끼에 대답해 줄 사람은 사다코뿐이야."

류지는 우롱차를 다 마시고 일어서서 빈 캔을 골짜기 바닥을 노려서 집어던졌다.

완만한 경사면에 서서 두 사람은 대강 짐작 가는 곳의 풀숲을 보고 있었다. 류지는 아사카와의 손에 낫을 쥐여 주고 B-4호 왼쪽 경사면을 턱짓으로 가리켰다. 거기 무성한 풀을 베고 땅의 기복을 확인하라는 것 같았다. 아사카와는 허리를 굽히고 무릎을 꿇어서 땅과 수평이 되도록 낫으로 호를 그리며 풀을 베어 갔다.

30년가량 전에 여기는 오래된 민가가 있었고 그 앞뜰에는 우물이 있었다고 했다. 아사카와는 허리를 폈다. 만약 내가 여기 사는 사람이라면 도대체 살려고 했을까 하고. 그 관점으로 다시 한 번 주위를 둘러보았다.

아마 전망이 좋은 곳으로 골랐으리라. 이런 곳에 집을 짓는 이유는 그것밖에 없었다. 전망이 특별하게 좋은 곳, 그게 어디지? 아득하게 먼 아래에 늘어선 비닐하우스 지붕을 눈에 힘주어 가며 스스로의 위치를 바꿔서 그 풍경 변화를 찾았다. 하지만 어디서 봐도 별로 다르지 않았다. 그냥 집을 세운다면, B-4호 옆에 있는 A-4호 근처가 제일 쉽겠다. 옆에서 보니 거기만 평평한 것을 알 수 있었다. 아사카와는 A-4호와 B-4호 사이에 팔을 대고 엎드려서 풀을 베어 대지의 감촉을 손으로 확인했다.

우물물을 길어 본 기억은 전혀 없었다. 아사카와는 자신에게 우물이라는 것을 접해 본 경험이 없다는 점에 생각이 미쳤다. 특히 이런 산간 지방의 경우, 우물은 어떻게 만들어져 있는 걸까. 진짜로 물이 솟아나올까. 그렇다면 계곡 바닥을 동쪽 방향으로 몇 백 미터만 걸어가면 수목이 높이 우거진 늪이 있다. 사고가 좀처럼 잘 정리되지 않았다. 이럴 때 무슨 생각을 하면서 작업을 계속해야 하는 것인지 잘 알 수 없었다. 머리로 피가 몰리는 것을 느꼈다. 시계를 보니 3시가 다 되어 갔다. 이제 일곱 시간이면 데드라인. 이런 일을 하다가 제시간에 맞을지, 생각하면 잡생각이 떠올라 마음을 흐트러뜨렸다. 우물이 잘 떠오르지 않았다. 오래된 우물이 있는 자리에는 뭐가 있을까? 분명 돌이 둥글게 쌓여 있을 것이다. 무너져서 땅속에 파묻혀 버렸으면……. 아아, 안 돼, 그렇다면 제시간에 맞추지 못해. 파낼 수가 없잖아. 또, 시계를 봤다. 3시 정각. 아까 발코니에서 우롱차를 500시시나 마셨는데도 벌써 목이 바짝 타들어 갔다.

땅이 돌출된 곳을 찾자. 쌓여 있는 돌의 흔적을 찾자. 마음의 소리가 들렸다. 아사카와는 드러난 땅에 삽을 푹 찔러 넣었다. 시간이, 피가, 압박을 반복했다. 신경이 약해져서 오히려 피로도 느낄 수 없게 되었다. 발코니 위에서 도시락을 먹었던 때와는 시간의 흐름이 전혀 다르게 느껴졌다. 작업에 들어간 순간, 어째서 이렇게 초조해지는 걸까. 이런 일을 해도 되나? 이런 일을. 다른 할 일이 많이 있을 텐데.

일찍이 작은 동굴을 파 본적이 한 번 있다. 분명, 초등학교 4학년인가 5학년 때였다. 하하하, 아사카와는 힘없이 웃었다. 그때 추억이 떠올라서였다.

"야, 뭐하냐?"

류지 목소리에 퍼뜩 정신이 들어 고개를 들었다.

"너, 아까부터 뭐 하고 있어? 그런 곳을 파다니……. 좀 더 조사 범위를 넓게 잡아 봐."

아사카와는 입을 떡 벌리고 류지를 바라보았다. 류지는 햇빛을 등에 지고 있어서 얼굴이 검게 물들어 있었다. 그리고 검은 얼굴에서 솟아나는 땀이 발치에 뚝뚝 떨어져 내렸다. 여기서 무엇을 하고 있었더라…… 바로 눈앞에 있는 지면에는 작은 굴이 파여 있다. 아사카와가 판 것이다.

"함정이라도 만들 생각이야?"

크게 숨을 몰아쉬며 류지가 말했다. 아사카와가 얼굴을 구기고 손목시계를 보려 했다.

"시계만 보고 있을 참이야? 이 멍청한 놈이!"

류지는 아사카와의 손을 쳐냈다. 류지가 잠시 아사카와를 노려보다가 한숨을 푹 쉬고 낮은 목소리로 중얼거렸다.

"너, 좀 쉬다 와라."

"그럴 시간 없어."

"진정하라고 그러는 거야. 초조하면 될 일도 안 돼."

류지는 들썩이는 아사카와의 가슴팍을 툭 하고 가볍게 쳤다. 아사카와가 균형을 잃고 덩그러니 발바닥이 붕 뜰 정도로 자빠졌다.

"그래. 그렇게 잠깐 뒹굴고 있어. 어린애처럼."

아사카와는 일어나려고 허우적댔다.

"움직이지 마! 누워 있어! 체력을 헛되이 쓰지 마."

류지는, 아사카와가 퍼덕거리는 것을 그칠 때까지 가슴을 발로 밟고 있었다. 아사카와는 눈을 감고 저항을 포기했다. 류지 다리의 무게가 몸에서 떨어져 멀어졌다. 눈을 끔벅 뜨니 류지가 짧은 다리를 힘 있게 뻗으며 B-4호 발코니 그늘을 돌고 있는 것이 보였다. 그 발걸음이 말해 주고 있었다. 머지않아 우물이 있는 장소가 보일 거라는 예감이 들어서 다급한 기분도 엷어졌다.

류지가 가 버렸어도 아사카와는 움직이려 하지 않았다. 손발을 뻗어 대자로 누워 하늘을 올려다보았다. 태양이 눈부셨다. 자기 정신이 류지에 비해 너무나 연약한 것이 짜증났다. 호흡을 고르고 냉정하게 생각하려 했다. 이제 일곱 시간 남았다. 시시각각 다가오는 시간에 스스로를 유지하고 있을 자신이 없었다.

지금은 류지의 명령에 그냥 복종하자. 그게 최고다. 자신을 억누르고 강인한 정신력을 가진 사람 아래서 움직이는 거다. 자기 생각은 없애자! 그렇게 하면 공포에게서라도 도망칠 수 있다. 땅에 묻혀서 자연과 일체가 되는 거야! 그 바람이 통했는지 아사카와는 급격히 수마에 빠져들어 의식을 잃으려 했다. 그리고 잠에 빠져드는 순간, 딸 요코를 높게 올리는 환상과 함께 아까 문득 떠올랐던 초등학교 때 추억이 다시 한 번 떠올랐다.

아사카와가 자란 동네를 바깥쪽에 시에서 운영하는 운동장이 있는데, 그 옆에 벼랑을 내려가면 가재가 사는 늪이 있었다. 초등학생 때 아사카와는 자주 친구들과 같이 그 늪에 가재를 잡으러 갔다. 그날, 드러나 있는 벼랑의 붉은 흙이 봄볕에 비추어 도발하는 것처럼 늪 옆에 우뚝 솟아 있었다. 물속으로 낚싯대를 드리우는 것이 싫증 나서 아사카와는 해가 비치는 벼랑의 급경사에 생각 없이 굴을 파려고 했었다. 흙도 부드러워서 판자 조각을 찔러 넣기만 해도 푸슬푸슬 붉은 흙이 발치에 떨어졌다. 그동안 친구들도 가세했다. 셋이었던가 아니면 넷이었던가. 동굴을 파기에 딱 맞는 사람 수였다. 이 이상 많으면 머리와 머리가 부딪혀서 서로 방해가 되겠고, 적으면 한 사람이 감당할 일이 너무 많아졌다.

한 시간 가까이 파니 초등학생 한 명이 쑥 들어갈 정도 크기의 동굴이 탄생했다. 계속 더 파고 들어갔다. 하굣길이었으니까 도중에 한 명은 집에 슬슬 돌아가겠다는 말을 꺼냈다. 처음 말을 꺼냈던 아사카와만 묵묵하게 파고 있었다. 그리고 해가 저물 무렵, 동굴은 그곳에 있던 아이들 전원이 몸을 굽히고 들어갈 정도의 크기로 커졌다. 아사카와는 동굴 안에서 무릎을 안고 친구와 쿡쿡 웃었다.

붉은 흙 속의 동굴에서 웅크리고 있으니 사회 시간에 배웠던 원시인 같은 기분이 들었다.

그렇게 조금 있다 보니 동굴 입구를 아줌마 얼굴이 가로막았다. 저물어 가는 저녁 해를 등에 지고 있어서 얼굴이 검게 물든 탓에 표정은 잘 보이지 않았지만 근처에 사는 50세 전후의 주부라는 정도는 알 수 있었다.

"이런 곳에 굴 따위를 파 놓다니……. 그러다 생매장되기라도 하면 기분 나쁘잖아."

아줌마는 동굴 안을 들여다보면서 그렇게 말했다. 아사카와와 다른 두 아이들은 서로의 얼굴을 보았다. 초등학생이긴 했지만 주의를 주는 말투가 이상하다는 것을 알아챘다. '위험하니까 그만둬.'가 아니었다. '이런 곳에서 생매장으로 죽어 버리면 근처에 사는 나로서는 기분이 나쁘다, 그러니 그만해라.'라고, 정말 자기 입장만 생각해서 주의하고 있었다. 헤헤헤헤헤, 하고 아사카와는 친구들과 웃음을 터뜨렸다. 아줌마의 검은 얼굴은 그림자 연극처럼 생겨서 출구를 막고 있었다.

그 아줌마 얼굴이 류지의 얼굴과 확 겹쳐졌다.

"네 신경도 꽤나 굵구나. 이런 데에서 자빠져 자다니 대단하다. 이 자식, 뭘 실실 쪼개고 있냐."

류지가 일으켜 세웠다. 날은 서쪽 지평선에 걸려서 땅거미가 지기 일보직전이었다. 류지의 몸과 얼굴이 서쪽에서 약한 빛을 받아 이전보다 훨씬 검게 물들어 있었다.

"좀 와 봐."

아사카와의 몸을 일으키더니 류지는 묵묵히 B-4호의 발코니 아래로 파고들었다. 아사카와도 그 뒤를 따랐다. 발코니 아래에 B-4호를 지탱하는 기둥과 기둥 사이 판벽이 한 장 뜯겨 있었다. 류지는 틈으로 손을 넣어서 있는 힘껏 끌어당겼다. 판은 파직 소리를 내며 허물어졌다. 실내 장식은 현대적이었지만 바로 밑을 감춘 판벽은 사람 손으로 간단하게 뜯겨질 정도로 어설프게 만들어져 있었다. 눈에 보이지 않는 부분은 철저하게 날림 공사였다. 류지는 서치라이트를 넣어 테두리 밑을 비추었다. 그리고 한 번 보라는 듯이 고갯짓을 했다. 아사카와는 벽 틈으로 눈을 고정시키고 안을 들여다보았다. 서치라이트가 비추고 있는 곳은 중앙에서 약간 서쪽에 위치한 돌출된 검은 부분이었다. 잘 보니 표면에는 돌을 쌓아 올렸을 때 생기는 거친 격자 모양새의 둥근 면이었다. 위쪽을 콘크리트로 된 뚜껑으로 덮어 놔서 돌과 돌 사이에도, 콘크리트가 깨진 부분에도 풀이 무성하게 돋아 있었다. 아사카와는 그 위에 무엇이 위치하고 있는지 바로 생각났다. 우물 위에는 로그캐빈의 거실이 있는데, 거기다 우물 위 둥근 테두리 정확하게 위에는 TV와 비디오 세트가 놓여 있었다. 일주일 전에 그 비디오를 봤을 때, 야마무라 사다코는 이렇게 가까운 곳에 숨어서 위에서 일어나는 일을 보고 있었던 것이다.

류지는 판벽을 차례로 뜯어내서 사람이 빠져나갈 만한 구멍을 만들어 냈다. 두 사람이 벽에 난 구멍을 통해서 우물의 가장자리까지 기어들어 갔다. 로그캐빈은 경사면에 지어져 있었기 때문에 나아갈수록 건물 바닥 높이가 낮아져서 압박감을 주었다. 어두운 가장자리 아래라도 공기가 충분히 통할 텐데, 아사카와는 숨을 쉬기 힘들었다. 바닥의 흙은 바깥에 비해 서늘했다. 이제부터 무엇을 할 것인지 아사카와는 잘 알고 있었다. 알고는 있더라도 아직 공포심은 생겨나지 않았다. 바닥판이 바로 머리 위에 닿는 것만으로도 숨이 갑갑한데 만약 더 깊은 어둠에 지배되고 있는 우물 바닥에 내려가야만 할지도 몰랐다.

'할지도 모른다'가 아니다. 야마무라 사다코를 잡아 꺼내기 위해서는 거의 확실하게 우물 안으로 들어가야만 했다.

"어이, 손 좀 빌려줘."

류지가 말했다. 류지는 콘크리트 뚜껑이 깨진 틈으로 엿보이는 철근을 붙들고 뚜껑을 옆에 땅으로 떨어뜨리려 하는데 워낙 천장이 낮으니 생각만큼 힘이 들어가지 않았다. 벤치프레스를 120킬로그램까지 드는 류지도 발판이 나쁘니 힘이 반감되기 마련이었다. 아사카와는 산 쪽으로 돌아서 위를 보며 누웠다. 그리고 양손을 기둥에 받치고 몸을 고정시켜서 양발로 뚜껑을 밀었다. 콘크리트와 돌이 어긋나 움직이면서 듣기 싫은 소리가 들렸다. 아사카와와 류지는 소리를 질러 가며 박자를 맞춰 서로 힘을 합쳤다. 뚜껑이 움직였다. 우물 입구가 모습을 드러내는 것이 몇 해 만의 일이리라. 우물이 닫힌 것이 빌라 로그캐빈이 세워졌을 때가 미나미하코네 퍼시픽랜드가 조성되었을 때, 아니면 결핵요양소가 있을 때……. 콘크리트와 돌의 밀착 상태로부터, 혹은 억지로 갈라놓을 때의 신음과도 비슷한 삐걱거리는 소리를 듣고 우물이 입을 닫고 있던 기간을 가볍게 헤아리는 것에 불과했다. 반년이나 2년 정도 되는 세월은 아닐 것이다. 가장 길게는 25년간. 아무튼 지금 드디어 그 우물의 입이 열리려 하고 있었다. 류지는 틈이 생긴 부분에 삽을 찔러 넣고 빙글빙글 돌려 보았다.

"들어 봐, 내가 신호하면 삽자루에 체중을 실어 봐."

아사카와는 몸의 방향을 바꿨다.

"됐어? 하나, 둘, 셋!"

아사카와가 이 지렛대의 원리로 뚜껑을 들어 올림과 동시에 류지가 뚜껑 옆구리를 양손으로 힘껏 밀었다. 뚜껑은 비통한 비명을 지르며 퉁, 하고 지면에 떨어졌다.

우물의 둥근 테두리는 약간 습했다. 아사카와와 류지는 손에 각자 서치라이트를 들고서 습한 테두리에 손을 얹고 몸을 일으켰다. 우물 바닥에 빛을 비추기 전에, 두 사람은 우물과 로그캐빈 바닥 사이에 50센티미터밖에 안 되는 틈바구니에 머리와 어깨를 구겨 넣었다. 축축한 냄새가 냉기에 섞여서 피어올랐다. 잠깐 손을 떼면 빨려 들어갈 정도로, 그 공간의 밀도가 농밀했다. 분명히, 그녀가 여기 있었다. 희대의 초능력자로서 고환성여성화증후군인 여자…… 아니, 여자라는 말도 맞지 않는다. 생물학적인 남녀의 구별은 생식선의 구조로 구분됐다. 아무리 아름다운 여성의 육체를 가지고 있더라도 생식선의 구조가 고환이었다면 남성이다. 과연 야마무라 사다코를 남자로 불러야 하는지 여자로 불러야 하는지, 아사카와로서는 알 수 없었다. 사다코라는 이름을 생각해 보면 부모는 그녀가 여자로서 자라기를 희망하고 있었음에 틀림없었다. 오늘 오전, 아타미로 가는 배 안에서 류지가 이렇게 말했다. '남성 성기와 여성 성기를 둘 다 갖춘 인간, 그것은 완벽한 힘과 아름다움의 상징이야.' 그렇게 보면 일찍이 미술 전집 속의 고대 로마 조각을 보고, 아사카와는 일순 자기 눈을 의심했던 적도 있었다. 훌륭하게 성숙한 아름다운 여성의 나신이 돌 위에 누워 있는데, 허벅지 사이로 커다란 남성 성기가 보여서…….

"뭐가 보여?"

류지가 물었다. 서치라이트로 비추니 바닥에 물이 고여 있는 것을 알 수 있었다. 거기까지 거리는 4~5미터였다. 그러나 물의 깊이는 알 수 없었다.

"바닥에 물이 고여 있군."

류지가 꿈지럭거리며 움직여서 로프 끝을 기둥에 질끈 동여매었다.

"야, 서치라이트를 아래로 비추고 우물 가장자리에 늘어뜨려 줘. 절대로 떨어지지 않도록 말이야."

류지는 이 구멍 속으로 내려갈 작정이었다. 그 생각이 들자마자 아사카와의 다리가 떨렸다. 만약 이 안에 내려가게 된다면……. 좁은 구멍을 눈앞에 두고 겨우 아사카와의 상상력이 움직였다. 자기는 절대 못 할 일이리라. 저 검은 물에 몸을 담그고 무엇을 하지? 유골을 찾아 줍겠지……. 가능할 리 없지 않은가, 그런 일이! 환장하겠다. 그래서 류지가 자처해서 구멍 바닥으로 내려간다는 것을 보고 아사카와는 감사와 함께 자기 차례가 오지 않도록 신에게 기도하기를 잊지 않았다.

암흑에 눈이 익숙해졌는지, 전보다는 확실하게 이끼로 뒤덮인 우물 내벽이 보였다. 오렌지색 빛에 떠오르는 돌 벽에 눈, 코, 입 같은 것이 떠올라서 그대로 눈을 피하지도 못하니까 돌 모양이 단말마의 비명을 지르며 일그러진 죽은 이의 얼굴로 변했다. 출구를 향해 손을 뻗는 무수한 악력들이 바닷말처럼 흔들리고 있다. 게다가 일단 그렇게 봐 버리자 좀처럼 그 이미지에서 벗어날 수가 없었다. 요기가 감도는 직경 1미터짜리 원통형 공간에 작은 돌이 떨어져서 퐁당 하는 소리를 내고 돌은 악령들의 목구멍 속으로 삼켜져버렸다.

류지가 우물과 집 바닥의 사이로 몸을 미끄러뜨려 집어넣고는 로프를 두 손으로 질끈 쥐고서 서서히 아래로 내려갔다.

그리고 우물 바닥에 내려섰다. 무릎까지 물에 잠겼다. 그렇게 깊지는 않았나 보다.

"어이! 아사카와! 양동이 좀 가져와, 가느다란 로프도!"

양동이는 발코니에 두고 왔었다. 아사카와는, 바깥쪽 나무판 벽을 빠져나왔다. 바깥은 어두웠다. 하지만, 저 아래보다는 훨씬 밝게 느껴졌다. 게다가 이 뭐라 형용할 수 없는 해방감! 맑고 풍부한 공기! 로그캐빈을 둘러보면 도로에 따라서 A-1호만 빛이 흘러나오고 있다. 아사카와는 시계를 보려 하지 않았다. A-1호에서 새어 나오는 단란한 목소리를 중심으로 거기만 멀리 두둥실 떠올라 별세계를 만들어 내고 있다. 흐릿하게 피어오르는 저녁밥 짓는 소리, 시계를 보지 않아도 짐작이 되는 시간이었다.

아사카와는 우물로 돌아와서 로프 끝에 양동이와 작은 삽을 묶어서 아래로 내려 보냈다. 류지는 삽으로 우물 바닥 땅을 파서 양동이에 옮겨 담았다. 때때로 털썩 주저앉아 손끝으로 진흙 속을 찾기도 했지만 아무것도 나오지 않았나 보다.

"양동이 올려!"

류지가 소리쳤다. 아사카와는 우물 가장자리를 배로 받치는 모습으로 양동이를 끌어올리고 안에 있는 진흙이나 돌을 쏟아서 빈 양동이를 다시 아래로 내렸다. 입구를 막아 놓기 전에 꽤 많은 토사가 흘러들었는지 아무리 파도 야마무라 사다코는 그 아름다운 시체를 드러내지 않았다.

"야, 아사카와!"

류지가 작업을 멈추고 올려다보았다. 아사카와는 대답을 하지 않았다.

"아사카와! 너, 무슨 일 났냐?"

'아무것도 아니야. 난 괜찮아.'

아사카와는 그렇게 대답할 생각이었다.

"너 아까부터 한 마디도 안 했어! 구호 정도는 내보라고. 우울하니까."

"……."

"구호가 싫으면 노래라도 불러. 미소라 히바리(일본 가수 이름 — 옮긴이) 노래 같은 거도 좋고."

"……."

"야, 아사카와! 거기 있어? 자빠진 건 아니겠지?"

"……괘, 괜찮아."

겨우 거친 목소리를 낼 수 있었다.

"쳇, 귀찮게 하는 자식이로군."

류지가 내뱉듯이 말하고 삽 끝을 물속에 박아 넣었다.

몇 번이나 이런 일을 반복했는지 수위가 서서히 내려갔지만 비슷한 것조차 찾아낼 수 없었다. 양동이가 위로 올라오는 속도가 눈에 띄도록 낮아지고 있었다. 그리고 드디어 1센티미터도 들어올릴 수 없을 만큼 녹초가 되어, 결국 아사카와는 손을 미끄러뜨려서 우물 한가운데까지 올렸던 양동이를 떨어뜨렸다. 직격으로 맞는 것은 피했는지 류지가 진흙탕을 머리끝까지 물들이고서 분노와 함께 아사카와가 가진 완력의 한계를 실감했다.

"멍청한 놈! 나를 죽일 셈이야!"

류지는 로프를 잡고 올라왔다.

"교대하자."

'……교대!'

아사카와는 깜짝 놀라서 몸을 일으키다 그 바람에 머리를 세게 마룻바닥에 부딪혔다.

"잠깐만, 류지, 괜찮아. 아직 나도 힘, 남아 있어."

아사카와가 딱 잘라 대답했다. 류지는 우물 위에 고개를 내밀었다.

"힘이 어디 남아 있다고. 자, 교대해."

"잠, 잠깐만, 기다려 줘. 잠깐 쉬면 회복할 거야."

"네 근력이 회복하길 기다리다 밤새우겠다."

류지는 아사카와의 얼굴에 서치라이트를 비추었다. 아사카와의 눈빛이 조금 변해 있었다. 죽음의 공포가 냉정한 사고력을 빼앗아가 버렸던 것이다. 딱 보니 정상적인 판단력을 잃은 상태라는 것이 보였다. 삽으로 진흙물을 퍼 올리는 작업과 무거운 양동이를 4~5미터 끌어올리는 작업과, 어느 쪽이 힘을 쓰는 작업인지 별로 생각해 보지 않아도 알 만한 문제였다.

"자, 자, 빨리 내려가!"

류지는 아사카와의 몸을 우물 가장자리로 밀어 넣었다.

"잠깐, 기다려. 응? 안 돼……."

"뭐가?"

"나, 폐소공포증이야."

"그 멍청한 농담도 가끔 쉬어 가며 하지그래."

아사카와는 몸을 움츠리고 움직이려고도 하지 않았다. 우물 바닥에서 수면이 흔들리고 있다.

"안 되겠어. 나는 못 해."

류지는 아사카와의 멱살을 틀어쥐고 얼굴을 끌어서 한 번, 두 번 손바닥으로 때렸다.

"어때, 조금 눈이 떠졌어? 나는 못 한다고? 멍청한 소리 그만해. 죽기 직전에 살 방법이 있을지도 모르는데 아무것도 안 하는 놈은 인간 실격이야. 네가 안고 있는 것은 네 목숨만이 아니야. 아까 전화한 거 잊었어? 그, 귀여운 아기가 어둠 속으로 끌려가 버려도 좋으냐?"

아내와 딸의 운명을 떠올리니 겁먹은 채 몸을 움츠리고만 있을 수야 없었다. 분명히 두 사람의 목숨은 자기 손에 달려 있었다. 그래도 몸이 도저히 말을 듣지 않았다.

"야, 진짜. 이런 일을 하는 의미가 있긴 있어?"

지금 와서 이런 질문을 해도 무의미하다는 것을 알면서도 힘없이 물었다. 류지는 멱살을 쥔 손에 힘을 풀었다.

"미우라 박사의 이론을 조금 자세히 알려 줄까? 현세에 원념이 강렬하게 남는 데에는 세 가지 조건이 필요해. 갇힌 공간, 물, 그리고 죽음에 이르기까지의 시간. 이 세 가지야. 즉, 물이 있는 폐쇄된 공간에서 시간이 오래 걸려서 죽음에 이르는 경우에 죽은 사람의 원념이 그 장소에 빙의되는 경우가 많다는 말이야. 봐, 이 우물을 보라고. 폐쇄되고 협소한 공간이야. 그리고 물. 비디오에서 할머니가 뭐라고 했는지 떠올려 봐."

'그런 담엔, 몸은 어찌아써? 마실모욕만 허면, 망혼이 끼대들 온다.'

마실모욕, 마실모욕, 그렇다 야마무라 사다코는 거기 시커먼 진흙탕에 잠겨들어 지금도 마실모욕을 계속 하고 있었다. 언제 끝날지도 모르는, 계속해서 이어지고 이어지는 지하수와의 술래잡기.

"야마무라 사다코는 말이지, 우물에 떨어지려 할 때 아직 살아 있었던 거야. 그리고 죽기만 기다리며 우물을 원념으로 가득 채우고 있었어. 그녀의 경우 세 가지 조건에 딱 맞잖아."

"……그래서?"

"그래서…… 미우라 박사에게 들은 바로는, 저주를 푸는 방법 따위 간단해. 그냥 풀어 주면 돼. 좁아터진 우물에서 유골을 꺼낸 다음, 공양해서 고향 땅으로 이장해 주는 거야. 넓고 밝은 바깥세상으로 끌어올리는 거지."

아까 양동이를 가지러 여기서 겨우 기어 나왔을 때, 아사카와는 말로 표현할 수 없을 정도로 시원한 해방감을 느꼈다. 똑같은 일을 야마무라 사다코에게 해 주면 되는 걸까? 정말 그것을 바라고 있을까?

"그게 저주를 푸는 주문이야?"

"그럴지도 모르고, 그렇지 않을 수도 있지."

"애매하네."

류지가 다시 한 번 아사카와의 멱살을 틀어쥐었다.

"그럼 잘 생각해 봐. 우리 미래에 확실한 게 뭐가 있어! 언제나 애매하지. 하지만 너 지금 살아 있잖아! 애매하다는 이유만으로 생명 활동을 그만두려 하다니 그게 가당키나 하냐? 문제는 가능성이야. 주문……. 야마무라 사다코가 바라는 것이 혹시 달리 있을지도 모르지. 하지만 그녀의 유골을 여기서 꺼내는 것으로 비디오에 깃든 저주 그 자체가 소실될 가능성도 높아."

아사카와는 얼굴을 구기고 속으로 외쳤다.

'갇혀 있는 공간과 물과 죽음에 이르기까지 시간이라고? 그 세 조건이 딱 들어맞는 가장 강한 원념이 들러붙었다고? 미우라고 나발이고 사기꾼 학자가 그런 헛소리하는 근거가 대체 어디 있어?'

"이제 알았으면 너, 내려가."

'알지 않았어! 나는 그런 것 모르겠다고!'

"투덜댈 상황이 아니잖아. 네 데드라인이 바로 코앞이라고."

류지가 차츰 부드러운 목소리로 말했다.

"싸우지 않고 인생을 살아갈 수 있다고 생각하지 마."

'멍청하긴! 네 인생관 따위 듣기 싫어.'

아사카와는 그래도 우물 가장자리에서 몸을 내밀었다.

"그래. 이제 겨우 그럴 마음이 들었냐."

아사카와는 로프를 꽉 붙들고 우물 안쪽에 매달렸다. 류지 얼굴이 바로 눈앞에 있다.

"괜찮아. 이 안에는 아무것도 없어. 네 최대 적은 그 빈약한 상상력이야."

올려다보니 서치라이트의 빛이 똑바로 비쳐서 눈이 부셨다. 등을 벽에 딱 붙이고 로프를 쥔 손에 힘을 슬쩍 느슨하게 했다. 발끝이 돌 표면에 미끄러져서 단숨에 1미터 가까이 떨어졌다. 마찰 때문에 손이 뜨거웠다.

물 바로 위까지 흔들흔들 매달려서 들어가지 않고 있었다. 한쪽 발을 뻗어서 물의 온도를 알아볼 요량으로 복사뼈까지 물에 담갔다. 차가운 감촉과 함께 발끝에서 등까지 닭살이 쫙 돋았다. 아사카와는 바로 발을 확 빼 버렸다. 하지만 로프에 매달려 있을 완력조차 남아 있지 않았다. 슬슬 몸 체중 때문에 미끄러져서 견딜 수 없는 와중에 간신히 두 발이 바닥에 닿았다. 그 바람에 물 속의 부드러운 흙이 다리를 잡아 감싸고 몸이 서서히 잠겨 들었다. 아사카와는 눈앞의 로프를 움켜쥐었다. 땅속에서 수많은 손이 뻗어 나와 자신을 진흙에 파묻으려고 하고 있다는 생각에 패닉에 빠져들었다. 앞에서도 뒤에서도 옆에서도, 벽이 압박해 왔다. 도망갈 길은 없다고, 입을 일그러뜨리며 웃으면서.

'류지!'

소리치려고 했는데 목소리가 나오지 않았다. 너무나 답답하다. 목 안쪽에서 거친 소리가 새어 나올 뿐, 익사하는 어린애처럼 고개를 들었다. 허벅지 안쪽이 젖어드는 감촉을 속수무책으로 느꼈다.

"아사카와! 호흡해!"

아사카와는 너무나 엄청난 압박감에 무의식중에 숨 쉬는 것을 잊고 있었다.

"내가 여기 있으니까 안심해!"

류지의 목소리가 메아리치며 머리에까지 도달하니 아사카와는 겨우 숨을 한 번 들이쉴 수 있었다.

아직 심장 고동을 억누를 수 없었다. 작업이 가능한 상태가 아니었다. 필사적으로 뭔가 다른 생각을 하려 했다. 좀 더, 즐거운 일. 혹시 이 우물이 별이 총총한 하늘 아래였다면 어느 정도 갑갑함이 없을 것이다. B-4호로 푹 뒤덮여 있는 것이 잘못되었다. 그 상태가 도주로를 차단하고 있었다. 콘크리트 뚜껑을 열어도 그 바로 위에 거미줄이 위쪽 나무 바닥에 있었다. 야마무라 사다코는 이런 곳에서 25년간이나 계속 갇혀서……. 그렇다, 그녀는 여기 있었다. 내가 지금 서 있는 발밑에. 무덤이었다. 여기는 죽은 이의 무덤이다. 다르게 생각할 수가 없었다. 사고조차 멈춰서 자유의 날갯짓이 허락되지 않았다. 야마무라 사다코는 여기서 불행하게 인생의 막을 내리고 죽음의 순간 열린 다양한 장면이 '염'의 힘에 의해 강하게 이곳에 남겨진 것이다. 그것은 아마 좁은 우물 안에서 듬뿍 시간을 들여 성숙되고 밀물과 썰물처럼 호흡하여 어떤 주기로 강약을 반복하다가 가끔 이 바로 위에 위치한 TV 주파수와 일치되어서 스윽, 이 세상에 나타나 버린 것이다. 야마무라 사다코는 호흡하고 있었다. 하아하아, 하고 숨이 새어 나오는 소리가 어디선지 모르게 몸을 둘러쌌다. 야마무라 사다코, 야마무라 사다코, 그 이름이 뇌리에 각인되어 두려울 뿐이지만 아름다운 그녀의 얼굴이 사진에서 청순한 매력으로 떠올라 고개를 흔들었다. 야마무라 사다코가 여기 있었다. 아사카와는 정신없이 바닥 흙을 뒤지며 그녀를 찾았다. 아름다운 얼굴과 몸을 생각하여 그 이미지를 유지하기 위해 노력했다.

내가 흘린 소변에 더럽혀진 아름다운 그녀의 유골. 아사카와는 삽을 움직여 진흙을 파냈다. 시간에는 신경 쓰지 않았다. 여기 내려오기 전 손목시계는 벗어 놓고 왔다. 극도의 피로와 긴장이 초조합을 마비시키고 제한 시간을 잊게 만들었다. 술에 취한 것과 비슷하다. 시간 감각을 잃어버렸다. 진흙탕으로 한가득 무거워진 양동이가 왕복한 횟수, 귀를 기울이면 들려오는 심장 고동…… 그런 것들로밖에 시간을 헤아릴 수 없었다.

이윽고 아사카와는 둥근 형태의 큰 돌을 양손으로 붙잡았다. 감촉이 좋고 매끈한 표면에는 구멍이 둘 있었다. 아사카와는 물 속에서 그것을 들어 올렸다. 움푹 들어간 부분에 채워져 있는 흙을 물로 씻어 내고 귀가 있을 것 같은 부분을 두 손으로 맞잡고 해골과 마주했다. 상상 속에서 살점을 붙였다. 깊게 파인 안와(眼窩)에는 맑고 큰 눈동자가 되살아났고 인중에 있는 두 구멍 위에 살이 솟아올라서 잘생긴 코를 조형했다. 긴 머리카락은 물에 젖어 귀 뒤로도 목으로도 물이 뚝뚝 떨어뜨리고 있었다. 야마무라 사다코는 근심을 가득 담은 두 눈을 두 번, 세 번 깜빡이고, 눈썹에 맺힌 물방울을 훔쳐내려 하고 있었다. 아사카와의 양손에 끼워진 야마무라 사다코의 얼굴은 거북한 듯이 일그러져 있었다. 그래도 아름다움은 손상되지 않았다. 그녀는 아사카와에게 웃음 지었지만 그 순간 초점을 맞추려는 것처럼 슥 눈을 가늘게 떴다.

'만나고 싶었어.'

그 목소리가 들린 순간, 아사카와는 그 자리에 철푸덕 주저앉았다. 아득히 먼 머리 위에서 류지의 목소리가 들리고 있었다.

"아사카와! 네 데드라인은 10시 4분 아니었어? 기뻐해! 지금! 이제 막 10시 10분이야! ……야, 아사카와, 듣고 있어? 살아 있지? 너는. 저주는 풀렸어. 우리는 살았어! 어이! 아사카와! 그런 데서 죽으면 야마무라 사다코에게 바치는 막간극이라고. 죽어도 나한테는 저주하지 말고 죽어. 어차피 죽을 거면 얌전히 성불해라. 야, 아사카와! 살아 있으면 대답을 하라니까!"

류지의 목소리를 들어도, 살았다는 실감이 솟아나지는 않았다. 아사카와는 마치 다른 공간을 부유하여 꿈을 꾸는 것처럼 야마무라 사다코의 백골을 가슴에 안고 쭈그리고 있었다.

제4장

파문

1

10월 19일 금요일

관리실에서 전화가 와서 아사카와는 잠에서 깨어났다. "오전 11시가 체크아웃 시간인데요, 1박 더 하시나요?"라는 재촉 전화였다. 아사카와는 수화기를 쥔 채 침대 옆에 있는 손목시계에 손을 뻗었다. 팔이 뻐근해서 들어 올리는 것조차 내키지 않았다. 아직 아프진 않았지만 내일쯤 되면 격한 근육통에 시달리리라. 안경을 쓰지 않아서 눈앞에 갖다 대지 않으면 시계를 볼 수가 없다. 11시 몇 분을 넘고 있었다. 아사카와는 뭐라고 대답할지 갑작스러워서 생각이 나지 않았다. 여기가 어딘지조차 모르는 상태였다.

"……연장하시겠어요?"

관리인이 조바심을 억누르며 물었다. 바로 옆에서 류지의 신음이 들렸다. 자기 집이 아닌 건 확실했다. 세계의 색이 모르는 새 바뀌었다. 과거에서 현재, 그리고 미래에 이르는 굵은 선이 잠들기 전과 후로 절단되어 있었다.

"여보세요……."

관리인은 상대가 전화를 듣고 있는가 하는 걱정이 들었다. 난데없이 아사카와의 가슴에 기쁨이 넘쳐흘렀다. 류지는 몸을 뒤척이며 실눈을 뜨고 있었다. 입에서 침이 흐르고 있다. 몽롱한 기억을 더듬다가 막다른 곳에 부딪혔는지 어두운 풍경밖에 안 보였다. 나가오를 찾았다가 빌라 로그캐빈으로 향했던 것까지는 겨우 생각이 났는데, 그다음부터는 도무지 흐릿했다. 어두운 이미지가 차례로 떠올라서 숨이 막힐 지경이다. 강렬한 인상을 주는 꿈을 꿨는데도 눈을 뜨자마자 꿈의 내용을 다 잊어버린, 그런 기분이었다. 하지만 신기하게도 상쾌했다.

"여보세요, 들립니까?"

"아, 네."

아사카와는 겨우 대답을 하고 수화기를 고쳐들었다.

"체크아웃이 11시입니다."

"알겠습니다. 바로 준비해서 나가겠습니다."

관리인의 사무적인 목소리에 맞춰서 아사카와도 사무적으로 대답했다. 부엌에서 졸졸졸 가늘게 흐르는 수도 소리가 들렸다. 어젯밤 자기 전에 수도꼭지를 꽉 잠가 놓지 않았나 보다. 아사카와는 수화기를 내려놨다.

아까 막 열렸던 류지의 눈이 다시 감겨 있었다. 아사카와는 류지의 몸을 흔들었다.

"어이, 류지. 일어나."

몇 시간 잤는지 짐작도 되지 않았다. 평소 아사카와는 가능한 한 대여섯 시간밖에 수면을 취하지 않지만, 눈을 떴을 때의 느낌상 그보다 훨씬 길게 잤다는 것은 알겠다. 그리고 아무 걱정도 없이 푹 잔 것은 상당히 오랜만에 있는 일이었다.

"야, 류지! 이제 여기서 나가지 않으면 쓸데없이 숙박비가 더 나간다고!"

아사카와가 보다 강하게 몸을 흔들었지만 류지는 일어나지 않았다. 그래서 눈을 들었더니 탁자에 놓여 있는 비닐봉지가 눈에 들어왔다. 우윳빛 비닐 안에 뭐가 들었나 하다가 아사카와는 문득 어떤 생각이 들었다. 아주 잠깐 꿈 내용이 살짝 떠올랐던 것이다. 야마무라 사다코의 이름을 부르고 있었다. 건물 아래 차가운 흙속에서 끄집어낸 비닐 봉투 안에 부스럭 하고 작게 줄어든 야마무라 사다코, 졸졸졸 흐르는 물소리……. 어젯밤 진흙투성이의 야마무라 사다코를 흐르는 물로 깨끗이 씻어 준 것은 류지였다. 그 물이 아직도 계속 흐르고 있다. 그때, 이미 예정 시각을 지났다. 그리고 지금도 아사카와는 살아 있었다. 이렇게 기쁠 수가. 눈앞까지 임박했던 죽음에서 벗어난 지금, 자신의 생명력이 전보다 단단해져서 반짝반짝 빛나기 시작했다. 야마무라 사다코의 두개골이 대리석 장식물처럼 아름다웠다.

"어이, 류지! 일어나!"

갑자기 기분 나쁜 예감이 들었다. 마음 어딘가에 아직 꺼림칙한 부분이 있었다. 아사카와는 류지의 가슴에 귀를 갖다 대었다.

두터운 트레이닝복 위로 확실한 심장 고동을 듣고 그도 아직 살아 있다는 것을 확인하고 싶었다. 그런데 가슴에 귀가 닿을락 말락 하는 동안 아사카와의 목 근육을 두꺼운 두 팔이 갑자기 꽉 조여 왔다.

"헤헤헤, 멍청아! 내가 죽은 줄 알았냐?"

류지는 아사카와의 목에서 손을 풀고 어린애처럼 괴성을 지르며 웃었다. 이런 사건 뒤인지라 농담도 통하지 않았다. 무슨 일이 일어나도 이상하지 않은 것이다. 지금 이 순간, 야마무라 사다코가 되살아나 그 테이블 위에 서서 류지가 머리카락을 쥐어뜯으며 죽는다 하더라도 아사카와는 보는 즉시 그대로 솔직하게 믿었을 것이다. 아사카와는 화를 가라앉혔다. 류지에게는 큰 빚을 졌기 때문이다.

"시시한 농담은 그만둬."

"복수야. 너도 어젯밤 지독하게 놀라게 했으니까."

류지가 뒹굴며 낄낄대고 웃었다.

"내가 어쨌는데?"

"우물 바닥에 벌렁 자빠져 있었잖아. 영락없이 죽어 버린 줄 알고…… 걱정했어. 제한 시간, 타임아웃으로."

"……."

아사카와는 눈을 끔뻑끔뻑했다.

"헤, 기억 못 하냐? 거 참, 번거롭게 구는 놈이군."

그러고 보니 아사카와는 자기 스스로 우물 바닥에서 올라온 기억이 없었다.

어젯밤 온 힘이 다한 상태로 로프로 끌어올려졌다는 것이 겨우 생각났다. 류지의 완력이라도 60킬로그램짜리 몸을 4~5미터 끌어올리는 작업은 수월하지 않았으리라. 끌어올려지는 아사카와의 몸은 해저에서 끌어올려지는 엔노 오즈누의 석상과도 비슷했다. 석상을 낚아 올린 시즈코에게는 신기한 힘이 깃들었지만 아사카와를 끌어올린 류지에게는 근육통이 남아 있을 뿐이었다.

"류지."

아사카와가 묘하게 산뜻한 소리로 불렀다.

"왜?"

"여러모로 신세졌다."

"기분 나쁘니까 관둬."

"네가 도와주지 않았으면, 나는 지금쯤……. 감사하고 있다."

"그만해. 토해 버릴 거다. 네놈에게 감사받아도 땡전 한푼 안 생기는데."

"점심이라도 먹으러 갈래? 내가 쏜다."

"뭐, 네가 한턱내는 건 당연하지."

류지가 으랏차 하고 일어나는데 잠깐 비슬거렸다. 몸 근육이 전부 뻐근해서 저 류지조차 자기 몸을 생각대로 움직이지 못하는 상태였다.

미나미하코네 퍼시픽랜드의 휴게실에서 아타미의 아내에게 전화를 걸어 아사카와는 약속대로 일요일 아침 렌터카로 데리러 가겠다고 전화했다. 시즈카가 "그럼 이제 사건은 정리된 거네." 하고 물었지만, 그에 대해 아사카와는 "……아마도."라고밖에 대답할 수 없었다. 자기는 이렇게 보는 대로 살아 있다고 하는 그 사실밖에 없으니, 아마 해결되었다고 추측할 수밖에 없는 것이다. 하지만 수화기를 놓을 때, 석연치 않은 기분이 보다 강하게 남아 있었다. 아무래도 걸리는 부분이 있었다. 한편으로는 자기가 살아 있다는 이유만으로 모두 깨끗하고 개운하게 정리됐다고 믿고 싶었다. 혹시 류지도 같은 의문을 가지고 있지 않을까 하고, 아사카와는 탁자로 돌아오자마자 물어보았다.

"야, 진짜 이걸로 끝난 일이지?"

류지는 아사카와가 전화하는 동안에 점심을 깨끗하게 먹어치웠다.

"아가는 잘 있던?"

류지는 바로 질문에 대답하지 않았다.

"아, 그렇지, 넌 어때? 완전히 상쾌한 기분은 아니지?"

"신경 쓰여?"

"너는?"

"뭐, 그렇지."

"어디야? 걸리는 부분이."

"할머니가 한 말이야. '니는, 내년이믄 새끼를 낳을 텐디.' 너는 내년에 아이를 낳는다. 그 할머니의 예언."

역시 류지나 자신이나 같은 부분에 의문을 가지고 있었다고 생각한 순간, 아사카와는 어느새 의문을 부정하는 편으로 돌아섰다.

"'니는'이라는 건 그 경우만 해당되는데. 엄마인 시즈코를 가리키고 있다고 한다면……?"

류지가 의견을 내놓았다.

"있을 수 없어. 그런 일은. 비디오 영상은 야마무라 사다코의 눈이나 마음에 중심적으로 남아 있던 거라, 할머니가 거기 향해 말을 걸고 있어. 니는, 이라는 건 야마무라 사다코 말고는 생각할 수 없어."

"할머니의 예언이 거짓말일 가능성도 있고."

"야마무라 사다코의 예지 능력은 백발백중일 텐데……."

"야마무라 사다코는 아이를 낳을 수 없는 몸인데."

"그래서 이상한 거야. 생물학적으로 말하면 야마무라 사다코는 여자가 아니라 남자니까, 아이를 낳을 리가 없지. 게다가 죽기 직전까지 처녀였잖아. ……게다가."

"게다가?"

"처음으로 체험한 상대가 나가오…… 일본 최후의 천연두 환자라는 묘한 부합."

신과 악마, 체세포와 바이러스, 남자와 여자, 그리고 빛과 어둠조차도 아득히 먼 옛날은 모순 없이 동일한 것으로 존재하고 있었다고 한다. 아사카와는 불안에 휩싸였다. 유전자 조작이나 지구 탄생 이전의 우주 모습으로 이야기가 튀어 버렸다면 도저히 인간 개인의 힘으로는 해결할 수 없어진다.

여기선, 그냥 자기 자신을 납득시킬 수밖에 없었다. 약간은 마음에 께름칙한 부분은 억지로라도 눙쳐 버리고 부디 끝났다는 말을 서로에게 들려줄 수밖에 없었다.

"야, 나는 이렇게 살아 있어. 사라진 주문의 수수께끼는 풀린 거라고. 이제 끝났다, 이 사건은……."

그리고 아사카와는 갑자기 어떤 생각이 들었다. 엔노 오즈누의 석상도 해저로부터 끌어올려지던 것을 바라고 있었던 것이 아니었을까 하고. 그 염이 어머니인 시즈코를 움직이게 해서 행동을 일으키고, 그녀는 새로운 힘을 얻게 된 것이다. 그것과 비슷한 기분이 들어 견디기 힘들어졌다. 야마무라 사다코의 유골을 우물 바닥에서 꺼낸 일과 엔노 오즈누의 석상을 해저로부터 꺼낸 일이……. 하지만 줄곧 마음에 걸리는 부분은, 야마무라 사다코에게 부여된 능력은 역설적으로 그녀를 불행하게 해 버렸다. 하지만 결과만 생각한 이야기라, 이번 경우에는 저주로부터 해방이 '주어진 힘'일 가능성은 충분히 생각해 볼 만했다. 아사카와는 억지로라도 그렇게 생각하려 했다.

류지는 아사카와의 표정이나 어깨 끝에 찌릿한 시선을 날리고 눈앞의 남자가 확실하게 살아 있다는 것을 확인한 뒤에 두 번 끄덕였다.

"뭐, 이제 그 일에 대해서는 문제없겠지."

류지가 후우 긴 한숨을 내쉬면서 의자에 몸을 묻었다.

"그런데……."

"응?"

몸을 일으키며 류지는 자기 자신에게 물었다.

"야마무라 사다코는 대체 무엇을 낳았을까?"

2

아사카와와 류지는 아타미 역에서 헤어졌다. 아사카와는 야마무라 사다코의 유골을 사시키지의 친척들에게 전하고 그들 손으로 공양을 부탁할 생각이었다. 30년 가까이 전보 한 장 없던 사촌 여동생 딸의 유골을 지금에 와서 전해 받다니, 그들에게는 달갑지 않을 따름이리라. 하지만 물건이 물건인 만큼, 방치할 수도 없었다. 신원불명이라면 연고자 없는 사망자라고 이장하는 방법도 있지만 야마무라 사다코라는 것을 알고 있기에 사시키지에 건네주는 방법 말고는 없었다. 시효는 예전에 지났으니 지금에 와서 살인 이야기를 꺼내 봤자 귀찮기만 하니까 사시키지에는 자살이었다고 하고 말을 맺을 생각이었다. 아사카와는 유골을 건네고 바로 도쿄로 돌아가고 싶었지만 공교롭게도 배편이 없어서 지금부터라면 오시마에서 1박을 할 수밖에 없다. 렌터카를 아타미 항구에 두고 가는 이상 비행기를 타러 가는 것 또한 귀찮은 일이었다.

"뼈만 건네는 정도라면 너 혼자서도 할 수 있지?"

아타미 역 앞에 차에서 내릴 때, 류지가 바보 취급하듯이 말했다. 야마무라 사다코의 유골은 지금 비닐 봉투가 아니라 검은 보자기에 싸여서 뒷좌석에 놓여 있었는데 확실히 이런 작은 꾸러미를 사시키지의 야마무라 가에 전달하는 것은 어린애도 할 수 있는 일이다. 문제는 그들에게 받아들여질 때였다. 거부당해서 가져갈 곳이 없어진다면 성가실 것이다. 의지할 곳 없이 공양되지 않는다면 주문의 실행은 완전히 종료되지 않을 것 같은 기분도 들었다.

하지만 어떡하나. 갑자기 25년 전 인골을 불쑥 내밀고 '이것은 당신의 친척인 야마무라 사다코입니다.'라고 해도 그 말을 듣는 쪽은 무엇을 근거로 그 말을 믿으면 될까……. 아사카와는 조금씩 불안해졌다.

"그럼, 간다. 다시 도쿄에서 보자."

류지는 손을 흔들더니 아타미 역 개찰구를 빠져나갔다.

"일이 없으면 같이 가도 좋은데 말이지."

류지는 빨리 끝내야 하는 논문이 산처럼 쌓여 있었다.

"다시 말하지만 고맙다."

"관둬, 나도 꽤 재밌었어."

홈으로 가는 계단 너머로 사라질 때까지, 아사카와는 류지의 뒷모습을 눈으로 배웅했다. 그리고 그 모습이 시계에서 완전히 사라지기 직전, 류지는 계단에서 넘어질 뻔했다. 겨우 균형을 되찾았는지 확 흔들렸던 순간, 류지의 듬직한 몸의 윤곽이 아사카와의 눈에 이중으로 흔들려 보였다. 아사카와는 피로를 느끼고 눈을 비볐다. 그리고 손을 두 눈에서 떼니 류지는 홈 위로 사라져 갔다. 그때, 신기한 감각이 가슴을 죄었다. 정체불명의, 코를 간질이는 시큼한 냄새와 함께…….

그날 오후, 아사카와는 야마무라 사다코의 유골을 무사히 야마무라 다카시에게 전할 수 있었다. 고기잡이에서 막 돌아온 야마무라 다카시는 아사카와가 가진 검은 보자기 뭉치를 보고 바로 그 내용물이 무엇인지 알아차렸다.

아사카와가 두 손으로 들고서 "사다코 씨의 유골입니다." 하고 말하니 그는 잠시 그 꾸러미를 바라보고는 그립다는 듯이 눈을 가늘게 뜨고 있다가 이윽고 터벅터벅 걸어와서 깊게 머리를 숙이며 받아들였다. "먼 곳까지, 일부러 찾아 주셔서 정말 고생하셨습니다." 하고 말하며……. 아사카와는 맥이 쭉 빠졌다. 이렇게 간단하게 받아 줄 줄은 생각도 못했다. 야마무라 다카시는 아사카와의 의문을 읽었다는 듯이 확신에 찬 목소리로 말했다.

"사다코가 틀림없습니다."

세 살까지, 그리고 아홉 살 때부터 열여덟 살에 이르기까지 야마무라 사다코는 야마무라 장에서 지냈다. 지금 나이가 61세인 야마무라 다카시에게 사다코는 대체 어떤 존재였을까? 유골을 받아들 때의 표정으로 보면, 상당한 애정을 쏟았다는 사실은 상상할 수 있었다. 그는 유골이 야마무라 사다코의 것이라고 확인하지도 않았다. 아마 그럴 필요도 없이 그에게는 검은 보자기 꾸러미 내용물이 야마무라 사다코라는 직감이 들었던 것이다. 처음 보자기를 봤을 때의 눈빛이 그것을 이야기해 주고 있었다. 역시 어떠한 종류의 '힘'이 작용한 것임에 틀림없다.

용건이 끝나니 아사카와는 한시라도 빨리 야마무라 사다코 근처에서 벗어나려고 "비행기 시각에 늦으면 안 돼서."라고 거짓말을 하며 잽싸게 나왔다. 친척들의 마음이 변해서 역시 증거도 없으니 유골은 받아들일 수 없다고라도 하면 큰일이기 때문이었다. 일단, 꼬치꼬치 야마무라 사다코에 대해 질문을 들었다간 그들에게 대답해야 할지도 몰랐다. 남에게 이야기하기에는 아직 오랜 시간이 필요했다. 특히 지금은, 혈연 관계인 사람에게 말할 심경이 아니었다.

아사카와는 전에 신세 진 일도 있었던 통신부의 하야쓰 댁에 들렀다가 오시마 온천 호텔로 향했다.

천천히 온천에 들어가서 피로를 씻어 내고 여태까지의 경과를 문장으로 써 놓기 위해서였다.

3

아사카와가 이즈 오시마 온천 호텔에서 잠자리에 들 무렵, 류지는 히가시나카노의 아파트에서 책상에 엎드려 졸고 있었다. 쓰다 만 논문에 입을 붙이고 있어서 감색 잉크가 침으로 번졌다. 어지간히 피곤했는지 손에는 애용하는 몽블랑 만년필을 쥔 그대로였다. 그는 논문을 작성할 때 아직 워드프로세서를 쓰지 않았다.

움찔, 하고 어깨가 흔들리고 책상에 붙어 있던 얼굴이 부자연스럽게 일그러졌다. 류지는 갑자기 벌떡 일어났다. 등줄기를 쭉 펴고 자다 깬 것이라고는 생각할 수 없을 만큼 두 눈을 크게 부릅뜨고 있었다. 원래 홑꺼풀에다 치켜 올라간 눈이긴 해도, 크게 뜨니 평소 인상과는 다른 귀여운 모습이 엿보였다. 눈은 붉게 충혈되어 있었다. 꿈을 꿨던 것이다. 세상에 무서운 것이라곤 없던 류지가 진심으로 떨고 있었다. 꿈의 내용이 기억나는 것이 아니었다. 그냥 핑, 하고 몸이 떨리는 것만이 꿈의 공포를 단적으로 나타내고 있었다. 류지는 갑갑함을 느끼고 시계를 보았다. 오후 9시 40분. 이 시간이 무엇을 의미하는지, 퍼뜩 떠오르질 않았다. 방에 켜 놓은 형광등과 바로 앞에 있는 스탠드에 불을 켜 놔서 밝기는 충분했지만 그래도 아직 부족하다고 느껴졌다. 본능적인 어둠을 향한 공포……. 꿈은 비교할 수 없는 암흑에 지배당하고 있었다.

류지는 의자를 돌려서 비디오 플레이어를 보았다. 그 테이프는 아직 그 안에 들어 있었다. 왠지 눈을 피할 수가 없었다. 줄곧 바라보았다. 호흡이 거칠었다. 의심이 싹텄다. 얼굴을 엿보고 있었다. 논리적인 사고가 작용할 여지도 없이 이미지만이 앞질러 나갔다.

"제길! 와 버렸구나……."

류지는 책상 가장자리에 두 팔을 딛고 등 뒤의 기색을 살폈다. 아파트는 큰길에서 들어가야 있는 조용한 동네라 길에서 들려오는 소음은 여러 가지가 섞여 있어서 확연하게 구분할 수 없었다. 급발진 하는 차의 엔진이나 타이어에서 나는 소리가 때때로 크게 들려오는 정도라, 거리의 소리는 두루뭉술하게 한 덩어리가 되어 등 뒤의 공간에서 오른쪽 왼쪽으로 부유하고 있었다. 가만히 귀를 기울였더니 각각의 음의 원천이 무엇인지 알 수 있는 것도 있었다. 개중에는 벌레 소리도 있었다. 그 혼연일체가 된 소리의 군집체가 뭉실뭉실하게 사람의 혼처럼 흔들리고 있었다. 현실감이 멀어져 갔다……. 류지는 그런 인상을 받았다. 그리고 현실에서 멀어진 만큼 그의 몸 주변에 공간이 생겨서 거기에 정체 모를 영기가 감돌았다. 선뜻선뜻한 밤공기와 살갗에 착 달라붙는 온기가 음영이 되어 몸에 그늘져 있다. 심장의 고동이 째깍째깍 나는 시계 초침을 앞질러 한 템포 빨라졌다. 가슴을 압박해 오는 기운. 류지는 다시 한 번 시계를 보았다. 9시 44분. 볼 때마다 침을 몇 번이나 삼켰다.

'일주일 전, 내가 아사카와네 집에서 비디오를 본 게 몇 시였더라? 9시쯤 그 녀석 집에 있는 아기가 잔다고 듣고 나서니까……. 그 후 재생 버튼을 누르고…… 다 본 게…….'

류지는 자기가 비디오를 다 본 시각을 확실히 파악해 두지 않왔다. 하지만 슬슬 그 시각이 되려고 하고 있다는 것은 알았다. 지금, 몸에 다가오는 기운이 가짜가 아니라는 것 정도는 당연히 알고 있었다. 상상을 따라 공포를 크게 부풀려 버리는 일과는 전혀 달랐다. 상상 임신일 리가 없다. 분명 **그것**은 시시각각 가까이 다가오고 있었다. 그저 알 수 없는 사실은…….

'왜 나에게만 찾아온 거지?'라는 의문.

'내가 있는 곳에만 오고, 왜 아사카와에게는 오지 않았지? 어이, 불공평하잖아.'

끝없이 부풀어 오르는 의문.

'대체 어찌된 일이지? 우리가 주문의 수수께끼를 푼 것이 아니었나? 그렇다면 왜? 왜? 어째서?'

가슴이 빠르게 두근거렸다. 어떤 놈의 손이 가슴 속으로까지 뻗어 들어와 심장을 꾸욱 잡는 것 같은 기분이었다. 등골이 빠득빠득 아파 왔다. 목 줄기에 서늘한 감촉이 느껴지자 류지는 놀라서 의자에서 일어서려 했지만 허리부터 등까지 격한 통증에 휩싸여서 바닥에 쓰러져 버렸다.

'지금부터 뭘 해야 하는지 생각해!'

겨우 유지되고 있는 의식이 육체에 명령을 내렸다.

'일어서! 일어서서 생각해!'

류지는 다다미 위를 기어 더듬더듬 비디오 플레이어에 닿았다. 꺼내기 버튼을 눌러서 안에서 그 테이프를 꺼냈다. 왜 이런 행동을 취하는 것인가……. 그저, 지금은 달리 할 수 있는 일이 없었다. 장본인인 이 테이프를 염을 넣어 조사하는 이외에 이 자리에서 무얼 할 수 있지?

류지는 꺼낸 테이프 앞뒤를 살펴보고 다시 기계에 넣으려다가 손을 멈추었다. 테이프에 붙어 있는 라벨에 제목이 쓰여져 있었기 때문이다. 「라이자 미넬리, 프랭크 시나트라, 세미 데이비스 주니어 1989」. 아사카와의 글씨였다. TV에서 방영된 음악 프로를 녹화한 것 같았다. 아사카와는 그것을 지우고 바로 그 비디오를 더빙한 것이다. 류지의 등줄기에 전류가 흘렀다. 새하얗게 변한 머릿속에 어떤 하나의 생각이 급속하게 만들어졌다. ……'설마.' 하며 그 번뜩인 아이디어를 일단 뇌리에서 지웠지만 테이프를 뒤집었을 때 순간적으로 흘러나온 전류는 확신으로 변해 있었다. 류지는 재빠른 두뇌회전으로 한 번에 여러 가지 일을 이해했다. 주문의 수수께끼, 노파의 예언, 그리고 비디오테이프 영상에 담겨 있는 다른 하나의 힘……. 왜 빌라 로그캐빈에 묵었던 네 청년들이 도망쳐 나와서 주문을 실행하지 않았는지……. 어째서 아사카와는 살았는데 왜 지금 내가 죽음의 위기를 맞이하고 있는지……. 그리고 야마무라 사다코가 무엇을 낳았는지……. 힌트는 이렇게 가까운 곳에 있었다. 야마무라 사다코가 가진 힘과 또 하나의 힘의 융합까지 도저히 알아차릴 수가 없었다. 그녀는 아이를 낳고 싶었던 것이다. 그러나 아이를 낳을 수 있는 몸이 아니었다. 거기서 악마와 계약을 맺고…… 많은 아이를……. 류지는 생각했다. 이 일이 앞으로 어떠한 결과를 초래할지를. 류지는 고통을 참고 웃었다. 아이러니한 웃음이었다.

'웃기지도 않는군. 인류가 멸망하는 것을 보고 싶어 하던 내가, 왜 이런 곳에서…… 먼저 가다니…….'

류지는 전화가 있는 곳까지 기어가서 아사카와의 집 전화번호를 누르려 했지만 직전에, 지금 그가 오시마에 있다는 것이 떠올랐다.

'그 자식, 깜짝 놀라겠지. 내가 죽어 버리면.'

가슴을 향한 강한 압박이, 노골적으로 삐걱거렸다.

류지는 그대로 다카노 마이의 번호를 눌렀다. 삶에 대한 격한 집착과, 아니면 마지막으로 목소리만이라도 듣고 싶다는 바람 중에 어느 쪽이 다카노 마이를 부르고 싶다는 충동을 불러일으켰는지, 류지 자신도 구분해 낼 수 없다. 그저 한편에서 이런 말이 들렸다.

'단념해, 그녀를 끌어들이는 것은 좋지 않아.'

하지만 다른 한편에서는 아직 늦지 않았을 수도 있다는 희망의 소리.

책상 위의 시계가 눈에 들어왔다. 9시 48분. 류지는 수화기를 귀에 대고 다카노 마이가 전화 받기를 기다렸다. 머리가 근질근질 엄청나게 가렵다. 머리에 손을 들어 긁적긁적 긁었더니 머리카락이 몇 가닥인가 빠져나가는 감촉이 들었다. 두 번째 전화 소리가 울고 나서 류지는 고개를 들었다. 정면의 양복 선반에는 전신 거울이 붙어 있는데 거기에 자기 얼굴이 비치고 있었다. 류지는 어깨와 머리로 수화기를 받치고 있다는 것도 잊고 거울에 얼굴을 바싹 붙였다. 그 바람에 수화기는 떨어졌지만 류지는 상관 않고 거울 속의 자신을 바라보았다. 거울에는 다른 사람이 비치고 있었다. 뺨은 누렇게 떠 있고, 바싹 말라서 쩍쩍 금이 가서 차례로 떨어지는 머리카락 사이에는 갈색 딱지가 여기저기 붙어 있었다.

'환각이다. 당연히 환각이지.'

류지는 자신에게 읊조렸다. 그래도 감정을 억제할 수가 없었다. 바닥에 구르는 수화기에서 "여보세요." 하는 여자 목소리가 들렸다. 류지는 견딜 수가 없어서 비명을 질러 버렸다. 다카노 마이의 목소리와 자기 비명이 겹쳐져서 류지는 결국 아끼는 사람의 목소리를 듣는 것을 놓쳐 버렸다. 거울에 비치고 있는 것은 다른 게 아니라 100년 후 자신의 모습이었다. 정말 류지조차 몰랐다. 전혀 다른 사람으로 전락한 자신과 만나는 것이 이렇게 무섭다는 것을…….

호출음이 네 번 우는 것을 듣고 다카노 마이는 수화기를 들어 올려 "여보세요……." 하고 말했다. 하지만 거기에 들려온 대답은 "우오오오오오!" 하는 비명이었다. 전화선으로 전율이 전해졌다. 류지의 아파트에서 다카노 마이의 방으로 공포는 그 형상 그대로 전달되었던 것이다. 다카노 마이는 놀라서 수화기를 귀에서 멀리 떼어 냈다. 신음은 계속되고 있었다. 첫 번째 비명에는 경악이, 그 뒤에 이어지는 신음은 믿을 수 없다는 느낌이 깃들어 있었다. 여태까지 장난 전화를 몇 번 받았던 적이 있었지만 그것과는 다르다고 바로 수화기를 고쳐 쥐었다. 신음은 뚝 끊겼다. 그 후 뒤덮은 것은 쥐 죽은 듯한 정적…….

오후 9시 49분……. 마지막으로 아끼는 여자의 목소리를 듣고 싶다는 바람은 무참히 깨지고 반대로 단말마만 남긴 채 류지는 절명했다. 의식은 허무로 뒤덮여 갔다……. 바로 손 앞에 있는 수화기에서는 다시 다카노 마이의 목소리가 흘러나오고 있었다. 두

다리는 바닥 위에 크게 벌리고 침대에 등을 기댄 채, 왼손은 침대 커버 위에 내동댕이치고 오른손은 "여보세요."라고 계속 속삭이는 수화기 쪽으로 뻗고서 머리를 뒤로 젖혀 부릅뜬 두 눈으로 천장을 보고 있었다. 허무가 비집고 들어오기 직전, 류지는 자기가 살아날 수 없다는 사실을 깨닫고 '아사카와 놈에게 비디오테이프의 수수께끼를 알려 주고 싶다.'고 강하게 염원하는 것을 잊지 않았다.

다카노 마이는 몇 번이나 "여보세요." 하고 전화 너머로 말을 걸었다. 대답이 없었다. 그녀는 수화기를 후크에 올려 두었다. 들어 본 기억이 있는 신음 소리였다. 기분 나쁜 예감이 가슴을 뚫는 바람에 다시 한 번 수화기를 들어 올려 존경하는 선생님의 번호를 눌렀다. 역시 통화 중이었다. 이때, 다카노 마이는 전화를 건 사람이 류지이며, 그의 신변에 터무니없는 일이 일어나 버린 것을 알았다.

4

10월 20일 토요일

오랜만에 집으로 돌아왔지만 아내와 아이가 없으니 더할 나위 없이 쓸쓸했다. 며칠 만인가, 아사카와는 손가락을 꼽으며 헤아렸다. 가마쿠라에서 1박, 태풍에 갇혀서 오시마에서 2박, 그다음 날,

미나미하코네 퍼시픽랜드 빌라 로그캐빈에서 1박. 그리고 또 오시마에서 1박. 겨우 5박을 했을 뿐이었다. 보다 훨씬 오랫동안 다녀온 기분이 들었다. 취재 여행으로 4박 5일 정도로는 숱하게 다녀왔지만 돌아와서 돌이켜보면 언제나 짧았다고 느끼게 마련이었다.

아사카와는 서재에 있는 책상에 앉아 워드프로세서의 전원을 켰다. 아직 몸 여기저기 근육통이 남아서 서거나 앉는 것만으로도 허리 근처에 통증이 왔다. 잠들 수 없는 밤이 계속되었던 이 일주일 동안의 피로는 어젯밤 열 시간에 달하는 수면으로 해소될 만한 것이 아니었다. 하지만 마냥 쉴 수도 없다. 쌓여 있는 업무를 정리해 두지 않으면 내일 일요일에 닛코에 드라이브를 가자는 약속을 지킬 수 없어진다.

아사카와는 바로 워드프로세서 앞에 앉았다. 보고서의 전반 부분은 이미 플로피디스크에 저장해 놨다. 여기에 월요일 이후, 야마무라 사다코의 이름이 판명되고 나서부터의 후반 부분을 덧붙여서 되도록 빨리 원고를 완성시켜야만 했다. 저녁 식사까지 다섯 장 분량의 원고를 써 내려갔다. 평소 속도였다. 아사카와의 경우 늦은 밤일수록 속도가 훨씬 올라갔다. 이 속도라면 상당히 느긋한 기분으로 아내와 아이를 데리러 갈 수 있겠다. 그리고 월요일부터는 여태까지 모습과 다르지 않은 일상생활이 다시 시작될 것이다. 편집장이 이 원고에 대해 어떠한 반응을 보일지 전혀 예상되지 않았지만 써서 올리지 않은 한 검토를 받는 것도 불가능하다. 헛수고가 되는 것을 각오하고 이 한 주 동안 있었던 후반 부분을 다시 한 번 정리하여 배치해 갔다. 원고가 완성되어서야 그의 사건이 완료되는 것이다.

때때로 키보드를 두드리는 손이 멎을 때도 있었다. 책상 옆에 둔 출력물에는 야마무라 사다코의 사진이 복사되어 나와 있었다. 말 그대로 두려울 정도로 미인이 흘끔흘끔 그의 모습을 엿보고 있는 기분이 들어서 아사카와는 마음이 어지러웠다. 이 너무나 아름다운 눈을 통해 아사카와는 야마무라 사다코와 같은 것을 봐 버렸던 것이다. 그녀의 일부가 몸속에 들어와 버렸다는 느낌은 아직 사라지지 않았다.

아사카와는 사진을 시야 바깥에 두었다. 야마무라 사다코가 바라보고 있으면 일이 손에 잡히지 않았다.

근처 백반집에서 저녁밥을 다 먹고 나니 문득, 지금쯤 류지가 무엇을 하고 있을지 신경 쓰였다. 신경이 쓰였다기보다는 그냥 멍하니 그의 얼굴이 떠올랐을 뿐이다. 그런데 집으로 돌아와서 일을 계속 하다 보니 머릿속 한쪽 끝에 떠오르는 류지의 얼굴이 서서히 선명해졌다.

'그 녀석, 뭐하고 있을까? 지금쯤.'

머리에 떠오른 류지의 윤곽이 때때로 겹쳐 보이기도 했다. 묘하게 가슴이 두근거려서 아사카와는 전화로 손을 뻗었다. 신호음이 울리고서 일곱 번 만에 수화기가 들어 올려지고, 아사카와는 안심했다. 하지만 들려온 것은 여성의 목소리였다.

"……네, 여보세요."

그대로 꺼질 것 같은 가느다란 목소리. 아사카와는 그 목소리를 들은 기억이 있었다.

"여보세요, 아사카와입니다만."

"네." 하는 작은 대답.

"저, 다카노 마이 씨. 맞죠? 전에는 정말 식사 맛있게 잘 먹었습니다."

다카노 마이는 "아뇨, 천만에요." 하고 작은 목소리 그대로 수화기를 계속 들고 있었다.

"저, 류지는…… 그쪽에 있습니까?"

왜 빨리 류지를 바꾸지 않을까 하고, 아사카와는 의아했다.

"류……."

"선생님, 돌아가셨습니다."

"……어어?"

대체 얼마 동안 말을 꺼내지 못한 걸까. 멍청하게 "어어?"라고 대답하고선 공허한 눈으로 천장의 한곳을 응시하며 쥐고 있던 수화기가 미끄러져 떨어지려 하다가 겨우 아사카와는 "언제?"라는 질문을 던질 수 있었다.

"어젯밤 10시쯤……."

류지가 아사카와의 아파트에서 그 비디오를 다 봤을 때가 지난주 금요일 9시 49분이었으니 그야말로 예고한 바로 그 시각이었다.

"그럼, 사인은?"

물을 것도 없는 말이다.

"급성심부전……. 확실한 사인은 아직 모른다고 합니다."

아사카와는 겨우 서 있을 수 있었다. 사건은 끝난 게 아니었다. 제2라운드에 돌입했다.

"마이 씨, 아직 거기 계실 예정인가요?"

"네. 선생님의 유고를 정리해야 해서요."

"제가 지금 바로 찾아뵙겠습니다. 거기 계세요."

아사카와가 수화기를 내려놓는 동시에, 그 자리에 털썩 주저앉았다. 아내와 딸의 데드라인 시각은 내일 오전 11시. 시간과의 싸움이 다시 시작하려 하고 있었다.

게다가 이번엔 혼자서 싸워 나가야만 했다. 류지는 이제 없다. 이런 곳에서 주저앉아 있을 수는 없었다. 빨리 행동을 해야지만……. 빨리, 빨리…….

큰길로 나와서 도로가 막히는지 살폈다. 전철보다는 자가용이 빠를 것 같았다. 아사카와는 횡단보도를 건너서 길에 주차해 둔 렌터카에 올라탔다. 아내와 딸을 데려가려고, 반납을 내일까지로 연장해 둬서 다행이었다.

'이게 대체 무슨 일이지?'

아사카와는 핸들을 쥐며 생각을 정리하려 했다. 이런저런 장면이 플래시백처럼 되살아나서, 하나로 정리할 상황이 아니었다. 생각할수록 머릿속은 수습이 불가능하게 되었고, 사건과 사건의 연결 고리가 맞지 않아서 머리가 터질 지경이었다.

'침착해! 진정하고 생각해!'

아사카와는 자기에게 되뇌어 말했다. 그리고 겨우 요점을 어디에 둬야 하는지 명확해졌다.

'일단 우리는 주문, 즉 죽을 운명을 피할 방법을 발견하지 않았다는 사실. 즉, 야마무라 사다코는 자기 유골이 발견되어 공양해 주길 바란 것이 아니었다. 그녀의 바람은 전혀 다른 곳에 있다. 뭐지? ……그게 대체. 가장 알 수 없는 사실은 주문의 수수께끼를 풀지 않았음에도 불구하고, 왜 나는 이렇게 살아 있는 것인가. 어

찌된 일이야. 설명해 줘. 왜 나만 살아 있지?'

내일 일요일 오전 11시에는 아사카와의 아내와 딸이 데드라인을 맞이한다. 지금은 벌써 밤 9시였다. 그때까지 무슨 일이든 하지 않으면 그는 아내와 아이를 잃게 될 것이다.

류지는 이 사건을 뜻밖의 죽음을 맞이한 야마무라 사다코의 저주라는 관점으로 풀어냈지만 그 점이 아무래도 수상쩍다는 것을, 아사카와는 사무치게 느꼈다. 그보다 다른 사람의 고통을 비웃는 것 같은 바닥을 알 수 없는 악의의 예감이 들었다.

다카노 마이는 다다미 방에 정좌하고 류지의 미발표 논문을 무릎에 올려놓고 있었다. 한 장 한 장 넘기며 훑어보고는 있지만 난해한 내용은 더욱이 좀처럼 머릿속에 들어오지 않았다. 방은 텅 비어 있었다. 류지의 시신은 오늘 아침 빨리 가와사키의 부모님 곁으로 보내졌고, 이제 그곳에는 없었다.

"어젯밤 일, 자세히 들려주십시오."

친구의 죽음……. 특히 전우라고도 할 수 있는 류지의 죽음은 슬프지만, 지금은 감상에 젖어 있을 여유가 없었다. 아사카와는 마이의 옆에 앉아서 고개를 숙였다.

"밤 9시 30분이 조금 넘었는데, 선생님에게서 전화가 걸려 와서……."

마이는 어젯밤의 일을 자세하게 이야기했다. 수화기에서 흘러나온 비명, 그리고 정적. 황망히 류지의 아파트로 달려갔지만 류지는 침대에 몸을 걸쳐 두 다리를 뻗고……. 마이는 류지의 시신이 있던 장소에 시선을 고정하고 그때 그의 모습을 설명하는 동안 눈물을 머금었다.

"아무리 제가 불러도, 선생님, 대답을 안 해 주셔서……."

아사카와는 마이에게 울 시간을 줄 수 없었다.

"그때, 방 모습에서 뭔가 이상한 점은?"

마이는 고개를 저었다.

"아니요. ……그저, 수화기가 후크에서 떨어져서 듣기 싫은 소리를 내고 있었어요."

류지는 죽는 순간, 마이에게 전화를 걸었었다……. 뭣 때문에? 아사카와는 다시 한 번 다짐하듯이 물었다.

"정말 류지는 당신에게 아무 말도 남기지 않았던 거죠? 예를 들어, 비디오테이프에 대한 말이라거나……."

"비디오?"

마이는 선생님의 죽음과 비디오가 대체 어떤 관계가 있냐는 생각에 얼굴을 찌푸렸다. 죽기 직전에 류지가 주문의 진짜 의미를 해명했는지 아닌지, 아사카와로서는 알 방도가 없었다.

류지는 어째서 다카노 마이에게 전화를 걸었을까. 그 녀석은 자기 죽음이 가깝다는 것을 알고 애인에게 전화를 건 것뿐일까? 그냥 단지 죽기 전에 사랑하는 사람의 목소리를 듣고 싶었던 걸까? 이렇게 생각하긴 어렵지만 류지는 주문의 수수께끼를 풀고 그것을 실행하기 위해 다카노 마이의 힘을 빌리려 했다. 그래서 그녀에게 전화를 걸었다. 즉, 주문을 실행하기에는 제삼자의 힘이 필요했다.

마이는 일어서려는 아사카와를 현관까지 배웅했다.

"마이 씨는, 아직 오늘 밤, 여기에?"

"네, 원고 정리를 해야 해서요."

"그렇습니까. 바쁘신데 폐를 끼쳐 죄송했습니다."

아사카와가 가려했다.

"아, 잠시……."

"네?"

"아사카와 씨, 저와 선생님 사이를 오해하고 있진 않으신가요?"

"네? 오해라니?"

"그러니까 그, 남자와 여자의 관계라고……."

"……아니, 별로 그렇게는."

'이 남자와 이 여자는 그렇고 그런 사이구나.' 하는 시선을 던지는 남자를, 마이는 구분해 낼 수 있었다. 아사카와가 보내는 시선에는 강하게 그 의미가 포함되어 있어서 신경이 쓰여 왔었다.

"제가 처음 아사카와 씨를 뵈었을 때에, 선생님, 당신에 대해 친구인 아사카와라고 소개하셨죠. 저, 그때 잠깐 깜짝 놀랐어요. 왜냐하면, 선생님이 친구라고 부르시는 건 아사카와 씨가 처음이었어요. 그래서 선생님에게 있어서 아사카와 씨는 특별한 사람이라고 생각합니다. 그래서……."

마이는 거기서 말을 끊고 나머지 이야기를 주저했다.

"……그래서 선생님의 친구이신 당신에게는 선생님에 대해 좀 더 자세히 이해해 주셨으면 해서. 선생님…… 제가 아는 한에서는 그 여자분을 해코지한 적 없이 그대로……."

마이는 거기까지 말하고 눈을 내렸다.

'동정인 채로 죽었다는 건가?'

대답할 말도 없어서, 아사카와는 묵묵히 있었다. 마이의 기억에 남은 류지가 다른 인간처럼 느껴졌다. 어디서 이야기가 뒤바뀐 것처럼…….

"……어, 근데……."

아사카와는 '근데, 고등학교 2학년 때 일을 당신은 모르잖아.' 하고 말하려 하다가 말았다. 죽은 사람의 범죄 행위를 지금에 와서 폭로할 기분이 아니었고, 마이의 가슴에 잠든 류지의 이미지를 무너뜨리고 싶지 않았다.

그렇다기보다 그의 가슴에는 어떤 의문이 떠올랐다. 아사카와는 여성의 감을 믿고 있었다. 그리고 류지와 상당히 친밀하게 지내온 마이가 류지가 동정이었다고 한다면 그 이야기가 꽤 신빙성이 있지 않을까 하는 생각이 들었던 것이다. 즉, 고등학교 2학년 때 근처 여대생을 폭행했다는 말은, 단순히 지어낸 이야기에 지나지 않는다는…….

"선생님, 제 앞에서는 아기처럼 구셨어요. 뭐든지 이야기해 주고, 숨기는 일도 없이. 어떤 청춘을 보내셨고 어떤 고민을 가지고 있으신지, 저는 거의 알고 있다고 생각해요."

"그러십니까."

아사카와는 그 외에 딱히 대답할 말이 없었다.

"선생님은, 제 앞에선 10대의 순진한 어린애, 거기 제삼자가 함께 있으면 신사, 그리고 아마 아사카와 씨 앞에서는 악당을 연기하셨지 않나요? 그쵸? 그렇게 하지 않으면, 그렇게 하지 않으면……."

다카노 마이는 슥, 하고 흰 핸드백에 손을 뻗어 안에서 손수건을 꺼내 눈에 갖다 대었다.

"그렇게 연기하지 않으면, 선생님, 이 사회 속에서 살아갈 수 없었다고…… 네, 아세요? 그렇게 말하시고는……."

경악을 먼저 느꼈다. 하지만 아사카와에게는 짚이는 부분이 있었다. 고등학생 때에 공부와 스포츠에 특별하게 재능을 발휘하고 있었음에도, 혼자서 친구도 없이 고독했던 인격.

"너무나 순수했던 분…… 촐랑거리는 남학생들 따위와는 비교도 안 돼요."

마이의 손에 쥐어진 손수건은 눈에서 흘러넘치는 눈물을 빨아들여 젖어들었다.

좁은 현관에 선 아사카와에게는 생각할 일이 한가득 넘쳐나서 마이에게 어떤 말을 남겨야 하는지 선뜻 떠오르지 않았다. 그가 알고 있는 류지와, 마이가 알고 있는 류지의 모습이 워낙 동떨어져서 접점이 벗어나 떨어진 그대로 명확한 인물상을 파악할 수 없게 되었다. 류지에게는 어두운 부분이 숨겨져 있었다. 아무리 발버둥 쳐봤자, 그라는 인격을 그대로 파악하는 것은 불가능했다.

고등학교 2학년 때, 류지는 정말 근처에 사는 여대생을 성폭행했을까……. 아사카와로서는 결국 알 방법이 없다. 또, 류지가 말했던 것처럼 현재도 그런 행위를 반복하고 있었는지조차. 특히 지금, 아내와 딸의 데드라인이 내일로 다가왔으니 쓸데없는 일로 머리를 혹사시키고 싶지 않았다.

그래서 그냥 한마디만 했다.

"류지는, 저에게도 최고의 친구였습니다."

그 말이 기뻤는지, 마이가 사랑스러운 얼굴로 미소와 함께 울 것 같기도 한 표정을 지으며 눈만으로 가볍게 인사했다. 아사카와는 문을 닫으며 아파트 계단으로 발걸음을 재촉했다. 길로 나와 류지의 아파트에서 멀어짐에 따라 자기 목숨을 희생해서까지 위험한 게임에 몸을 던진 친구의 모습이 얼얼할 정도로 마음에 남아, 남의 눈도 개의치 않고 눈물을 흘렸다.

5

10월 21일 일요일

자정이 지나고 드디어 일요일이 다가왔다. 아사카와는 손에 든 보고서 용지에 중요사항을 메모하면서 생각을 정리하려 하고 있었다.

류지는 데드라인 직전이 되어서 주문의 수수께끼를 풀고 다카노 마이에게 전화를 걸어 아마 불러내려고 했었다. 즉, 주문을 실행하기에는 다카노 마이의 도움이 필요했다.

그런데 여기서 중요한 부분은 일단 자신은 살아 있다는 사실이다. 여기에 대한 대답은 하나밖에 없다. 이 일주일간, 모르는 새에 자신은 주문을 실행했던 것이다! 그 이외에 어떤 설명이 있을까. 요컨대 주문은 제삼자의 손을 빌리면 누구라도 가능한 것이다. 하지만 여기서 또 의문점. 그러면 빌라 로그캐빈에 머무른 그 네 사람은 어째서 꽁무니를 빼고 주문을 실행하지 않았을까. 간단하게 되는 것이었다면 다른 세 사람 앞에서 강한 척하고 있더라도 뒤에서 슬쩍 실행해버리면 되지 않았을까. 잘 생각하자. 어디 보자. 자신은 이 일주일간 무엇을 했던가? 류지는 명백하지 하지 않았고, 자신은 했던 일이 대체 뭐지?

겨기까지 생각하고 아사카와는 소리를 질렀다.

"알 리가 없지! 그딴 것! 일주일 동안 나는 했는데 류지는 안 했던 일…… 그런 게 얼마나 많은데! 웃기지도 않는다고!"

아사카와는 야마무라 사다코의 사진을 주먹으로 때렸다.

"이 자시이이익! 너, 언제까지 나를 괴롭혀야 적성이 풀리겠냐."

몇 번이나 야마무라 사다코의 얼굴을 후려쳤다. 하지만, 야마무라 사다코는 표정도 바꾸지 않고 그대로 아름다움을 유지하고 있었다.

아사카와는 부엌으로 가서 위스키를 잔에 꼴꼴 따랐다. 머리 한쪽으로 고여 있는 피를 좀 풀어 줄 필요가 있었기 때문이다. 쭉 들이키려다가 손을 멈췄다. 주문의 방법이 떠오르면 밤중에라도 아타미까지 차를 운전할 수도 있으니 술은 참는 편이 좋았다.

무언가에 의지하려는 자신에게 화가 났다. 빌라 로그캐빈에서 야마무라 사다코의 뼈를 파내려 할 때, 아사카와는 공포에 져서 까딱하면 스스로를 죽음으로 몰아넣을 뻔했다. 그래도 겨우 목적을 달성할 수 있었던 것은 류지가 곁에 있었기 때문이다.

"류지! 류우우지이이. 야, 부탁한다. 살려 주라."

아내와 딸을 빼앗긴 생활, 견딜 수 없다. 그렇게는 살 수 없어!

"류우우지이. 힘을 빌려줘. 왜 나는 살아 있지? 내가 마지막에 야마무라 사다코의 유골을 발견해서 그래? 만약 그렇다면 아내와 딸은 구할 수가 없어. 될 리가 없다고. 응? 류지!"

마음이 어지러웠다. 우는소리나 하고 앉아 있을 상황이 아니라고 알면서도 냉정을 잃고 잠시 류지에게 큰 소리로 아우성쳤더니, 어떻게 겨우 냉정을 되찾았다. 그는 그 이외의 중요 사항을 메모지에게 써 내려가기 시작했다. 노파의 예언……. 야마무라 사다코는 진짜 아이를 낳았을까? 죽기 직전에 성교한 나가노 죠타로는 일본 최후의 천연두 환자였지만, 그 건이 어떤 관계가 있을까? 무슨 문장이나 끝에 물음표가 붙었다. 확실한 사실이 하나도 없다. 대체 이렇게 해서 주문 방법을 알아낼 수가 있을까? 실패는 허락되지 않는다.

이윽고 또 시간이 지났다. 바깥은 서서히 밝아지는 참이었다. 바닥에 뒹굴고 있는 아사카와의 귓가에 남자의 숨결 비슷한 것이 느껴졌다. 짹짹짹 하고 작은 새소리가 들렸다. 꿈인지 현실인지조차 모르겠다.

아사카와는 어느샌가 바닥에 쓰러져 잠들어 있었다. 우음, 하고 아침 햇빛에 눈부신 듯이 눈을 가늘게 떴다. 부드러운 빛 속에 사람 그림자가 스윽 어그러져 있다. 두렵지는 않았다. 아사카와는 퍼뜩 정신이 들어 그림자가 있는 방향으로 눈에 힘을 주었다.

"……류지, 거기 있냐?"

그림자는 아무것도 대답하지 않았는데 마치 뇌로 직접 각인되는 것처럼 책 이름이 떠올랐다.

『인류와 역병』.

눈을 감은 아사카와의 눈꺼풀 안쪽으로 희고 선명하게 제목이 떠올라 그 후 여운을 가지고 서서히 사라졌다. 그 책은 아사카와의 서재에도 있을 터였다. 그 사건을 조사하기 시작했을 때 즈음하여 그는 네 사람의 죽음을 동시에 죽음에 이르게 만든 존재의 정체를 어떤 종류의 바이러스가 아닌가 하고 의심했는데, 그 흥미 본위로 구입한 책이었다. 아직 읽지도 않았지만 그는 그 책이 책꽂이 어디에 꽂혀 있는지 잘 기억하고 있었다.

동쪽을 향한 창에서 햇빛이 비추고 있었다. 일어서려고 했더니 머리가 지끈 쑤셨다.

꿈이었나?

아사카와는 서재의 문을 열었다. 그리고 누군가에 의해 암시받았던 책 『인류와 역병』을 손에 들었다. 물론 아사카와에게 암시를 준 것이 누구인지 상상은 갔다. 류지다. 류지는 주문의 비밀을 알려 주기 위해 찰나의 순간 돌아왔던 것이다.

이 책의 200페이지나 되는 두께 속 어디에, 주문의 대답이 실려져 있을까. 다시금 직감이 작용했다. 151페이지! 그 숫자도 아까만큼 강렬하진 않았지만 뇌리에 주입되었다.

그 부분을 폈다. 순간, 아사카와의 눈 속에 하나의 단어가 점차 꾹꾹꾹 확대되어 파고들어 왔다.

증식 증식 증식 증식

바이러스의 본능, 그것은 자기 자신을 증식하는 것. '바이러스는 생명의 기능과 구조를 가로채서 자기 자신을 늘려 간다.'

"오오오오오오!"

아사카와는 느닷없이 괴상한 소리를 질렀다. 주문의 의미에 드디어 다다랐다!

자신이 이 일주일 동안 한 일, 그리고 류지가 하지 않았던 일. 분명하지 않은가! 자신은 그 비디오를 빌라 로그캐빈에서 가져와서, 복사해서 류지에게 보여 주었다. 주문의 내용, 간단하지 않은가. 누구라도 가능한 일이다. 복사해서 남에게 보여 주는 일……. 아직 보지 않은 사람에게 보여서 증식하기를 도와주면 되는 것이다. 그 네 사람은 그런 장난을 하고 멍청하게도 비디오테이프를 빌라 로그캐빈에 놓고 와 버렸다. 그래서 일부러 가지러 가서 주문을 실행하려고 한 녀석이 없었다.

어떻게 생각해도 그 이외의 해석이 불가능했다. 아사카와는 수화기를 들어 올려 아타미에 있는 처가의 번호를 돌렸다. 전화를 받은 사람은 시즈카였다.

"알겠지? 지금부터 하는 말을 잘 들어. 장인어른, 장모님께서 꼭 보셨으면 하는 게 있어. 지금 당장. 그러니까 내가 그쪽에 도착할 때까지, 두 분이 어디 가시지 않게 해 줘. 알았어? 잘 들었지? 아주 중요한 일이야."

아아, 나는 악마에 혼을 팔려고 하고 있는 것인가. 아내와 딸을 구하기 위해, 장인과 장모를 일시적인 위험에 빠뜨리려 하고 있다. 하지만 아내와 손자를 구하기 위해서라면 두 사람은 기쁘게 협력할 것임에 틀림없었다. 그들도 또한 복사해서 다른 누군가에게 보여 주면, 그것으로 위험을 회피할 수 있다. 그러나 그다음은…… 그다음은?

"대체 무슨 말인지, 전혀 모르겠어."

"됐으니까, 이야기한 대로 해 줘. 지금 바로 거기로 갈게. 아아, 맞아, 거기 비디오 있어?"

"있어."

"베타 버전이야? 아니면 VHS 방식?"

"VHS."

"알았어. 바로 갈게. 절대로, 알았지? 절대 아무 데도 가지 마."

"잠깐, 기다려 봐. 응? 아버지랑 어머니에게 보여 주려는 게, 바로 그 비디오 아니야?"

아사카와는 대답이 궁해서 입을 다물었다.

"맞아?"

"……맞아."

"위험은 없지?"

'위험은 없냐니? 당신이랑 당신 딸이 이제 다섯 시간이면 죽을 운명이라니까. 적당히 해, 멍청아! 따져 묻고나 있다니. 일을 처음부터 찬찬히 이야기해 줄 시간이 이제 없다고.'

아사카와는 버럭 소리를 지르려는 기분을 겨우 억눌렀다.

"부탁이니까, 내가 말하는 대로 좀 해!"

7시 약간 전이니까 이제 곧 고속도로로 진입해서 차만 안 막히면 9시 30분 정도까지는 아타미에 있는 처가에 도착하리라. 아내 몫과 딸 몫으로 두 개를 녹화하는 시간을 생각하면, 11시 데드라인 시각에 아슬아슬할 것이다. 아사카와는 수화기를 내려놓고 오디오 수납장을 열어 비디오 전원을 뽑았다. 더빙하기 위해서는 어쨌거나 두 대의 기계가 필요하니까, 아타미까지 가져갈 수밖에 없었다.

아사카와는 방을 나오려하며 다시 한 번 야마무라 사다코의 사진을 봤다.

'당신, 터무니없는 것을 낳았군.'

오이 인터체인지 교차로에서 수도 고속도로로 진입하고 만안선 고속도로로 빠져서 동북 자동차 도로에 진입하는 코스로 가려 했다. 동북 도로만은 결코 막히지 않았다. 문제는 수도 고속도로에서 막히는 길을 어떻게 피하는 가였다. 오이 인터체인지에서 요금을 낼 때, 정체 구간 표시를 확인하려다가 처음으로 아사카와는 오늘이 일요일이라는 것을 떠올렸다.

그 덕분인지 평소 줄줄이 이어져 있을 해저 터널에도 차량 수가 눈에 띄게 적고, 합류 지점에서조차 차가 막히지 않았다. 이 상태로 가면 예정대로 9시에는 아타미에 있는 처가에 도착해서 비디오테이프를 두 개 복사하기에 충분한 여유가 있으리라고 바랄 수 있었다. 아사카와는 액셀에서 힘을 뺐다. 속도를 너무 냈다가 사고에라도 휘말리는 것이 훨씬 두려웠다.

스미다가와 강을 따라 달리면서 아래를 보니 일요일 아침, 갓 아침을 맞이하기 시작한 거리의 표정이 여기저기 눈에 띄었다. 평일과는 다른 움직임으로 사람들이 걷고 있다. 평화로운 일요일 아침…….

아사카와는 생각을 안 할 수가 없었다. 이 일이 어떤 결과를 만들어 낼지……. 아내와 딸 몫으로 두 방향으로 나뉘어 퍼진 바이러스는 대체 어떻게 퍼져 갈 것인가. 이미 한 번 본 사람에게 복사본을 건네주고, 어떤 특정 그룹 안에서 서로 나눠 보는 것을 반복하면 만연하게 퍼지는 것을 막을 수도 있다고 생각했다. 하지만 그러면 증식을 바라는 바이러스의 의지에 반하는 일이고 그 기능이 어떠한 구조로 비디오테이프에 깃들어 있는지는 지금으로서는 알 방도가 없었다. 알기 위해서는 실험이 필요했다. 과연 목숨을 걸면서까지 진실을 해명하려는 사람이 나타난다면 상당히 심각한 상태까지 만연해 있다는 것으로 알 수 있겠지. 복사해서 남에게 보여 주는 것만으로 위험을 피했다고 한다면, 어려운 방법이 아니니, 당연히 다들 반드시 실행에 옮길 것이다. 그렇게 해서 입소문으로 전해지는 동안 '아직 보지 않은 사람에게'라는 조건이 반드시 붙는다. 그리고 또 하나, 대략 일주일이라는 유예 기간은 전파되는 동안 단축될 것이다. 본 사람이 일주일을 기다리지 않고 복사해서 다른 사람에게 보여 주는……. 대체 이 고리는 어디까지 퍼져 나가는 것인가?

인간이 본능적으로 가지고 있는 공포심에 작용하여 역병으로 변해 버린 비디오테이프는 눈 깜빡할 새에 사회로 퍼져 나갈 것이 틀림없었다. 게다가 공포에 쫓기는 인간들은 터무니없는 허위 정보마저 꾸며 내지 않았으면 견딜 수 없을 것이다. 예를 들어, '본 사람은, 둘 이상의 복사본을 만들어서 두 사람 이상에게 보여 줘야만 한다.' 따위의 조건이 덧붙여진다면 다단계처럼 하나만 유통될 때와는 전혀 비교도 되지 않을 속도로 파급되고 반년 내에 일본 전 국민이 숙주가 되어 감염은 해외에까지 미칠 것이다. 그 과정에서 몇 명의 희생자가 나온다고 하면 얼마나 큰 패닉 상황을 일으키고 어떤 사태로 번져 갈지 예상도 되지 않았다. 희생자의 수가 몇이 될지도……. 2년 전 공전의 오컬트 붐이 일어났을 때, 회사에 날아온 투서는 1000만 통을 상회했다. 어딘가 미쳐 있었다. 이 광기에 편승해서 신종 바이러스는 맹위를 떨칠 것이다…….

아버지와 어머니를 죽음에 몰아넣은 대중에 대한 원한, 인류의 지혜로 절멸하기 직전까지 쫓겨 나간 천연두 바이러스의 원한. 그것은 야마무라 사다코라는 특이한 인간의 몸속에 융합되어, 생각지도 못한 형상으로 다시 세상에 나타났다.

아사카와도 그 가족도, 비디오를 본 사람은 모두 이 바이러스에 잠재적으로 감염되었다는 뜻이다. 숙주이다. 그것도 바이러스는 생명의 핵이라고 할 수 있는 유전자에 직접 파고들어 갈 것이다.

이것이 어떤 결과를 일으킬까, 지금은 아직 알 방도가 없었다. 이제부터의 역사에, 아니 인류의 진화에 어떻게 관여할 것인가…….

자신은 가족을 지키기 위해, 인류를 멸망시킬지도 모르는 역병을 세계에 해방하려 하고 있었다.

아사카와는 이제부터 하려고 하는 일의 의미가 두려웠다. 지극히 희미한 속삭임도 없지 않았다.

아내와 딸을 방파제로 삼으면, 그것으로 끝날 일이 아닐까? 숙주를 잃은 바이러스는 죽는다, 인류를 구할 수 있다고.

하지만 그 목소리는 너무나 작았다.

차는 동북 도로로 진입했다. 혼잡하지는 않았다. 여기까지 왔으면 충분히 제시간에 맞출 것이다. 아사카와는 어깨에 힘을 넣고 핸들에 달라붙어 있는 것 같은 모습으로 차를 운전했다.

"후회 따위 하지 않아! 내 가족이 방파제가 될 의무가 어디 있겠어! 위기가 닥쳐온 이상 어떤 희생을 지불해서라도 지켜야만 할 것이 있어."

결의를 새삼 다지기 위해서라도 아사카와는 엔진음에 지지 않도록 큰 소리로 그렇게 말했다. 과연 류지였다면, 이럴 때 어떻게 했을까? 그 점에 대해서라면 자신 있었다. 류지의 영혼은 아사카와에게 그 비디오테이프의 수수께끼를 가르쳐 주었던 것이다. 즉, 아내와 딸을 구하라고 알려 주었다는 말이다. 그렇게 생각하는 편이 믿음이 갔다. 류지라면 이렇게 말했을 것이다.

'지금 이 순간 자기 기분에 충실해! 우리 앞엔 모호한 미래밖에 없잖아. 나중 일은 어떻게든 될 것이다. 인류의 심원한 지혜인지 뭔지로 그 일에 맞서면, 어쩌면 해결할 수 있을지도 모르지. 인류에 있어서 하나의 시련이야. 악마는, 어느 세상에나 모습을 바꾸면서 나타나는 거니까. 해치워도, 해치워도 차례차례 쳐들어오지.'

아사카와는 아시카가를 향해 액셀을 일정한 속도로 밟았다. 백미러 속에 지금 막 빠져나온 도쿄의 하늘이 비치고 있었다. 그 상공에 검은 구름이 으스스하게 움직이고 있었다. 묵시록적인 악의 유출을 암시하는, 뱀 같은 움직임이었다.

〈끝〉

옮긴이 | 김수영

서일대학 일본어과, 한국디지털 대학교 실용외국어학과를 졸업했다. 사카구치 안고의 『백치』를 공역했고 『6시간 후 너는 죽는다』, 『도쿄 섬』, 『제노사이드』를 번역했다.

링 1

1판 1쇄 펴냄 2003년 1월 10일
2판 1쇄 펴냄 2009년 8월 21일
2판 2쇄 펴냄 2012년 5월 28일
3판 1쇄 펴냄 2015년 9월 25일
3판 4쇄 펴냄 2024년 1월 24일

지은이 | 스즈키 고지
옮긴이 | 김수영
발행인 | 박근섭
편집인 | 김준혁
책임편집 | 장은진
펴낸곳 | 황금가지

출판등록 | 2009. 10. 8 (제2009-000273호)
주소 | 06027 서울 강남구 도산대로 1길 62 강남출판문화센터 5층
전화 | **영업부** 515-2000 **편집부** 3446-8774 **팩시밀리** 515-2007
홈페이지 | www.goldenbough.co.kr

도서 파본 등의 이유로 반송이 필요할 경우에는 구매처에서 교환하시고
출판사 교환이 필요할 경우에는 아래 주소로 반송 사유를 적어 도서와 함께 보내주세요.
06027 서울 강남구 도산대로 1길 62 강남출판문화센터 6층 민음인 마케팅부

ISBN 979-11-5888-002-6 04830 (1권)
ISBN 979-11-5888-001-9 (set)
㈜민음인은 민음사 출판 그룹의 자회사입니다.
황금가지는 ㈜민음인의 픽션 전문 출간 브랜드입니다.